U1007846

吕新作品系列

中国屏风

吕 新/著

山西出版传媒集团 北岳文艺出版社
BEIYUE LITERATURE & ART PUBLISHING HOUSE
·太原·

图书在版编目(CIP)数据

中国屏风 / 吕新著. —太原：北岳文艺出版社，2018.1
(吕新作品系列)
ISBN 978-7-5378-5445-0

Ⅰ.①中… Ⅱ.①吕… Ⅲ.①中篇小说—小说集—中国—当代 Ⅳ.①I247.7

中国版本图书馆CIP数据核字(2017)第275883号

书名:中国屏风
著者:吕　新
策　　划:续小强
责任编辑:庞咏平
项目统筹:马　峻
装帧设计:张永文
印装监制:巩　璠

出版发行:山西出版传媒集团·北岳文艺出版社
地址:山西省太原市并州南路57号
邮编:030012
电话:0351-5628696(发行部)　0351-5628688(总编室)
传真:0351-5628680
网址:http://www.bywy.com　E-mail:bywycbs@163.com
经销商:新华书店　印刷装订:山西万佳印业有限公司

开本:890mm×1240mm　1/32　字数:170千字
印张:7.75　版次:2018年1月第1版　印次:2021年1月山西第2次印刷
书号:ISBN 978-7-5378-5445-0
定价:42.00元

本书版权为本社独家所有,未经本社同意不得转载、摘编或复制

目录

小　姐

一

去年深秋时节，一辆马车将沈倚虹从京城送回老家。临行之前，沈倚虹没有见到父亲，连日来，父亲每天在校军场上阅兵，披星戴月，奔走在鼓声与号角之间。

马车行至鱼城一带的时候，一位年轻的屡试不第、名落孙山的秀才吊死在路边的一棵枯树上。其时正值一个天色晦暗的午后，四野无人，满天黄叶，几只黑炭似的鸟在附近的水沟与树林前飞来飞去，叫声粗嘎而悠扬，如同一种遥远的回声。押车的欧湘濂望着眼前那些飞来飞去的、漆黑一团的东西，轻轻地来到车前，隔着帘子，向车内的沈倚虹说道：

“小姐，听到那种叫声了吗？那就是乌鸦。小姐不想看看吗?”

沈倚虹没有见过乌鸦，此次还乡的路上，她很想见识一下。欧湘濂没有忘记小姐的吩咐，一路上始终在留意着。刚才，马车走到一片树林边时，欧湘濂远远地就听到了那种嘹亮而悠扬的叫声，他的目光突然跳了几下，他知道听到什么了，虽然由于树丛的遮掩，他还没有看到它们的影子，但那种越来越近的叫声似乎已说明了一切。果然，当马车转过那片树林以后，他一眼便看到了它们栖落在水沟边顾影自怜的那种样子，旁边的几根树枝上也有它们黑色的身影，它们在那个穿着一身青布衣衫的吊死鬼的脸前飞来飞去，嘎嘎地叫着。

这会儿，欧湘濂站在马车前，一手抚着腰间的剑器，目光在远处的河流与山岗之间仔细地搜索着。午后的天空像沿途那些盖着筒瓦的屋脊一样又低又暗，似乎不久就要倾圮下来，完全贴到地上。远处的河流看上去像没有源头的死水一样一动不动，河面上闪着一种瓷质的亮光。一阵微风从欧湘濂的脸前拂过，他回头看了一下，马车上的帘子已经被掀起来了。

沈倚虹从车窗向外面张望着，一抹似喜非喜的红晕停留在她的腮边，她的头发多少有些凌乱，几缕青丝在脸前飘来飘去。不久，她仿佛自言自语地说道：

“我原以为它像燕子那么小。”

“比燕子大多了，小姐。”欧湘濂说道，向水沟那边瞥了一眼。

“像鸡一样大，小姐，”车夫在前面插话说，“它们可能吃了，个个都是饭桶，它们的肉是酸的，因为常吃死婴……”

“得啦，朱三，”欧湘濂大声对车夫说道，“闭上你的嘴！跟小姐说这些，不是成心惹她犯呕吗？昨天在那个客找里，你没有看到小姐吐得那么厉害么，从今天早上到这会儿，还没吃一口呢……”欧湘濂说到这里，仿佛想起了什么似的，回头对沈倚虹说道。

“小姐，要不要吃点什么？车子颠簸得这么厉害——”

沈倚虹摇摇头，对欧湘濂说道，“让他说吧，我不恶心。”

“不恶心也不能让他说。”欧湘濂说着，看了一眼朱三的背影，冲他说道：“检查一下缰绳、鞍子。我说过多少遍了，你不能把那个装马料的皮口袋挂在马肚子下，迟早会丢的，我看你拿什么喂它们？”

“我总不能像抱孩子一样，一路上都抱着它吧？”朱三嘴里嘟囔着，在前面忙碌起来。“我还得腾出手来赶车，观察地形，辨认方向，上坡下坡，水深水浅……”

“朱师傅，”沈倚虹对朱三说道，“你怎么知道它们的肉是酸的？”

“哎，算了，小姐，咱们不说这些了。”朱三把一只手伸进那个皮口袋里，仔细地摸索着，脸上挂着一种幽深莫测的、满足的神色。不久，他将皮口袋重新系好，寻思着一个适当的位置。“说说京城里的事吧，我听说相府门前的那对狮子眼睛会转……”

“胡扯！”欧湘濂打断他的话，“那不过是一对玉石狮子。”

“京城里的人都这么说，”朱三说，“要是一对真的，那还能称奇么。世上的事奇就奇在：假人能干出真人才能干的事，真人像泥胎一样不吃不喝，不笑不怒……”

…………

在水沟旁边的那棵不祥的树下，一名僧人赤裸着粗硕健壮的臂膀，正在专心致志地——捉虱。沈倚虹手里抓着飘动的帘子，突然听到了自己的心跳声……那个人罗汉一样的身躯，长有黑色长毛的肚脐，像女人的乳房一样隆起的胸脯，深陷的胸沟……清晰地映入她的眼帘，她脸上飞红，急忙垂下了车上的帘子。

朱三吆喝了一声，马车在午后阴晦的天气里飞奔起来。

炊烟，河流，寺院，村庄……马车似乎变得越来越颠簸不平了，朱三坐在车辕上，声音显得仓促而简短，上气不接下气。坐在沈倚虹身边的紫珠在颠簸中睁开了似醒非醒的眼睛，昏昏沉沉地对沈倚虹说道，

“小姐，出了什么事?”

“你真能睡，”沈倚虹对她说，“真出了事，你这会儿睁开眼也晚了。”

“我梦见我们家的菜园子了，小姐，”紫珠强打起精神，睁开眼睛，“园子里开了五颜六色的花……蝴蝶、蜜蜂都来了……我和姐姐正在里面给黄瓜掐花儿，突然来了一阵风，好大的一个葡萄架被吹倒了……”

“我白疼你了，”沈倚虹说，“不陪我说话，只顾自己做梦，还是在自家的菜园里。梦见花轿了吗?”

“小姐。”紫珠的脸变得绯红。

“想睡就再睡吧，再做一个梦。”沈倚虹说，“有事我会叫醒你。”

“我并不想睡，可是不知怎么，一不留神就睡着了。”紫珠说。

沈倚虹想起了那个袒胸露臂的僧人，不明白他为什么那样专注于自己的事情——那些虱子。他坐在那棵枯树下，似乎根本没有发现有一辆马车从他面前的大道上经过，也没有意识到吊死在树上的那个自寻短见的落第秀才，那个人的两只垂下来的脚几乎就要蹭到他的裸露的肩膀上了。他竟然毫无察觉，如同坐在那棵树下的另一个死人。事情看上去有些不可思议。沈倚虹想起了一年前的现在见到过的那个人。

……一年前，也是现在这样的一个秋风萧瑟的季节里，一

个名叫王猛的人来到沈家。其时，沈倚虹正在一个亭台里与紫珠下拱，四周簇拥着芬芳袭人的白菊花和白海棠。

王猛坐在沈家廊下的门槛外，一边脱下衣服捉虱子，一边与沈倚虹的父亲讨论天下大事，追溯历代王朝兴衰之根源。

“你看那个人，小姐，”紫珠贴在沈倚虹的耳边，低声说道，“还讨论天下大事呢，先讨论讨论他身上的那些虱子吧。”

“别胡说，”沈倚虹对紫珠说道，“小心让他听见。”

她们的笑声从那个建在高处的亭子里飘出来，回荡在园子里，她们用目光瞟着那个人。但王猛似乎压根就没有听到那种笑声。那时候，王猛不知说出了什么出奇制胜、令人茅塞顿开的话，沈倚虹的父亲兴奋不已地拈着胡须，赞叹不已。他命人给王猛搬来座椅。将王猛面前的茶杯换成酒杯。王猛不坐，半倚在朱红的门槛上，他那两条粗硕健壮的赤臂似乎不是皮肉，而全是力量……此后的一些天，在父亲的书房里，在花园深处，在阴雨霏霏的校军场上，父亲与王猛无所不谈，王猛住在沈家。王猛食量惊人，厨房里一个管事的女人告诉沈倚虹说，王猛的一餐，需要吃掉五斤面粉或三斤牛肉，不包括酒茶与蔬菜，一日需要吃四餐，有时甚至五餐。

不久后的一天，父亲奉旨率兵北上，王猛随军同时北上。

初战告捷。

在茫山一带，他们出人意料地大获全胜，轻而易举的胜利使三军将士在欢呼之余都感到有些莫名其妙，难以置信。一名带着敌将首级凯旋的将军在马上嘟囔道，这仗也太好打了，比行军还要容易。

王猛站在中军大帐外的一片空地上，一边将手伸进衣服里搓着胸脯上的汗泥，一边看着他眼前等待命令的几位将军，心不在焉地对他们吩咐道：

“上去——消灭他们。”

敌军阵地上的军士像一些蜡制的假人一样站在那里，这边的人马还未到，那边已像秋日的麦子一样纷纷倒下一片。沈倚虹的父亲从马上下来，他有些看呆了。

“大帅，”一位神色不安的谋士来到他的面前，用手指了指王猛的背影，“这个人……不会是妖怪吧？”

“住嘴！”沈倚虹的父亲低声呵斥道。“瞧你吓得这个样子，真给我丢脸。好好看着，看看人家是怎么打的。”

谋士满脸委屈地退到一边，偷眼向对面张望。“奇人哪，我朝的江山无恙了。”沈倚虹的父亲兴奋地说着，来到王猛身边。王猛的一只手从衣服里伸出来，手指间拈着一撮黑色的汗泥，他放到眼前看了一下，又放到鼻子下嗅了一下，立即扔掉了。王猛拍干净双手，转身对沈倚虹的父亲说道：

“大帅，可以开饭了。”

……那些日子里，上至最高统帅，下至打柴烧火的士卒，几乎人人都被一种不可名状的光芒烘托着，笼罩着，如同置身于一个水土不服的梦里，茫山上空微微发红的天色映昏了他们的头脑。

王猛利用一场微雨，使棘手的战局发生了本末倒置的变化。

事情的大致经过是这样的：

在短暂而貌似松弛的战争间隙里，敌对双方的阵营里都有一位老谋深算、呼风唤雨的占星学家被及时地派上了用场。沈倚虹父亲手下的那位占星学家是第一个观察到天气变化的人，他那敏锐的能够洞察一切的目光曾使很多的人感到心悸。

一天早上，茫山上空的那种突如其来的颜色使多年来惯于黎明即起的占星学家感到无比惊愕，他是在走出帐篷、呼吸了几口早晨清新的空气以后，才猛然看到那种现象的。过后，他忘记了对面的敌营以及营地里那些大呼小叫的像见了鬼一样的士兵。太不可思议了，眼前的景象也使他在突然之间忘记了数十年如一日地在晨光中缓缓漫步的日常习惯。他感到不安，开始在原地团团打转。

“我的天，那是什么——”

在这个秋天的早晨，这位一生与天谋事、晨思暮想的占星学家，突然发现自己积累多年的经验与智慧正在失灵，一切的常识与计谋似乎都不管用了，眼前的情形让人难以阐述，无法回旋与接受。他短暂而不安地注视了一下早晨的天空之后，立即拖着年老的身躯，趺趺撞撞地向隐蔽在一片树丛里的中军大帐跑去……

微微发红的天空悬在头上，像是被人用如椽的朱笔精心地描过，是少女的红晕？历代相袭的胭脂？……营地里略带潮湿的晨风吹乱了占星学家雪白而飘逸的须髯。在一个阵脚里，他看到两名执勤的岗哨正在拼命争夺一件什么东西，像是一件什么宝物。占星学家在奔跑的过程中匆匆瞥了一眼，看清楚原来是一根尚未煮熟的带肉的牛骨头。他重重地哼了一声，这些该死的士卒，按照他以往的性情，发觉这种不良现象后，他会毫不含糊地给这两个家伙以应有的惩处。但眼下，这种小人式的、见利忘义的小打小闹显然已使他无暇顾及，他要急于把自己刚刚观察到的那种令人不安的异常现象尽快向指挥这场战争的最高统帅及诸位谋士陈述清楚。是的，必须尽快告知他们，向他们说清楚，以使他们明白。不管怎么说，那种东西太突然了。不祥之兆？灭顶之灾？都有可能。军中待他不薄，俸禄，名望，自由，一切都应有尽有。他十分清楚，对面的敌营里雇佣的那位占星学家也并非一名饭桶，用不了多久，那一位也会观察得到。

占星学家神色慌张地奔进中军大帐里以后，最高统帅——沈倚虹的父亲——与几位谋士刚刚在黎明前入睡，他们围着地图与阵图度过了又一个绝望的夜晚之后，终于在曙光初现之时合上了沉重的眼帘。大帐里如今只有王猛一个人在，他睁着眼睛坐在那里。

占星学家站在大帐的入口处，顿时犯了踌躇。翻飞的帘子拍打着他的身体，像是在对他施加刑法。他不知道王猛是什么，官居几品，沈大帅此次离京北上，突然领来这么一个人。在他看来，王猛在军中的身份十分的不明确，像一段语焉不详的文字……他正在斟酌之时，忽然听到王猛问他发生了什么事。

该不该对他说呢？占星学家心猿意马地打量着悬挂在大帐中的佩剑与弓弩、大刀和铜锤。这些杀人见血的武器，在它们偶然闲置下来的时候，看上去竟是那样的精巧祥和，如同一件件可以养性颐年的稀世珍宝。他这会儿真想走上去亲手摸一摸它们，试试它们各自的质感与温凉程度……占星学家这样想着，立即迈动两腿，小心翼翼地向里面走来。

“看来你也是彻夜未眠。”

这时，王猛突然说了一句话，占星学家吓了一跳，立即停住了，仿佛失去了行走的能力。他迷惑不解地看着坐在大帐中央的王猛，他没听清王猛说了一句什么。王猛指了一下面前的一张棕黄的狗皮褥子，示意占星学家休息一下。

“不，我不睡……”

年老的占星学家听到自己的声音在这个清冷的早晨里充满了夸张的成分与失真的色彩，简直语无伦次，一派胡言。

“你怎么了？”王猛哈哈大笑起来，“你好像看见了鬼？”

“是的……”

“外面的天还是那样红吗？”王猛止住笑声问道。“朱砂一样的天色……”

二

春天的时候，我跟随小姐出游。在大明宫附近的一条街上，我们遇见了一个不三不四的人，那个人的目光像两条缓缓蠕动的蛇。我把一条从未用过的丝帕递给小姐——不知她想不想擦手。自从遇见那个人的那种不洁的眼神之后，我的两只手心里一直有一种驱散不掉的滑腻腻的感觉，我不知道这是怎么回事，这很怪，好像我的手握过他的那种目光似的。我用我的一块石榴红的罗帕擦了几遍，手心里还是不那么洁净清爽。小姐没有擦，她手里拿着我递给她的那块丝帕，眼睛看着别处。也许，小姐压根就没有看到那个人，没有看到他的那种又湿又滑的目光？那真该谢天谢地。

我们从一座青砖青瓦的庭院外经过，门口不断地有人出来进去。小姐告诉我说，这是我们家乡的人在京城里开办的唯一的一个会馆，家乡一带的商贾、赶考的举子来到京城后，都住在里面。听小姐这么说，我望着那个门口，看了半天。小姐对我说，想什么呢，看你傻呆呆的样子，想进去认个亲人吗？

我是从什么时候发现那个人不再尾随我们的呢？过了帅府街以后，天上的太阳又白又黄，光芒像露水一样。持枪带戟的御林军擦着沿街低矮发黑的铺檐跑来跑去，街上不知发生了什么事。川流不息的人群曾经混乱过一阵，不久之后平静了下来。我拉着小姐的手站在一家药铺的雨廊下，对面街道上的一位老妇人正在弯腰拾捡滚到地上的热腾腾的包子。刚才，有人在混乱中撞翻了她的蒸包子的笼屉。这会儿，老妇人捡一个包子，口里念一声佛，捡一个包子，口里念一声佛。

这样好的天气里，郊外到处可以看见踏青的人，王孙嫔妃如在画中，嫩绿的柳枝看上去像是从天上垂下来的柔软的绸带。在一座短小的石桥上，有一位老妇人在卖扇子，还有一位老妇人在卖五色的丝线。我们走过去后，小姐看中了那位老妇人码在一只篮子里的五色丝线，不知她又要绣什么，我付了钱，卖丝线的老妇人牙都掉光了，很像我从前的一位乳母。

我们站在桥栏前，小姐看上去无所事事，空空落落。我问小姐想绣一个什么东西，小姐说不想绣什么，这会儿还没想好，她买丝线只是觉得那些丝线很好看，也许以后会派上用场。以往这类针线都是由我动手，小姐只要在一旁说明她的意图就行了。再说，夫人也不让小姐整天绣啊绣啊，因为，时间一长，小姐就会头痛，连续几日吃睡不香。只要小姐有一个意图或轮廓，我就能绣出各种各样的东西。按照小姐的意思，我从前绣过碧云与黄花，绣过清澈的湖水与烟罗纱帐，牡丹与芍药就更多了。去年夏天，在小姐的指点下，我绣了一个在回家途中迷路的人，小姐看后，说那个迷路的人，他的呼吸看上去急促如水，几朵瘦小的黄花在他的脚边似启似合，像暗夜里的灯盏一样忽明忽灭——躲躲闪闪……

走过石桥，我想起了夫人的叮咛，夫人是让我陪小姐出来散心的。这个春天以来，小姐的身体变得很让人担心，每天夜里都要醒来好几次，有时喊我端水，有时不惊动我，醒来后就一个人睁着眼睛一动不动地躺着。她总是那样睡不踏实，不能持久，像婴儿一样容易受到别人的惊扰。现在想起来，她可能是府里睡得最晚的一个人，也是醒得最早的一个。

眼下的季节，虽然阳光明媚，但仍然春寒料峭，有些耐寒的树木还是一树铜枝铁干，毫无绿意。人群中有一位踏青的小姐还托着一只手炉，不知是出来观光，还是为了取暖。临出门前，我替小姐拿上了她的斗篷，但小姐发觉后却不让带。不带就不带吧，我不能惹她生气。

这会儿，我对小姐说，走了很久了，我们是不是该回去了？

三

昨天晚上临近熄灯之前，我忽然听说小姐很快就要从京城里回来了，就是这几天的事，小姐乘坐的马车这会儿已经在路上了……我闻听之后，立即变得昏头昏脑的，慌乱之中突然撞到了一个人的身上。我一看，是家里的一个厨子，他端着一钵汤水，正往屋里走，被我突然一撞，汤汁溢到了他的手上，他烫得大叫起来，对我说，瞎撞什么？没长眼么？

我没有工夫理他，这会儿更不想与他拌嘴。说我没长眼，我看他才没长眼呢，不知道小姐就要回来了吗。要不是得到小姐回来的消息，我饶不了他。我忍了，还偷偷笑了一下，只要小姐平安地回来，我什么都能忍。

阿弥陀佛，这真是天大的喜事。

早上的时候，我听见几只喜鹊在对面的树枝上叽叽喳喳地叫个没完，那时候我觉得似乎有什么事情要来了。小姐就要回来了，我多少总该有一点儿感应吧。别人一个个都像木头似的，他们当然不能和我一样。一晃十几年过去了，小姐也不知长得有多水灵了，不会是当年的那副小模样了。我原以为今生今世再也不会见到她了。这些年来，我常常以泪洗面。我知道京城远在天边，我是去不了的，更何况家里的一摊子事根本抽不出身，谁都能走开，唯独我走不出去。我要照料那么多事情，鸡啊羊啊，仓房，园子，没有一处不让人操心。

我梳好头，换了一身干净衣服，将十个鹅蛋放进一只篮子里后，去找宋老四。这个人，不给他些甜头，他是不会跟你说什么的。昨天晚上，我们小姐即将还乡的消息，就是他带回来的。他常年跑京城，贩卖布匹、棉花什么的，有时还贩卖鲜姜、香烛一类的东西。今年春天的时候，忽然有人告发他在棉花里掺沙子和白灰，知县大老爷将他捉到公堂上，一连审问了三天，最后听说没事了，放出来了，整个人像大病了一场似的。不知他掺沙子的事是真是假，我没有买过他的棉花，家里有两个专门出门采买的人，这些事情不用我张罗。

我来到宋老四家里的时候，他像是刚起来不久，正要出去。我拉住他，不让他走。我让他跟我说说我们小姐的消息，说说她乘坐的马车，几时才能到家。

宋老四像是心里有鬼似的，不肯坐下，又不详细地告诉我，在地上团团打转。他对我说："你这个老婆子，小姐要回来，你疯张什么？好像你也成了小姐。放开我，让我出去，我得赶紧去找一个债主，他快咽气了。"

瞧他说的，我当然不是小姐，一个人是什么，那是命中注定了的，不在于你想不想，是你的不想也成，不是你的，终究也是白搭，只不过是做了一回梦，空欢喜一场。我取出篮子里的鹅蛋，个个都像拳头那么大，宋老四看到后，眼里放了一下光。但只过了一小会儿，那光便消失了，他愁眉苦脸地对我说：

“祖奶奶，开开恩，让我走吧。我得赶紧去找那个债主，他快咽气了。再迟一会儿，他一蹬腿，欠我的那些布匹钱就全完了。他只有一个瞎眼的老娘，我找谁要去!”

“你在路上，”我说，“看见我们小姐了没有?”

“我没见，”他说，“小姐的身子，我想见就能见吗？那还叫什么小姐？不知道，我什么也不知道，什么也没看见，我只知道那个人……他就要咽气了，我得赶紧去——”

……

今天夜里，我会在入睡以后见到我们小姐吗？我知道我老了，耳朵很背，要想听到那马车的声音是很难的。

我原封不动地把篮子里的那十个鹅蛋重新拎了回来。宋老四没告诉我什么，我当然不会将这么大的鹅蛋白白留给他。他要是能告诉我一两件有关我们小姐的消息，我是不会在乎这些东西的，比这再好的我也乐意出手。我拎着篮子出门的时候，宋老四狠狠地剜了我一眼，叹了一口气。一甩手，他也出去了——去找他那个快要咽气的债主去了。

上午，收拾妥当之后，我打开一个封锁了多年的木箱子，里面收着的大多是小姐小时候穿过的衣服。另一只箱子里放着她从前用过的被褥与玩具，风筝，陀螺，布老虎，布猪，桃符，小钗小环，珠子镯子……每次看见这些叮叮当当的小玩意，我的眼前就禁不住潮湿模糊起来。小姐的那些衣服与被褥都是我一针一线亲手缝制的，老爷和夫人从来对我的手工都很满意。有一年忽然传说四起，几乎所有十二岁以下的孩子都须穿戴杏黄色的衣衫以驱妖避邪。当小姐穿着我亲手缝制的绣有一只虎头的杏黄色衣衫去夫人的房里请安时，老爷和夫人都喜出望外，赞叹不已。老爷高兴地对夫人说，你看看，有这样一只勇猛的老虎常伴常随，谁还敢动她一指头！……那一年，小姐才三岁，也许是三岁半或四岁。

一晃十几年过去了，如今，我当然不指望小姐还能记得这些，因为所有这些事情都是那样平常、琐碎、沉闷、漫长，小姐还要读书，抚琴，总惦记着这些事情，她会长不大的。十几年的京城生活，小姐说不定早已变成另外的一个人了，这会儿，她要是突然站在我的面前，恐怕我也不敢认她了……我一直记得当年小姐离家赴京前的那个晚上，家里来了众多的客人，老爷奉旨入朝，正在前厅里与前来送行的客人话别。那天晚上，到处灯火通明，花香四溢，夫人让我收拾小姐的行装。那时候小姐有多大？好像是五岁，对于第二天一早启程上路的事她还一无所知。夫人先不走，要等到秋天的时候才正式进京。我在收拾小姐的日常所用之物时的那种错乱的神情引起了夫人的注意。这么多年来，我头一次变得笨手笨脚，颠三倒四。在收拾小姐的一部分夏季衣物的时候，我突然犯了踌躇，手脚僵直地站在一排柜子前，感到一筹莫展，我忘记它们都放在哪里了。后来，我去问夫人。“那些东西不是一直都由你收着么？”夫人说，“怎么倒来问我呢？”是的，夫人说得对，不单是这一部分夏季衣物，小姐所有的东西一向都是由我一手经管的，可我把它们放到什么地方去了呢？我东找西找，到处翻动搜寻，打开一只只箱子，敞开所有的衣柜……

“你怎么了？”太太说，“一整天都失魂落魄的，丢了什么东西？”

“小姐，”我说，“明天就要离家了，她才五岁。”

“我知道你离不开她，”太太说，“她去京城住一段日子还会回来的。家里实在走不开，不然小姐进京，哪能没有你呢。老爷在京城里给她找了一位老师，她也不小了，该读书了。”

我忍住眼泪，看着那些小巧的、散发着阳光气息的夏装、秋装、小姐的黄棉袄和玫瑰红的发带。是的，她已经长大了，该读书了，不再需要吃奶了，不再需要我每夜搂她睡觉了。从落生那天起，她是吃着我的奶长大的，迄今已有五年了，她夜夜睡在我的身边，她的那种安详的呼吸声至今想起来都使我战栗不已。现在，她该到京城里读书去了，我跟着干什么呢？……所有前来话别的客人都相继离去了，接下来的一个夜晚在我的伤心的泪水中越来越模糊了，匆匆地省略掉了，我提前看到了小姐启程的那个早晨……

数年前，起于北部山区的战乱是那样的频繁，令人惶惶不安。我的一个侄子在一个雨前的午后突然逃到了这里，寻求庇护。他是从一条树丛下的水沟里爬出来的，村庄已被一路袭来的骑兵全部夷平。站在门前，只要凝神仔细听一阵，就不难听到牛角的呜呜声，他们把它吹得那样响，听起来像是寺院里传来的声声佛号……不久，朝廷的一支大军很快平息了那一带的战乱。我曾听人说，带兵的那位大人正是我们老爷，听说他剿抚并行，弹压有方，又听说他的人马缺粮缺草，被困在一座叫作卧槽的山谷里……

老爷的右臂上曾有过两处箭伤，不知如今可曾复发？有一年夏天，老爷的伤口化脓，整天疼痛难忍地在病榻上翻来翻去，性情变得极为暴躁，动不动就骂人，似乎看谁都不顺眼，骂手下的人，骂郎中和北地的反贼。有一天夜里，竟然骂了……皇上，醒来后吓得大汗淋漓。一天午后，我从街上的药铺里取药回来，一位大夫正在替老爷疗伤。那时候小姐已开始学着认字了，小姐拿着字谱上一个不认识的字去问老爷，老爷从病榻上坐起来，看了一眼那个字，脸色苍白地告诉小姐："这个字是箭，弓箭的箭……毒箭的……箭……"

四

马车穿过一条浅澈的小河，车身重重地颠簸了一下，仿佛陷进了深谷之中。沈倚虹坐在车里，看到车轮下溅起的河水洇湿了车上的帘子。一阵湿气扑面而来。紫珠在沈倚虹的身边惊叫了一声，掀起帘子，探出头去责问赶车的朱三。沈倚虹听到了朱三沙哑的抱歉声。河里的石头似乎很多，马车经过时，周围发出一阵咕噜咕噜的声音。

"好啦，好啦，"朱三在车前手忙脚乱地说道，"马上就得了。没把小姐颠痛吧，紫珠姑娘？"

"还说呢，"紫珠探出头去，冲着那个前倾的有些微驼的背影说道，"也不知你长没长眼睛，再不坐你的车了。"

"紫珠，"沈倚虹放下那道被紫珠掀起的帘子，将紫珠的头拉回车里，脸色愠怒地看着那张满含得意之色的脸，低声说道："你什么时候学得这样轻狂？"

马车湿漉漉地走出河道，开始沿着一道缓坡爬行。

“姑娘们，”朱三喘着气说道，仿佛他自己驾着马车在爬坡，“多担待一点吧，道不好走，咱们走的可是近路。”

“朱师傅，”沈倚虹隔着帘子说道，“别听这丫头胡说，尽管走你的吧。又想图近，又想平坦，哪有十全十美的好事。”

“小姐真是个明白人。”朱三自言自语地说着，嗵的一声从车前跳下来，走在车旁，轻轻地在头顶上方挥舞着鞭子，他吹了一声口哨，口哨粗糙而喑哑，透着一丝尖音。

“别吹了，别吹了，”欧湘濂对朱三说道，“小心招来老鼠。”

朱三回头白了欧湘濂一眼，不自觉地合上了张开的嘴唇。沈倚虹和紫珠在车里互相看着，偷偷地笑了一下。

朱三怀里抱着鞭子，十分落寞地朝坡上走着。早在马车经过鱼城一带的时候，他就发现自己开始有点儿不喜欢欧湘濂这个人了，浮华轻狂，自以为是，早知一路上与这样的人结伴同行，任凭给多少钱他也不会干的。

“你也挤对他，”沈倚虹在马车里对紫珠说道，“你看他是一个多么老实的人，一路上够辛苦的了。”

“小姐，”紫珠辩白道，“我里外不是人，我是怕把你颠坏了。我不怕颠，我最喜欢让人颠我，就像坐轿一样。”

“这个丫头，”沈倚虹说道，“怎么就不知道害臊呢。”

……不久前在路边那棵枯树下看到的那个袒胸露臂的僧人，会不会就是一年前到家里去过的那个王猛呢？难道他没有跟随父亲一起出兵，一起北上吗？沈倚虹感到奇怪，她觉得自己刚才没有看错。像他那样的人，会给见过他的很多人都留下深刻的印象，单是他那种不分场合、不计时间，一坐下来就脱掉衣服，专心致志捉虱子的习惯，就足以使许多人终生铭记，难以忘怀。沈倚虹每当想起这些的时候，总会情不自禁地感到浑身奇痒。王猛这个人，总的来说，太恶心了，似乎从出生以来就没有洗过一次澡。沈倚虹的父亲曾经打算要带着王猛去金殿上谒见皇上，向朝廷保举这个旷世奇才。沈倚虹那时真替父亲担心，她并非怕皇上看不上父亲保举的这个人，而是唯恐王猛在金殿上当着皇帝的面，脱下衣服捉虱子，担心他身上的那种气味将包括皇帝在内的文武百官全部熏倒——不省人事地昏厥过去……幸好，他们后来并没有去谒见皇上，不是父亲没有履行诺言，而是王猛不愿去金殿上山呼万岁，行跪拜大礼。王猛对沈倚虹的父亲说：

"算了，这会儿我不想见他。咱们的时间不多了，抓紧北上吧。"

于是，他们厉兵秣马，整装待发。沈倚虹的父亲在考虑给王猛一个合适的位置，否则，王猛在军中的身份是模糊的，不明确的。沈倚虹的父亲对王猛说道。

"……你的官职，应该明确一下，否则，不然……"

沈倚虹的父亲的潜台词是：不然，你的身份就会像一个私生子一样令人莫名其妙，你必须有一个公开的官职。

"没关系，"王猛不以为然地说道，"不明确就不明确吧，就当我是一只老鼠，就当我是一个私生子……这支军队的私生子。"

……

沈倚虹不知道父亲与王猛之间发生了什么令人不快的事情，为什么王猛现在独自一人？王猛是什么时候脱离那支军队的？他们之间的隔阂与龃龉究竟是谁的过错？是父亲对王猛有所怠慢，王猛赌气离开了他？王猛不像是一个凡事计较、意气用事的人，那么，一定是父亲的过错了。父亲戎马一生，能征惯战，他的那种性情不是每个人都能够容忍的，很多人是慑于他的兵权才忍气吞声，卑躬屈膝。很多手中有权的人都爱发脾气，但王猛显然不是他们撒气的对象，他当着父亲的面，脱下衣服，专心致志地干自己想干的事，父亲表面上虽没表示什么，心里难保不计较……这样一个荒凉而阴晦的天气里，王猛一个人袒胸露臂地坐在那棵不祥的枯树下干什么呢？那个心事满腹的年轻的吊死鬼的双脚垂到了他的肩上，青麻的鞋底像石头一样粗粝生硬，他无可奈何地垂吊在那里，像一种秋天的风景。王猛安安静静地坐在他的身体下面，背靠着毫无生机的树干，如同那死鬼的一位闻讯赶来的兄长或父亲，如同一位沉浸在悲恸与麻木中的守灵人……

也许，茫山上空的那种突然出现的朱砂一样微微发红的天色，从一开始，从最初酝酿之时，就是一种不祥之兆，甚至是一种惑乱人心的假象。成千上万的将士都被那种温柔的颜色冲昏了头脑，少数心急火燎的人甚至以为是一种庆贺胜利的炫目的仪式，是一种规模盛大的杀猪宰羊、犒赏三军的繁忙景象。

阵地上的烟霞越来越多了……那种时候，没有几个人能闻到他们身体四周的那种越来越清晰的血腥气息……天色看上去像是人或家畜的裸露的牙床，渐渐逼近的霞光意味着那是一个毫无出路的多事之秋——

父亲彻夜未眠，曙光初现之时刚刚迷糊了一小会儿，不久便被一阵纷乱无序的马蹄声惊醒了。不久以后，睡在他身边的诸位谋士与将军们一个一个地都睁开了疲倦而缺乏耐性与热情的眼睛。在早晨腥甜而潮湿的空气中，山下传来的薤露之歌飘入他们的耳中，他们吃惊地注视着火中的身影与绝望的奔跑，面面相觑，喃喃自语……

五

晚上，我点亮几根蜡烛以后，烛花一直噼噼啪啪地爆跳不停，光影摇曳散乱，很让人心里不安。我拿来一把剪子，正在外间的一张桌子前剪烛花，里面忽然传来了小姐的声音。我放下剪子跑过去，小姐一手掀起帐子，让我给她倒一杯茶来。

小姐的脸上没有睡意。这半天来，我以为她早睡着了，她床前的帐子一直安安静静地垂着，一动不动，帐子里面也静悄悄的。她终于睡着了，我的心踏实下来。小姐能够入睡，那是她的福分，也是我的造化。我在外间屏声敛气，轻手轻脚，一旦吵醒她，她这一夜就别想再合眼了。可是现在，她忽然起来要茶喝，她根本没有睡着，一直睁着眼躺在帐里。

我端着茶来到小姐身边，她伸出手接过杯子的时候，我感到我的手被她的手烫了一下。我吓了一跳，她的高烧又开始了？午后，她的体温也是这样的灼热，持久不退。那位姓宋的大夫来看了一阵后，说没有什么事，只不过是有点儿心神紊乱，焦虑上火。我不明白大夫的话，我不知道小姐上的是什么火？有什么事情使她日夜焦虑，虚火攻心，……我取出几天前预备好的冰片、薄荷，问他是不是这就给小姐服下？姓宋的大夫瞟了我一眼，阴阳怪气地说道："用不着，用不着，哪里就用得上这些啦？我说紫珠姑娘，不是我说你，你有点儿小题大做了。小姐没病。"

我小题大做？小姐烧成这样，就差没说胡话了，这个大夫竟然说我小题大做……我压下心头的火，对他说：

“小姐一直在发烧……”

“发烧？”他飞快地眨动了一下那双无神的眼睛，像是要努力回忆起什么。“谁不发烧？”他反问了我一句。

我没有回答他。

“事实上，”过了片刻，他开始说道，“每个人都在发烧，烫得像沸水一样。这世上本来就没几个凉快的人。”

“紫珠姑娘，”他尖声细气地说道，嗓音像朝廷大内的那些公公一样。这会儿，他伸出一只白皙的手，啪啪地拍打着自己光洁的额头，要证明什么似的，对我说道。

“你瞧，紫珠姑娘，我也在发烧——烫得像沸水一样。”

是的，我想，他是在发烧。小姐让我给他三两银子，我觉得他不配得到这么多，我从中扣出一两，放进一只盒子里。他的眼睛一直瞟着那个盒子，当发现我看他时，立即将头转到一边，脸涨得通红。我把二两银子给他，他接过来，嘟囔着装进了袖筒里。

我该打发他走了。

走到门口时，他忽然又折了回来，踮起脚尖，轻手轻脚地来到我的面前，像说悄悄话似的压低声音对我说道：

“夫人是不是也病了？紫珠姑娘，带我去看看她？”

“夫人没病，”我说，“她好好的。”

“好好的？”他疑惑地看了我一眼，转而又说道：“好好的，好，那就好，那就好，我多虑了。我走了。”他说着，很快便一溜烟地在门外消失了。

…………

我把帐子向两边分开，钩好，在床前坐下。小姐的身体移过来，靠在我的胸前。我端着茶杯，要喂她喝水。小姐说："别这么殷勤，像天塌了似的，我还有力气，还能端得动这一杯茶。你让我靠着就行了。"

我的眼泪止不住流下来，胸前感到一片灼热，仿佛坐在暑天里的火炉前。我说："小姐，你又烧起来了。"

"你又哭了？"小姐听到了我的抽泣声，回过头看着我，用力朝我这边靠了靠，对我说："我这不是好好的么？"

"这会儿好像比下午还热。"我说着，悄悄抹去泪水。

"那个大夫说得对，"小姐说道，"'谁不发烧'，每个人都在发烧，世上本来就没有几个凉快的人。"

"小姐，"我说，"他那是胡诌，他的话你也信吗？他是不懂医道，才那样说的。张太医就从来没有说过那种混账话。"

小姐的头无力地靠在我的胸前，头发蹭着我的脸颊。我把茶杯放到一边，一杯水她只呷了两小口。这会儿，她像是睡着了，好一阵没有听到她说话。我直挺挺地坐着，不敢动弹一下，唯恐将她惊醒。我的目光落进睡榻里，瞄准了一张薄被，想试着拽过来盖到小姐身上。我的手还没有伸出去，小姐的头忽然在我的胸前摇了两下，接着对我说道。

"紫珠，你刚才在外间做什么来着？是不是又绣了一件什么东西，你去取过来，让我看看，我想看看。"

原来小姐并没有睡着，这一阵子她没有开口说话，似乎是在重新积蓄力气，积蓄的目的，是为了继续说话。

"我在剪烛花，小姐。"

"我听着不像。"

"那几个烛头不停地跳来眺去，噼噼啪啪地响着，我怕它们吵醒你——我以为你睡着了，拿着剪子剪了几下。

“这么说，你没有在刺绣？”小姐回头看了我一下，又转过头去，继续靠在我的胸前。“我要是能睡着就好了。”

“小姐想要绣什么？”我说，“小姐说一声，紫珠一夜就绣出来了。”

“这会儿先不说了，”小姐说道，“上午的时候，我已经想好了几件，等我病好了，咱们就绣，绣它一大堆。”

“再绣一个‘鸳鸯戏水’？”

“还绣‘鸳鸯戏水’？你这个丫头，有够没够？我记得你已经有了好几块那样的罗帕了，这会儿怎么又想起来了？”

“哪里是我想要？”我说，“这回是给小姐你的。”

“我恐怕不需要那些东西了。”小姐说完之后，停顿了一下。我问她还要不要喝茶，她摇了两下头。这时候，我把那张松软的薄薄的被衾拽过来，盖在她的腿上。她身上似乎不像刚才那么热了，我感到一阵高兴，对她说：“小姐，你好像退烧了。”

小姐伸手摸了一下自己的额头，又摸摸我的手，对我说道：“也许，你也像我一样都热起来了，我传染了你。这世上又多了一个发烧的，少了一个凉快的。”

“我好好的，”我说，“我可不想发烧，谁想烧烧去。”

“越说越刁钻了。”

夜深了。外间的烛花又噼噼啪啪地爆跳起来，声音传进里面，小姐凝神听了一阵。“是烛花在跳吗，”她问我道。

我点点头：“我去剪。”

“不要剪它，”小姐忽然兴奋地说道，她的脸上现出一种光泽。“我听人说，烛花一跳，准有喜事临门。”

“喜事？”

“喜事。”

“罪过。”我想起我不久前在外间的那张桌子前，拿着剪子，来回逡巡，剪去了那么多烫手的烛花，它们落在桌子上以后，又被我全扔进了香炉里，扔进了白色的灰烬之中。难道……我把那么多的喜事……剪掉了？

“你猜猜看，”小姐的脸上荡漾着一片憧憬的亮色，正是那种使她激动的光泽。“会有什么喜事？一件？两件？”

“至少五件。”我不假思索、憨气十足地说道。

六

早上，一阵急促的叩打门环的声音吵醒了我。我从窗户上看到，天刚刚放亮，这么一大早就有人来叫门，不会是小姐乘坐的马车回来了吧？我一边匆匆穿衣服，一边胡思乱想，不管怎么说，我是不能再睡了，我得马上出去瞧瞧。阿弥陀佛，我真希望是小姐在外边叫门，而不是别的什么人。

天亮是亮了，但这会儿太阳还没有出来，外面的情形铁青铁青的，看上去像是一个阴天。穿过长长的冷冷清清的院子，我刚一打开街门，一个人就像一只口袋一样栽倒我的脚边，我吓了一跳，立即躲到一边。

天哪！一个浑身血污的人。

刚才在外面叩打门环的难道就是这个人？这会儿他一动不动地趴在地上，像是死了，他的小腹压在门槛上，头和上身已栽进院里，两条腿还搁在门外。

我的喊声惊醒了睡在东院里的几个男人，他们手里举着七长八短的棍棒——他们以为大清早来了贼人——跑过来时，也被地上的血迹吓了一跳，门槛也被涂染了。我不敢上前去动那个人，只站在一旁看着，他们扔掉手里的棍棒，开始摆弄他。我听到他们说他还有一口气，我不像开始时那么害怕了。我对他们说，问问他是谁？为什么会一大早跑到这里来叩我们的门？天哪！我活了大半辈子，要不是见多识广，真要给他吓死了。天哪！

“不用问了，”我们的管家老张说，“我已经知道他是谁了！”

“谁！”我绕过那摊血迹，来到老张面前，“他是谁？”

“瞧你，”老张后退了一步，看着我，“好像要一口把我吃了。”

“啐！”我啐了他一口。“我吃你？你也不自个儿照照，我打小就是一个很爱干净的人，我会吃你？”

“祖奶奶，”老张软了下来，对我说道，“饶了我吧，您回屋里歇着去吧，这儿有我们哪。”回头对另外几个人说道：

“别相面了，先把他抬回去瞧瞧再说。有人路过，还以为咱们在杀人呢。”

他们把那个人抬进东院里去了，留下一个人，铲来黄土，清扫门槛四周的血迹。太阳出来了，树枝、山墙和屋脊上的光线越来越亮了，不久前一直笼罩着院子的那种铁青的颜色也不见了。我回到院里，我喂的那只公鸡像一个游手好闲的懒汉，这会儿才无精打采地从西边的鸡舍里踱出来，百般委屈地啼了一声。

“啐！”我朝它啐了一口。这个挨刀的鬼，今年春天的时候，我就开始不喜欢它了，该它啼鸣的时候，哪里都找不见它的影子，可每到吃食的时候，它总会不招自来，准时出现在你的面前，扬着脖子，抖动翎毛，像那些不知羞耻的人一样。我想在八月十五的时候杀了它，我一直这么想着。这会儿，我等不了那么久了，小姐一回来，我就让人杀了它，给小姐炖汤喝。小姐要是不喝，我会分给厨房里的几个老婆子，让她们瞧瞧——我不是那种把什么都放在眼里的人。

吃过早饭，我去东院里看那个人。我进去的时候，他们正在给他清洗伤口，一盆血水，又一盆血水。他脸上的血污已经清洗掉了，这会儿正在擦他的胸脯、手臂。他像是从树林里钻出来的，身上的衣服丝丝缕缕。

“嬷嬷，”老张走过来，对我说道，“你认出他是谁了吗?”

“天哪！白致富！"我惊叫了一声，眼前突然模糊起来……十几年前，老爷在卢陵任总兵的时候，这个白致富就在老爷手下做事，老爷提升、调入京城以后，他一直跟在老爷身边，十几年没有回来过。现在他突然回来了，却是这样一副大难未死的模样……我用不安的目光望着老张手上的血，难道……”

“是他，”老张伸出一根手指，在脸上搔了一下，脸上立即留下了一个血印子。“在门外那阵子，我就认出他来了，不然，我也不会随便把他弄回来。”

“他像是被人一路追杀回来的。”这时，我看见他睁了一下眼，向我们这边瞅了一下，又闭上了。我对他们说：“天哪，他好像吓傻了——已经不认识我们了。”

“他不能说话了。”老张说。

“不能说话？为什么?”

“为什么，为什么?”老张绝望地说道，“他的舌头没有了

——让人割去了。”

“天哪！舌头……”

“我知道他，”看管谷仓的双喜倒掉一盆血水，回来后说道，“他早就是军官了，一直跟随老爷——沈大帅在北边作战……”

“天哪！”我转向老张，想从他的眼睛里看到一线什么，但只看到了他低垂的眼帘、松弛的皮肉，他也老了，好像比我还要老。“难道……是老爷派他回来的？”

“天哪天哪，”老张抬起头，瞪着我，似乎是我把白致富弄成这个样子的。“你老说‘天哪’，我最怕你说‘天哪’。”

“天哪！”我对他说道，“家里突然回来这么一个人，你让我说什么？”

“天哪，你说吧。”他泄气地说道，瞟了那个白致富一眼。

“嬷嬷，”双喜对我说道，“您先到那边去坐坐，会有办法的。”

“谁也不要说出去，”老张在屋里来回逡巡着，走到这个人面前看一看，又走到那个人身边瞧一瞧。“走漏了风声……”他说着，来到我的面前，嘴角向一边咧开。

“天哪！你瞧我干什么？”

我这么一说，他立即转身走开了。他像是被人窥破了心中的某种秘密，一直坚持不朝我这边看。“我在想……”他自言自语地说着，望着白致富，“他怎么办？”

“你，去找一张纸来，”我起身走到老张面前，他不敢看我，我倒要看看他。我对他说道：“白纸就行，再找一支笔。”接着，我又对站在一旁的双喜说道：

“你，去取一块砚台来。”我从腰间解下一把钥匙，递给双喜。“这是老爷书房里的钥匙，砚台在老爷的书房里。”

我来到那个白致富的身边，他闭着眼睛，几乎听不到他的呼吸，只看见他的鼻翼在微微振动，像一种透明的翅膀。他们清洗了半天，血腥的气息好像仍然停留在他的身上。

“让他写，”我对身边的几个男人说道，“看看他能不能写出几句什么话来，他写出来，我们就懂了，知道是怎么回事了。”

“嬷嬷，”双喜惊讶地说道，“您老不是诸葛亮吧？太妙了。”

“天哪！”老张大胆地看了我一眼，情不自禁地说道，“你这个老婆子，这主意真好。快扶他起来——让他写。”

七

马车停在一片树林前快一个时辰了，沈倚虹从车上下来后，一直站在一个山岗上向远处眺望。视线里所见的许多迹象都在表明，这一带距离家乡已经不远了，山的轮廓，树木的疏密程度，石头和土的颜色，都与不久前经过的地方大不一样，风中夹着草籽和浆果的气息，夹带着像井水一样的凉意。在很高很蓝的朗朗的天空里，那些看上去如同一件件黑色衣衫的鹰在一声不响地盘旋着，忽上忽下地飘扬着。

紫珠拿着一件红色的披风，站在沈倚虹的身边，不时向那辆停在树林边的马车张望一下。山岗上的风吹拂着沈倚虹的头发与裙裾，那件红色的披风几次被吹落到地上，紫珠捡起来拎在手里，对沈倚虹说道：

“小姐，该上路了。”

……

远处的山谷里飘起了炊烟。马车行进中，沈倚虹听到对面也来了一辆马车，铃声叮当作响，那辆马车走得很慢，车上似乎满载着辎重。一个洪亮的声音说道：

“兄弟，你们是从京城一带过来的吗？听说贼兵……”

“是的。”欧湘濂答道。

“路上好走吗？”那个洪亮的声音说着，渐渐地向这边走过来，压低声音对欧湘濂说道，“文太师他老人家好吗？”

“文太师？”

“文太师的寿辰快到了，我们赶着往京城里送贺礼，”说着，伸手向身后指去，“在下这一干人都是陈太守手下的……这一路上提心吊胆，既不敢快走，又不敢耽搁。听说，这条路上……”

“有惊无险。”欧湘濂说道，“我们是三日前离开京城的。”

“哦，哦。”洪亮的声音低沉下来，好奇的目光打量着眼前的马车，转而小心翼翼地试探性地问道：

“兄弟，你们一路扶柩而来，不知要到哪里去？”

“回归故里。”欧湘濂说道。

“是……老夫人的灵柩吗？”

“……”一阵风从车前吹过，欧湘濂的话仿佛被席卷而去。

“可惜啊，青春年华……”那个人叹息道，在地上转来转去，显得束手无策，一筹莫展。忽然，他向马车前走来，伸出一只手，掀起车上的帘子，飞快地向里面张望了一下。这时，他忽然听到身边传来“哧”的一声，仿佛有什么东西被撕破了。

“不可造次，兄弟。”

欧湘濂似乎用什么东西钩住了他的衣服，将他的身体拽了回来。“对不起，失礼了。”他回过头来，拱手抱拳向欧湘濂赔着笑脸。那一位似乎动了怒容。

“啊，真没想到，”他用一种不太洪亮的声音感慨道，“真没想到小姐的神态如此安详，啊，就像平常睡着了一样……啊，我是说……她看上去一点儿也不让人感到——害怕，只可惜红颜薄命……”

什么意思？沈倚虹在车里暗自思量。他在说什么？……扶柩而归？红颜薄命？这些没头没脑的话听起来是那样的不着边际而又令人疑窦丛生，老夫人？小姐……像平常睡着了一样？……什么东西让他感到害怕？刚才，在马车上的帘子突然飘起来的那一刻，她看到了一副珠宝商人的面孔，一双狱卒一样的眼睛，听到了一声木鱼声一样的感叹，这个看上去无所事事的人使她感到一阵隐隐约约的不祥，他心急火燎地在马车前团团打转，若有所失，似有所待。欧湘濂的一只手一直按在剑柄上。紫珠歪着头睡着了，平稳地呼吸着，四周传来徐徐的流水声……

……父亲率领大队人马出发北上的那天，沈倚虹尚在睡梦之中，早上起来的时候，父亲已经走了。头一天晚上，皇帝陛下突然召见父亲。旨意传来之时，父亲正在书房里与他的先锋官商议沿途的粮草。一旁在座的还有王猛。父亲接过圣旨之后，立即更衣，前往宫中面圣。慌乱之中，他碰倒了前厅的一扇屏风。王猛见状，笑着对父亲说道：

“你这样赶着去见他，他能给你什么好果子吃？据我看来，他什么也没有，最多给你吃一只老鼠而已。”

“先生，此刻不是取笑的时候……”父亲尚未把话说完，系好腰带，立即向宫中策马而去。

父亲到了宫中，没有见到皇帝陛下的影子。朝廷大内的刘公公带着他来到葵心阁，很多人都在那里。东宫娘娘昨天晚上做了一个奇怪的梦，梦见有一个人伸出一根手指头，指头对着她两眼之间、鼻梁上方那一片部位，指头虽然没有触及她的皮肤，却使她的眉宇之间感到奇痒难挨。东宫娘娘是从睡梦中突然笑醒的，醒来以后，她仍然不停地用手蹭着两眼之间、鼻梁上方那个部位。

“万岁，太痒了。”东宫娘娘说道，“臣妾从来没有那么痒过。”

“真是有趣，”皇上缩了一下脖子，抬手在自己的眉宇之间轻轻蹭了几蹭。“你这么一说，朕的这个地方好像也痒起来了。朕这会儿想起来了，朕小的时候，朕的哥哥就常用这种办法捉弄朕。”

东宫娘娘请来一个擅长圆梦的人，在葵心阁里问卜吉凶，皇帝陛下也要来听听，看看是怎么回事。沈倚虹的父亲在大内刘公公的引导下来到葵心阁的时候，那个替东宫娘娘圆梦的人已经不见了，皇帝陛下与东宫娘娘正在吃茶，几名宫女凭栏而立。

“臣叩见陛下。”沈倚虹的父亲说道。

“在这种地方，不用叩了。”皇上说，“留点精力，对付贼兵吧。”

“谢陛下。”

“沈卿，此次出征，需要多少兵马？”

“二十万，不，”沈倚虹的父亲说道，“三十万，四十万，五十万……”

“有必胜的把握吗？八成？九成？”

“启奏陛下，臣心里没底，不敢说八成九成，不过……”

“什么？”

“也是我朝之幸，臣得到一个奇人，他叫王猛……”

“奇人？”

“是的，臣以为，有他同行，我军将无往而不胜。”

“有这样的人？抽空将他带来，朕要看看他。”

“回禀陛下，陛下还是不见为好，此人甚是肮脏，简直……不堪入目。”

这时，一名宫女端着一只御制的食盘来到沈倚虹的父亲的面前，盘子里放着两只烤得焦黄的小动物，他看了几眼，没有认出是什么东西，不安地说道：

“臣无功受禄，怎么好随便食用皇家的东西。臣看看就行了，心满意足了。”

“客气什么？”东宫娘娘说道。“陛下让你吃你就吃吧。”

他刚把盘子端起来，忽然听到皇上的座椅下传来“吱”的一声，像是什么东西在尖叫。他吓了一跳，急忙放下手里的盘子。

“吃吧，趁热吃吧。”皇上说，“凉了就不好吃了。”

皇上轻松地若无其事地笑着。沈倚虹的父亲端起盘子，吃完一只后，朝皇上看了看，那边投来一道近乎鼓励的目光。于是，他立即吃掉了第二只，抹了抹嘴。

“味道好么？”皇上问道。

“甚好。”

“前天，”皇上说道。“王丞相来的时候，朕给他吃了两只，今天你又吃了两只。还有一些，那是留给文太师、宋翰林和于将军的。”

“陛下，这是……’

“这是不久前两广巡抚进献来的，朕一直没舍得动。”

“两广巡抚？”

“他们那里叫‘玉锁’，”皇上说道，“其实就是耗子。”

“耗子？陛下……”

……从宫中回到家里以后，父亲一边呕吐，一边喃喃自语。十恶不赦的广东人，有朝一日……将他们夷为废墟，让他们都见鬼去……呕吐声惊动了王猛，王猛从花园深处循声而来。事情果然被他不幸言中了，他怎么知道皇帝陛下要给我—— 一个三军统帅吃老鼠？父亲眼泪汪汪地从一只三足的水盂上抬起头，望着王猛——这个未卜先知的……妖人。

花园深处的蟋蟀声消失了，脆弱的花茎不时被轻易地折断。踏着满地皎洁的月光，沈倚虹来到一棵树下。不久以后，她看到了高处的一扇窗户，攀缘在窗户四周的一些枝叶像是里面不慎泼洒出来的墨汁，疏密不匀地溅在墙上。高大的山墙，在月光下显得更加苍白而倾斜。墙外传来了隐隐约约的流水声，沈倚虹正在谛听之际，忽然看到一个影子一样的人，吱的一声钻进了父亲的书房里。

“老爷，”影子低声说道，“钟家派人来了，钟树声公子好像病得不轻。”

“什么病？”

“伤寒？”影子似在自问自答，“不，听说是一种顽症。”

“到底是什么？”

“他没说清楚，不过，奴才以为是伤寒，还有什么比这更厉害的呢？”

“人呢?”

“奴才已把他打发走了。”影子得意地说道，语调里带着独立完成一件了不起的事情之后的沾沾自喜。“奴才的意思是……”

“乱弹琴!”父亲说道，“你的意思你的意思，你有什么意思?”

“是，老爷。”

“白致富有消息吗?回来后命他立即北上，我在玉井关等他。”

“老爷，小姐的婚事……”

“知道你该干什么吗?”

“奴才知道，管好自己的嘴，不到处乱说……缄默不语，不要像漏勺一样。”

缄默不语。就当什么也不知道，一切都不曾听说，闻所未闻。沈倚虹离开树下，往回走的时候这样安慰自己。紫珠从一条通往后院的石径上走来，她正在到处找她。沈倚虹看到紫珠的脸上尚存着一线依稀的泪痕，她口里叫了一声小姐，从那道微微倾斜的石径上走下来，身体轻飘飘的像一片绯红的花瓣。

紫珠告诉沈倚虹，不久前，她在纱窗下刺绣的时候，眼前绚丽迷幻的丝绸织锦仿佛一个妖冶艳荡的鬼魅，勾走了她的魂，她不知不觉地伏在绿色的纱窗下打了一个盹。就在那阵看起来非常短暂的时光里，她做了一个梦，她像是灵魂出窍，毫无重量可言的身体像晚间的思念一样追逐着一辆马车——在乡村和城镇的街道上狂奔不止，如入无人之境……

傍晚的时候，天上下起了小雨。沈倚虹听到有人在车外唠叨，一边抬头仰望灰色的天空，看起来，眼前的这场雨好像是今年最后的一场雨了。他们站在渐渐湿润的路边，如同在告别，又像是期待。细雨打湿了车上的帘子，车外的景色幽暗无边。马车似乎停在一座宅院的门前，沈倚虹听到里面传来一阵开门声。

欧湘濂来到车外，隔着那道潮湿的帘子，低声说道：

“小姐，到家了。”

八

昨天晚上天快黑的时候，我从西边的灶房里出来，手里端着小姐的药。本来小姐应该在午后服药，然后睡觉，可第一次煎好以后，灶房里的刘嫂在门前的一只凳子上打了一个盹，等她惊醒过来以后，满屋子都飘溢着焦煳味，药锅里的汤汁已经不多了，正在迅速收水。刘嫂手足无措，她不敢去告诉我和小姐。我后来走进灶房里的时候，刘嫂正在往药锅里重新兑水，她试图用这种偷懒的手段补救她的过失，真是欲盖弥彰。我在走向灶房时，已经闻到了那种飘散出来的焦煳的气息，越往里走，焦煳的气息变得越清晰浓烈。我在刘嫂的身后大喊了一声，她手里的水瓢忽然掉到了地上。接着，她向门口这边转过身来，她的脸红得有些让我害怕，我盯着那张脸。我想，这个时候感到害怕的应该是她，而不是我，但不知为什么，我的脸也在隐隐灼烧。

“紫珠姑娘……”

刘嫂慌乱不安地叫了我一声，我没有理会她，径直来到那只黑砂的药锅前，里面已掺了水，一些黑乎乎的药渣像大火烧焦的木头一样死气沉沉地漂浮在水面上。

“你想害死小姐吗?”我的脚下踢响了那只湿漉漉的水瓢，突如其来的响声吓了我一跳，刘嫂也被吓得脸色煞白，她急忙朝门口看去，以为外面来了什么人，望了片刻，她回过头来对我说道：“紫珠姑娘，我该死，我只在门口那张小凳上迷糊了一小会儿，锅里的水还有很多，我没想到会突然，一下子烧焦……”她说着，停顿了一下，似在回忆什么。“求求你了，紫珠姑娘，千万别把这事说出去，老爷要是知道……我这就洗锅，重新煎煮。”

我找了一张椅子坐下。在我的注视之下，刘嫂倒掉了里面的东西，仔细地将药锅洗涮了两遍。这会儿，她看上去已不像方才那么慌乱不安了，脸上恢复了湿润和几颗稀稀落落的雀斑。她端着药锅，走到一个柜子前，取出几个药袋，刚要往锅里放药材，回头看了我一眼，见我在注视她，立即改变了主意，将药锅端过来又仔细洗了一遍。够干净的了，我想。小姐这会儿说不定已经等急了。

从灶房里出来的时候，天已经快黑了，燕子在庭院上空飞来飞去，树枝簌簌作响，上面似乎挂满了风声。走到一道影壁对面时，我忽然看见了宁陵，这个小鬼头惶惶不安地躲在一棵树后，似乎在等什么人。我心里一惊，不知他是怎么进来的。两年前我第一次见到他的时候，他还是一个孩子。作为钟树声公子的书童，宁陵看上去比他的主子更为狡黠，我们小姐最不放心的就是他的那张嘴，他像黄鹂鸟一样能说会道。这会儿，天这么晚了，他一个人躲在这里做什么呢?难道钟公子也来了?

宁陵的脸从树后闪现了一下，接着又缩回去了，他看到我了？我正欲喊他出来，这时，一个人突然从影壁后面走了出来。天哪，是我们帅府里的一位管家，我常见他往老爷的书房里走动，只是不知道他的姓名。宁陵找他有什么事呢？他们鬼鬼祟祟的声音从树后传出来，在傍晚的暮色里显得模糊而零碎，令人难以捉摸。他们在说什么？至少与我们小姐有关，我是这样想的。钟树声，宁陵，这一对薄情寡义的主仆，不知在搞什么名堂，来到帅府，躲着我和小姐，暗中与他人见面，难道……这时，我看到宁陵的蓝布衣衫在树枝后面闪了一下，一溜烟地跑了。管家朝四处看看，咳嗽了一声，沿着一道斜斜的石径向老爷的书房那边走去。

我端着药钵回到房里，小姐不在屋里，床榻上空着，梳妆台前也空无一人，我从镜子里看到我的脸涨得通红。

我找出绣针和几团丝线，来到纱窗下。几天前，小姐让我仿照前厅里隋人展子虔的《游春图》，再绣一幅，挂在她的睡榻旁。今年春天以来，她一直断断续续地生病，几乎很少出去，如今让我绣一幅《游春图》，或许是为了弥补什么。

……在明媚的光线里，澄碧的湖水泛起粼粼细波，雪白的马鬃在远处的青山红树中隐现，出没……仿佛也是这样的一个季节里，我从府里出来，远远地看见钟树声在一座朱顶的亭子里焦虑不安地踱来踱去，手里拿着一封写给我们小姐的信，像握着一块火炭似的。那时候，四周没有人，只有他的书童宁陵牵着一匹马坐在附近的一棵树下。我来到亭子里，钟树声立即迎过来，叫了我一声“姑奶奶”。算起来，这是我第三次为他和我们小姐飞鸿传书了。有一天晚上，我在后花园里的藤蔓深处架好梯子，掌灯后不久，钟树声像一只狐狸一样顺着梯子溜了进来。他从婆娑的树影中钻出来，脸上除了斑驳的幽晕与慌乱之外，还沾满了花粉与草浆。“好一个采花贼。”我喊了他一声，他受到了惊吓，立即伏在阴湿的地上——小姐后来知道了这件事，责备我不该让他在湿地上趴那么久，他的身体算不上强壮——我从花丛后面跳出来，他看见我后，喘着气说道：“姑奶奶，吓死我了。”他的胆量竟这样小，还不如一个女人。四周的草木湿漉漉的，轻轻颤动着，我告诉他，待在这里别动，万一被府里巡夜的人发现了，那就没命了。他朝我点点头，想说什么却又没有说出来，嘴里仿佛被什么东西噎住了。之后，我回去叫小姐。小姐忸怩了半晌，终于还是出来了……那天晚上，小姐从花园回来以后，在梳妆镜前坐了很久，腮边的酡红一直久驻不散。我来到镜子前，小姐忽然起身到床上去了，随手放下了帐幔，将自己罩在里面，不让我看她的脸……

我走进亭子里，钟树声迎上来，跪倒在我的面前。他这个突如其来的举动吓了我一跳。他的书童宁陵这时正仰起脸朝这边张望。我让他起来，他声音急促地对我说道：

“紫珠，可把你盼来了，你要再不来，我的头发就要白了。”

这个人，上一次见面的时候，他就说他的头发快要白了，这一回又在老调重弹。我告诉他说，我这样千辛万苦，全是为了我们小姐，不然，我是不会来的，用轿子也抬不来。

“对，紫珠姑娘，”钟树声说道，“难道我不是吗？我也是为了你们小姐。”停了一会儿，他又神色黯然地说道：

“我爹爹正派人四处寻我，扬言要敲断我的腿呢。”

我从他的手里接过那封信，转身要走的时候，他忽然从下面抱住了我的双腿，他把我箍得那样紧，使我难以脱身。紧接着，他的脸、嘴贴到了我的裙裾上，我感到下面一片温热，那个朱顶的亭子仿佛正在飘荡而去……

此事若被小姐发觉，我就没有出路了，只有一死。

……

我从通向前厅的那条石径上走来的时候，看见小姐脸色苍白地站在一棵树下。我告诉她药已经煎好了，她似乎没有听见。在回房里的路上，我想起刚才在纱窗下绣《游春图》的时候，不知不觉打了一个盹。就在那阵十分短暂的时光里，我梦见一辆华丽的马车载着小姐，在秋日的旷野上飞奔，小姐坐在马车里，浓妆艳抹，芳香袭人，像是一位正在出阁的新婚娘子。千里姻缘……那辆马车看来只有跑够一千里以后，小姐才能款款地从车上下来，走进红装与高烛之中……

小姐听完我的梦境之后，注视了我一阵，忽然对我说道：

“想出嫁了？”

“谁想出嫁了？”我说，“我梦见的那个盛装丽人是你。”

“你知道不知道？”小姐说道，“梦是反的，你看见你自己出嫁的情景了。”

快到屋门口的时候，小姐停下来，对我说道：“再别提这出嫁的事了，到时候，我给你操办就是了，倾其所有。”

谁想出嫁了？是我吗？小姐真是得理不饶人，她从前可不是这样的。我只不过是一个丫头，能嫁给谁呢？我从来没有做过那样的梦。她嫁给谁，我跟着过去就是了，谁让我是她的贴身丫头来呢。

秋天里的一个早晨，太阳升起很高了，小姐还没有起床。

我拎着水壶，浇完门前花坛里的几丛菊花以后，回到屋里。我想让她多睡一会儿，就轻轻地掩好门，去西边的灶房里看刘嫂煎药。我对刘嫂说，小姐很快就要起来了，梳洗完毕以后就要服药了。刘嫂一边撩起围裙擦手，一边对我说，药马上就得了。

前后左右的屋脊在早晨的空气里闪烁着一道道耀眼的光芒，甬道两旁的花丛和绿云似的草木看上去青翠欲滴。我端着煎好的药走出灶房的时候，刘嫂还在数落她那个酒鬼男人，昨天晚上他又喝醉了酒，醉倒在通往校军场的一条路上，一队巡夜的御林军发现了他。有人认出他是帅府里的一名三等买办，连夜将他送了回来。

小姐还没有起来。我将药钵放到外间的一张桌子上，来到她的床前。

"小姐，该起来了。"

我叫了几声，轻纱帐幔里静悄悄的，我看到了小姐的安详的神态。

老爷自从率兵北上以后，至今杳无音讯。这些日子以来，我们一直瞒着小姐，说老爷近来一直在校军场上阅兵，每天早出晚归，府里的其他人都很难见到他。小姐闻听后，有几个晚上睡得很好。

午后，我来到夫人的房里。夫人躺在病榻上，她说她早就预料到会有这一天的，几天前她做过一个噩梦，一直闷在心里，她宁愿使它腐烂，也不愿将它说出来，说破。我告诉夫人说，小姐看样子是黎明时分才断气的，那个时辰正是御林军在外面叫门，将刘嫂那个醉鬼丈夫送回来的时候。

夫人说，告诉管家，立即将他们夫妻打发出去，是他们把街上的恶鬼带回来了。夫人说完，又一次伤心地昏厥过去……

……

秋天里的一个早晨，我们护送着小姐的灵柩离开了京城。

由此还乡，有一千多里的路程。帅府里的护卫白致富离家数月，至今未归，夫人命另一位护卫欧湘濂一路上护送小姐的灵柩。

马车行至鱼城一带的时候，一位的屡试不第、名落孙山的年轻秀才吊死在路边的一棵枯树上，其时正值天色晦暗的午后，四野无人，满天黄叶，几只乌鸦像黑炭似的在附近的水沟与树林前飞来飞去，叫声嘹亮而悠扬，如同一种遥远的回声。

在那棵不祥的树下，坐着一个袒胸露臂的僧人……

九

大约晌午时分，我听说白致富死了。

我来到东院，双喜告诉我说，老张把白致富抱起来，将一支笔塞进他的手里，老张把着他的手让他在纸上写字，白致富刚在纸上涂了一个黑点，便断气了。

怎么这么巧呢，原指望他能写出点什么，让我们这些耳不聪目不明的人多少知道一点外面的消息，因为，就凭他那副垂死的奄奄一息的样子，无论他是从老爷身边来的，还是从小姐身边来的，都是一种不祥之兆，谁会想到他连一个字都没有吐出来，就这么利索地死了呢。天哪，他像是前世也修了福，死得这样仓促，不容分说，连眼睛都不眨一下。

老张手里拿着那张纸站在门口，我凑过去看看，老张忽然生气地对我说道：

“都是你出的馊主意，让他写什么字呢，你怎么会想出这么一个馊主意呢？让他休养两天，说不定他就缓过来了。”他说着，将手里那张纸在我面前抖得哗哗直响，指着上面那唯一的一个黑点，对我说道：

“你看看，他写的这是什么？这是字吗？这是四不像，连一个蜘蛛都不像。这能说明什么？什么也没有告诉我们。”

天哪，瞧他说的，好像是我把白致富给活活害死了。这些男人，与他们打了一辈子交道，很多时候我仍然不明白他们为什么一个个都如此……混账。岁月不饶人啦，要是在从前……我瞟了老张一眼，这会儿我不打算与他计较，既然没有得到小姐的一点消息，我还在这里做什么呢，我转身向门外走去。

“神气什么？”老张忽然在后面冲我的背影说道，“不就是小姐小时候吃过你几滴奶吗？”

“天哪！几滴奶？”我回头望着这个蛮不讲理、不通人情的人，他说得多么轻巧，几滴奶……我挺着胸脯，朝他走过去。“是的，我是有几滴奶，你有吗？”

“我当然没有。”他说着，向后退去。旁边的几个人轻声笑了起来，他匆匆瞥了我一眼，脸涨得通红。

“我还以为你也有呢，你也喂养一个孩子让我瞧瞧。”

我早就说过，这不是什么好事，一家人分成两个摊子，这边一摊子，京城里一摊子，相隔上千里地，来一回去一回就像上天入地一样费事。平时，我带着针线在家里的桃树林子里做活儿的时候，耳边常常会传来阵阵笑声，似乎是从那些疏密的枝丫之间传过来的。只要一闭上眼睛，就会有一个摘桃子的姑娘出现在近前，睁开眼后，仍然是满园桃花。我知道，那就是我们小姐。

我站在街门口的青石旁，抬手遮挡着晌午的光线，向远处眺望。一个孩子从街对面的巷子里跑过来，对我说："马车来了。"这些天来，他们都知道我在日夜期盼着小姐乘坐的那辆马车，常有人来捉弄我。昨天黄昏时分，我正在屋里收拾几个放衣物的箱子，一个十四五岁的孩子从外面跑进来，上气不接下气地对我说："我看见马车了，向这边来了。"十四五岁的孩子不该说谎了，我扔下手边的事，急忙随他来到门外。是有一辆马车渐渐朝这边来了，可是，天哪，那是一辆什么样的马车，车上满载着出窑不久的瓷器、瓷碗、瓷盘、缸子、盆子。一个红脸的人走在车辕一侧，边走边吆喝，一双小眼睛四处搜寻。这时，再找那个十四五岁的孩子时，不知什么时候已经不见了。

几天前，我听着园子的老赵说，刘家庄的土围子外面来了几个行动不便的伤兵，他们说是从一个叫作卧槽的山谷里逃出来的，都是沈大帅军中的士卒。沈大帅不就是我们老爷么。第二天老赵放下园子里的活儿，又去刘家庄那个土围子外面打听消息，那几个伤兵已经不见了，在他们曾经停留过的地方，留下一些干草和几摊发黑的血迹。那几个一瘸一拐的伤兵会走到哪里去呢？

我在前厅里点燃香烛，三拜九叩，求上苍保佑小姐平平安安地回来，保佑老爷得胜凯旋。从前，这是一个多么热闹的地方，宾客盈门，话语不断。东院里的墙垣下面已长满了几尺高的野草，我对他们说了不知多少遍，没有一个人动手。野草一天天在疯长……

天快黑的时候，老张忽然脸色阴沉地走了进来，他对我说：

“小姐回来了。”

小姐回来了？我怎么没听到一点儿声息呢？我打开门，老张也跟了出来。这时，我看见了那辆停在门外的马车。

“小姐——”我朝外面叫了一声，眼里流出了泪水。

天哪！他们从车上抬下一具棺材……一个哭哭啼啼的姑娘走在后面——

原载于《人民文学》一九九五年第一期

辎 衣

农历八月十二。黄昏。

七品知县刘文炳怀着一腔愁郁的心情离开阴暗的大堂，连日来发生在东山地界上的几件毫无章法的无头案使他几近陷入绝境。午后，当着满堂公差和几名原告的面，一个不祥的消息又由门外送至他的面前。据差人回报，东南方向的天空出现一片移动的红云，这将预示着有大批的蝗虫正在迅速向东山县境内移动，蜂拥而至的蝗虫……这无疑是一个需要封锁的消息，传出去，必将人心惶惶，后果难以设想。刘文炳捧着奏折，感到自己的手里一片潮湿。整整一个下午，刘文炳在大堂上如同置身于一场泥泞的梦中，梦中所现的淫雨冗长而无声，遥遥无期。面对背井离乡的百姓，他感到自己已山穷水尽，无计可施。状纸一张张地呈上来，形形色色的内容，粗俗不堪的或咬文嚼字的语言，白纸上斗大的黑字使他深为恐惧或不安。奸杀……世仇……遗产纠纷……谋财害命……他慢慢抬起头，眼中一片迷茫，他听到有人在堂下低声抽泣。刘文炳向下面问道：

“是谁在下面哭泣?”

大堂里沉寂下来。不多时，一名执勤的公差走到刘文炳面前，说道：

“回禀老爷，据小人观察，没有人在下面哭泣。这是公堂，不是灵堂。他们不敢。”

“胡扯什么！”刘文炳断喝一声，执勤的公差立即跪倒在案前。怎么回事？是我耳鸣，听错了吗？昨夜他曾提早入睡，但一夜未能合眼，凌乱的树枝毫无道理地纠缠在窗外，致使他连续盗汗，在帐内蜷曲成一团。

黄昏终于来临。

几位诉讼者的面孔开始在刘文炳疲倦困顿的视线里逐渐模糊遥远起来，有的甚至远在衙门之外的大街上、护城河上。椅子和刑具在这时候显出了最初的那种轮廓，释放出木头和铁器的本色气息——至少在刘文炳看来是这样的。守候在大堂门口的几名卫士，他们的衣衫被风吹成一团。一只燕子在门前飞来飞去，反复徘徊。

再过几个时辰，天就完全黑了。

刘文炳离开座椅，起身向后面走去。从后堂的一角闪出一个人来，早已将两扇屏风移开，形成一条通道。刘文炳回头看了一下推屏风的那个人，面生得很，似乎从未见过。他停住脚步，回头随便问道：

“你是谁？是新来的吗？”

那个人急忙走到刘文炳面前，低声说道：“老爷，你不认识我了？小人一直在这里管后堂的屏风和门户，已经两年多了。”

刘文炳哦了一声，脸上显出一片迷茫的神色。“你是小安子吧，我记得你原来很瘦，你叔叔他现在还好吗？”

那个人的脸涨得通红。“老爷，我叫李小珠，是冯捕头引荐来的。”

刘文炳快步穿过后堂，朝院子里走去。他感到有些羞耻，甚至无地自容。完了。他情不自禁地在心里长叹一声。我老了吗？昔日良好的记忆哪里去了？现在竟然会如此颠三倒四，张冠李戴。他想起了那些使人烦躁不安的诸多事务。在大堂上的时候，他常常会变得语无伦次，有时甚至将两个互不关联的命案牵扯到一起。任何一条来自乡下的消息，对他来说，都是灾难性的预告。乡下有良田万顷，但仍然难以逃脱歉收的厄运，农田的歉收总是直接导致其他各类事物的严重衰败和突变。入夏以来，血溅粉墙的事情时有发生，刘文炳的轿子时常来往于那些山间草棚与高门大户之间。在那些地方，他不止一次地目睹过死者暴突的眼睛和紫色的尸体，甚至鸡飞狗叫的殴斗遗迹，目睹过赤身裸体的女人、同室操戈的兄弟、惨死的继母、奄奄一息的义子。有些眉目简单的事情，但由于僧道之流的介入，事情本身变得更为复杂而晦暗，迷雾重重。天门寺里住着一名擅写艳情诗的僧人，几年前曾用匿名写过一本淫邪色情的小册子，流毒甚广。那本名为《东门》的小册子共有三十二回故事，那个淫荡无比的故事在第二十八回的时候戛然而止，后四回是对于房中术的纯粹的技术方面的指导和理论性的探讨。

后门没关，留着一条缝。刘文炳推开门，来到长长的回廊里，一阵潮湿的水汽迎面扑来。众多绕墙而生的草本植物使这个庭院里的景色多少有些阴森、冷清。一只灯笼亮着。在回廊的尽头，还有另外一只灯笼也亮了起来。有低低的女人说话的声音从某一间屋子里传出来，刘文炳的心头忽然掠过一丝暖意，仿佛正午的阳光在他的五脏六腑之间穿行而过。刘文炳在回廊里向前走了几步，突然无比惊愕地看到，东墙上晃动着一个清晰的人影。他停下来，一手扶着一根栏杆。东墙上那个高大而粗壮的影子，酷似县衙捕头冯玉堂，但冯玉堂已在半月之前奉命外出，带着马队和囚车，缉拿两名府衙通缉的凶犯，至今未归。

一阵风吹灭了吊在墙上的灯笼，影子不见了。刘文炳情不自禁地打了一个冷战。经过客厅时，他没有进去，只是透过窗户朝里面张望了一下，他看到了闪着团团幽晕的中堂和桌椅，巨大的铜烛台，鲜红的蜡烛粗壮如小孩的手臂，盘中拥挤的水果，一名丫鬟正伏在一张椅子上打盹。正墙上的一幅《东山送米图》在烛光的映照之下充满了暖意，画面上的内容是他毕生的终极目标，他常常在臆想中看到附近的百姓携带着米袋，三五成群地向他走来……

穿过客厅，刘文炳向自己的居室走去。里面亮着灯。

刘文炳推门走进去。他的夫人正在镜子前有条不紊地化着晚妆。两个月前，西城孔千户的夫人派人送来两盒上等的质地细腻的矿物白粉，刘文炳的夫人对此欣喜万分，爱不释手。现在，她正将用过后的一盒白粉重新封好，在镜子前左顾右盼，流光溢彩。

屋里萦绕着某种令他倍感生疏的气息。瓶子里插着一束水灵灵的花。刘文炳摘掉纱帽，和衣倒在床上。连日来的公务使他茶饭不思，睡眠中时常呈现出恐怖而夸张的噩梦。无声的睡榻，低垂的帐幔，短短的时间之内，竟然发生了那么多的事情，这种现象使刘文炳经常想起那种所谓的劫数。

现在，刘文炳感到背后一阵温热，一只白皙的手出现在他的脸前。不知什么时候，他的夫人已从镜子前离开，偎依到他的身后。她身上的香气令他多少有些头晕。刘文炳的身体向床里移动了一下，她立即上了床。

“这么晚了，把脸弄得那么白，要去哪里？”刘文炳心不在焉地问道。

他的话使她明显地有所不悦。她伸手轻轻地在刘文炳的脸上、胸前抚摸，渐渐下移，她低声说道：“我知道你这些天很烦躁。”刘文炳把身体转过来，两个人脸对脸躺着。

接下来，短暂而失败的床第之欢使刘文炳变得昏昏沉沉，脑子里一片空白，像一个四肢风瘫、行将就木的老人，时间实在是太短暂了，刘文炳懊恼万分地埋怨夫人，不该在这种时候向他发出那种信号。他的夫人意犹未尽，白皙的脸上现出片片绯红。

“我睡着了，不要惊动我。”刘文炳说着，闭上了疲倦的眼睛。

“知府姚大人的寿辰快要到了。”夫人突然在一旁说道。

“什么时候？”刘文炳如梦方醒，重新睁开眼睛。

“你不提醒，我险些忘了。”

“后天，八月十五。”夫人说。

在冯玉堂最初的记忆里，那个人浑身上下罩满了灰尘，他从马上滚落下来的时候，一支摇摇晃晃的箭杆突然从他的蓝色衣襟下伸出来，颤颤巍巍地暴露在冯玉堂关注的视线里。

来人是府衙里的一名特使，他此行的任务是迅速跑遍各个州县。他在弥留之际向冯玉堂传达了一个惊人的消息：炉笼关总兵宋秀仁突然率部哗变，叛军已将府衙团团围困，水泄不通，知府姚大人弃城而逃，现在去向不明，生死未卜。

府衙使者哀怨地望了冯玉堂一眼之后，伤痛和饥寒使他又一次昏迷过去。冯玉堂命人将他背部的箭头拔出来，鲜血立即喷涌而出。路边柔软的青草迎风起舞，使者的身体就放在那里，脸上显出一种微微的绿意。

东山县捕头冯玉堂在这个秋日的黄昏里，站在三省交界的岔路口上，举棋不定，去意彷徨。他手下的兵勇像一盘疏密有致的棋子一样散布在他的四周，晚风中夹带着阵阵不可名状的寒意。最后一批大雁正在向南飞去，黑色的队列，天空中漫长的迁徙，它们的出现，短暂地点缀了黄昏时的天空。

冯玉堂微微将头侧向一边，面对着正在坠落的夕阳，使者身边的鲜血染红了路边的青草，使冯玉堂烦躁不安，十分恶心。夕阳中，他抬起一条无所事事的胳膊，看到了自己透明的手掌和微微发红的手指。那边，一名中年的农夫在收割过后的田野里点燃了一堆秸秆，耕地上空浓烟滚滚，农夫咳嗽着，从烟雾中抱头逃出来，朝耕地一侧的几件农具走去。

府衙使者的身体在青草上缓缓蠕动，他有时伸出一根手指，有时又将一只手握成一个松散无力的拳头。大约一个时辰以后，他流尽了最后一滴血。那时，夕阳已完全落下去了，天边一片玄黄，山脊剩下了最后 一点红色，看上去像一种成熟已久的野生果实。

在确信使者真正死去以后，冯玉堂带着手下的马队和临行前配备的两辆空荡荡的囚车，向东南方向飞驰而去。秋日的树木和树丛后面的房舍、村落依次向后闪去，大道上飞扬的尘土，重现了多年以前的一个弥天大谎。

前一天晚上，天上下起了小雨。

冯玉堂的妻子陈氏领着七岁的儿子毛头来到县衙，向刘文炳打听冯玉堂的消息。冯玉堂离家已半月有余。

再过几天就是一年一度的中秋佳节了。在刘文炳的直接干预下，东山县今年的瓜果行情令人满意，一些多年不见的水果也出现了。但这种兴旺景象伴随着另一种不良的现象：大街上到处是腐烂的水果和蔬菜，每当有风吹过时，那种腥甜的发酵后的气息便会越过窗户，飘进屋里。那是一种容易使人迷醉的气息，距离浓郁的滔浆，仅仅一步之遥。

陈氏走进细雨中的县衙。街上有一个人停下来，探头探脑地向里面张望。

刘文炳把陈氏和她的七岁的儿子毛头让进客厅，陈氏在靠近窗户的一张木椅上坐下，毛头靠在她的腿边。这个二十八九岁、高挑身材的女人，来这里前不久似乎刚刚哭过，她穿着一件湖绿色的绸衫，脑后梳着一个大大的圆髻，脸上薄施的脂粉遮去了依稀的泪痕。

透过木椅上镂空的雕花，七岁的毛头怯生生地打量着刘文炳和客厅里的一切。一名丫头将盛水果的盘子端至毛头的面前。毛头伸出手，丫鬟朝他笑着，毛头拿了一颗葡萄。

面对刘文炳如水的笑容，陈氏向他询问起冯玉堂的归期，她的话语听上去幽咽凄婉。已经半个多月过去了，冯玉堂与手下的几十名捕快仍然杳无音讯，刘文炳期待的心情与陈氏的心情并无两样。每当有急促的马蹄声从衙门外传进来时，他都以为是冯玉堂带着缉拿在案的凶犯如期归来了，但他狂喜的心情一次次落空，有时在深夜时分，他会被大街上隐隐传来的辚辚的车声从梦里惊醒，他总以为那是载有凶犯的囚车来到门外……刘文炳注视着叙述中的陈氏，这个女人有一副很好的身段，这使他立即想到了自己的夫人……梳妆的早晨……手镯……微风……凌空的姿势……湿润的大街上的重影越来越多，护城河上的吊桥在风中摇晃不定，四起的鸡声令人难以置信。

“我近来总是眼跳。”陈氏颇为不安地对刘文炳说道。

刘文炳用一种梦游般的目光注视着窗外，陈氏后来说的那些话他丝毫没有听进去。接下来，他向陈氏描述了几起互不关联的悬案，其中包括凶手可怖的嘴脸和几条最为常见的逃亡之路。陈氏在刘文炳绘声绘色的渲染中，恍惚看见一些无风的夜晚和扭曲的人影，草木彬彬有礼，锦帐内凌乱狼藉，到处都是三角形的血迹和梅花状的手印，到处可见扁平的脸和狭窄猥琐的背影，绝望的呼喊，凄厉的呻吟。一个惊恐万状的人隐伏在床下，另一个人突然举起了手中的大刀。

那些放荡而凶残的事件使陈氏在观望的过程中不寒而栗。现在，她感到自己光洁平坦的小腹上凭空布满了冷汗，汗珠贴着起伏的皮肤正在向下渗漏、流泻。陈氏突然夹紧了双腿，脸涨得通红。

刘文炳走过来，拉着毛头的手，说：“想爹爹吗?”

毛头望着刘文炳，不说话，身体向陈氏的身后躲着。

“他认生。”陈氏红着脸对刘文炳说道。陈氏想把毛头从自己身后拽出来，孩子的身体在这时候出现了明显的抵制。刘文炳看了一会儿，低声对陈氏说道：

“算了，他不出来就算了。”

葡萄呢？你把那颗葡萄藏到哪里了？陈氏转身问毛头。毛头伸开一直紧握着的拳头，那颗葡萄只剩下一撮干瘪的皮，碎裂的水汁将毛头的手掌涂染成一片紫色，看上去如同某种灼痛的伤痕。刘文炳看了一眼，一丝不祥的阴影从他的脸上轻轻掠过，转瞬即逝。

送走陈氏以后，刘文炳一个人在光线昏暗的回廊内流连忘返。一只蜘蛛正在廊檐上有条不紊地织网，从这头踱到那头，又从那头踱到这头。借着暝晦的暮色，刘文炳看到一架梯子，搭在花园的入口处。花园的门虚掩着，能看到里面的一种白色的花朵。

周围一片寂静。

送给知府姚大人的生日贺礼早已启程上路了。如果不出什么意外的话，那三辆垂挂着绿色帘子的马车很快就要行进到吉水河畔了。运送寿礼的马车由县衙的师爷吴文兴亲自押送，一名善使暗器的剑客随车同行，他是刘文炳的内弟。此去府衙，路途迢迢，山重水复，七百里的路程，需要两天两夜的时间。在穿过吉水河畔之后，还要途经玉井、炉笼两大关隘，最终到达府衙。

那时候正值黎明时分，像往年一样，贺寿的车马在刘文炳的注视之下，离开县衙，萧萧辚辚地驶入弥天的晨雾之中。

守门人关了大门。刘文炳重新回到床上，想继续睡觉，但眼前却浮现出那三辆还算华丽的马车，他在床上恍惚看到马的鬃毛和马车上翠绿的帘子在晨风中飘飘欲飞，他还看到了师爷吴文兴那张苍白消瘦的脸和一把枯黄而颤抖的胡须。太阳升起来了，弥天的晨雾渐渐褪去，马车的影子和人的影子投映到路上，看上去支离破碎，像一堆废弃多年的农具或兵器的残骸，刘文炳惊出一身冷汗……旁边的夫人向帐里翻了一下身，将一条肥白的腿伸到被外。刘文炳看了一眼，悄悄掀起帐帷的一角，溜下了睡榻。他感到口中焦渴无比，抓起桌上昨夜的半杯残茶一饮而尽。

潮湿的晨雾正在散去。县衙内外静悄悄的，不同于往日的情形。刘文炳离开卧室，四处转了一遍，多少感到有些异样。晨雾使视线内的一切都变得湿漉漉的，仿佛注入了更多的重量和成色。一名丫鬟端着一只热气升腾的铜盆向夫人的卧室里走去。夫人已经起来了。

刘文炳前后走了一遍，他只看到一个抱着扫帚、清扫台阶的衙役。那个衙役似乎上了年纪，帽子下露出一片白发。他拖着扫帚，在台阶上时走时停，似在回忆一桩什么事情，他把自己罩在一片尘埃里，浑然不觉。

刘文炳轻轻走到台阶下，抱着扫帚的衙役首先看到了刘文炳的一双黑色的靴子。衙役的心事被搅乱了，停了下来。继而，他抬起头，被站在台阶下的刘文炳吓了一跳：

“老爷……”

“我四下走了一遍，连个鬼都没见着。”刘文炳说，“人都哪去了？都死绝了吗？”

年老的衙役用一种慌乱无比的动作驱赶着适才扫帚荡起来的尘埃，这会儿，他十分悔恨由于一时的疏漏和懒散而忘了在台阶上洒水。对于灰尘的驱打，他的动作一次次扑空，他的一番努力显得笨拙而不适。他一边扑打灰尘，一边气喘吁吁地对刘文炳说：

“老爷，后天就是八月十五了，按照往年的惯例，人们都提早回家置办过节的东西去了，听说今年的猪肉稀少得让人吃惊。”

刘文炳恍然大悟。焦虑而紊乱的心情使他忘记了这一古老的习俗。事情太多了，许多令人不安的事情常常会在不知不觉中被忘诸脑后，而另一些无关紧要的事情却总在脸前晃来晃去，挥之不去。刘文炳在台阶下来回走了一阵，突然生出一股无名的火气。他大声对那个站在一旁的年老的衙役说道：

“去，都把他们叫回来，我要上堂。把所有的人都叫回来。”

年老的衙役面有难色地发出一串含糊不清的声音后，说道：

“老爷，这……”

“我要上堂，我不上谁上？”刘 文炳说，“强盗正在奸淫你们的妻女，掘取你们的祖坟，你们还有心思过八月十五？”

停了一下，刘文炳又说道：

“我看你们都应该过七月十五，七月十五才是你们的节日。”

年老的衙役在一旁婉转地提醒道：“老爷，七月十五是鬼节。”

刘文炳重重地哼了一声，说道：“我说的正是它，我说错了吗？”

年老的衙役抱着扫帚，慢慢向门口走去，一些地址开始在他的记忆里泛起阵阵泡沫。他由衷地感到，自己能记住的东西已经不多了，所有那些街道和房屋的颜色及轮廓，像他的记忆一样，正在急剧地衰败，褪浅。有限的几棵枯树固定在他的记忆里，所有的门窗、孩子的哭声与狗的叫声，都是那样的千篇一律，清一色的，令人难以区分，无法辨认。

刘文炳忽然在后面说道：

“回来。”

年老的衙役停住脚步，急忙折回来。“老爷，小人这就挨门挨户地去把他们叫回来，八月十五算个什么呢，它和九月十九没有任何两样，月月都会有十五的。”

刘文炳说：

“算了，不用去了。”

“老爷，小人年老体弱，有所怠慢……”

“你也回去吧，准备一下过节的东西。回去后向你的妻儿老小替我问声好。”

“老爷，我孤身一人，无家可归，衙门就是我的家。”

“你叫什么名字？”

“小人姓崔，在家排行第七，崔七。”

“你是崔家堡的人吗？”

“是的，老爷去过那里？ ”

刘文炳沉吟不语。片刻之后，他向崔七打听一个人的下落。

“崔大鹏如今还在吗？他靠什么为生？”

“老爷怎么会认识他？”崔七的脸上掠过一丝惊异的神色，“他死了，崔家堡的人拍手称快。最后，一个寡妇埋葬了他。”

“是那个金寡妇吗？”

“是的，老爷连她也认识吗？”

“金寡妇，崔大鹏……”刘文炳喃喃地说着，登上台阶，向里面走去。

崔七提来一壶水，轻轻地洒在台阶上，然后将台阶上下清扫得干干净净。

早饭之后，刘文炳略感不适。

一匹快马送来一张请柬，邻县赵县令的女儿出嫁，邀刘文炳去庆贺，赵家小姐嫁给了孟江太守纪伯麟的公子。一次完美的联姻。刘文炳看过请柬，吩咐下面立即送上一份礼单。二十年前，刘文炳与赵县令同时考中进士，之后又都在毗邻的两县为官，交情不薄。接下来，又是一份请柬，本县富商古某在城南兴建起一座带有回廊和湖泊的花园，特邀刘文炳为新建的花园命名，并在园内各处题诗题字。刘文炳把题诗的事搁置在一边，来自西城的一条消息使他不免有些心惊肉跳：由于一条来历不明的白色手帕，致使沿街一带的五名男女并两名顽童连续丧命，命案发生之后，那条白色的手帕突然不翼而飞，附近的街坊邻里谈则色变。眼下，天一擦黑，那一带的所有住户便都紧闭门窗，街上几乎看不到一个行人……

其时正值八月十三的上午，刘文炳在听过几条梦幻般的消息后，忽然感到腹中一阵难耐的绞痛，他扶着椅子站了许久，他想起了早上下床后，冒冒失失地喝下的那半杯昨夜的残茶。流逝的年华看来已不允许他重复当年的某种意气和动作，腹中连续不止的绞痛使他的脸变得发黄而灰暗，毫无生机可言。

夫人带着请来的大夫走进来的时候，刘文炳已在别人的帮助下离开那张椅子，回到了床上。他蜷曲在床上，时而脸冲着墙，时而又将头埋到被褥之间，致使床上一片狼藉。那位走进来的大夫，身上混合着一种水果和药渣的气息，处于绞痛中的刘文炳立即对他产生了一种颇为不良的印象。“一个相当糟糕的家伙。”刘文炳这样想着，慢慢地转过身体，伸出一只手臂，接受他的摸索和诊断。

……焦虑、风寒、抑郁、不洁之物、睡眠、惊吓……大夫说出一连串发病的原因，然后停下来等待刘文炳的首肯。刘文炳暗暗感到好笑而嗔怒，简直一派胡言，不就是半杯隔夜的残茶么。大夫此时已打开随身携带的一个小包，开始针灸。作为本县的臣民，他仿佛正在为床上的县令分担一部分绞痛，他的手在颤抖，额上也像刘文炳那样出现了粒粒汗珠。

“你是否主营水果，兼营行医？”刘文炳睁着一只眼睛问道。

刘文炳的话使大夫的脸立即变得通红，他伸手捏住一根银针，停顿在刘文炳的手臂上，一副害羞而迟疑不决的样子。刘文炳的夫人在一旁急忙插话，她说：

“他是城南大药房的，是康老先生的长子，医道不在康老先生之下。”

刘文炳唔了一声，一颗悬着的心放了下来。旋即，刘文炳问道：

“你父亲，他身体还好吗？”

“还好。”

“他为什么不来？”

“家父有事去了孟江。”

刘文炳说：“很久没看到他了，等老人家回来，我要去看他。”

“那要等八月十五以后了。”大夫说着，充满感激地望了刘文炳一眼，目光中流露出受宠而不安的神色。临行之时，他在门外与刘文炳的夫人低声说了几句话。刘文炳在床上听到了那种窃窃之声，但一个字都没有听清。夫人重新推门进来的时候，刘文炳问道：

“他跟你说了些什么？”

夫人笑着说：“让你从今以后忌口，忌吃鸡鸭一类的东西。”

刘文炳急躁不安地说道：“他让我忌吃鸡鸭，我为什么要忌吃鸡鸭，我又没病。他的医术比他父亲差远了，我不忌吃鸡鸭。”

夫人说。“他这样说，肯定有他的道理，不能不信。”

天近正午。刘文炳从床上下来，在地上走了几步，上午以来的那种令人难挨的绞痛奇迹般地消失了。疼痛已然散去，他的脸上晴朗起来。“自己长着一双青光眼，还说别人有病呢。”刘文炳走着走着，想起了那个容易脸红的大夫。之后，刘文炳怀着一种欣喜的心情，从墙上摘下一把宝剑，一个人在屋里挥舞了一番。

午后。

刘文炳闭着眼睛躺在床上休息。外面的天气变得阴暗起来，空洞的雷声在天上到处回响，仿佛一辆载重的马车在空中狂奔。风中传来树木的沙沙沙的声音，使刘文炳久久难以入睡。透过床边低垂的纱幔，他看到了窗户的轮廓和外面的枣红色的回廊。午饭之时，他不顾夫人的劝阻，执意饮用了一壶几年前的陈酒，这会儿他在床上感到面酣耳热，心跳不止。

空洞的雷声渐渐远去之后，外面并没有安静多久，又传来一阵吵吵嚷嚷的声音，期间伴有阵阵咴咴的马匹嘶鸣声。纷乱的人马之声使刘文炳的心跳急剧加快，他想到了可能是捕头冯玉堂由外地归来。他再也无法像先前那样平静地躺下去了，他急于提前看到那两名凶犯的本来面目，府衙规定的时间早已超过，木笼囚车虽然逾期归来，但仍可挽回一切。

刘文炳掀起纱幔，正要下床，这时有人推门进来。刘文炳手扶床榻，一只脚穿着鞋，另一只脚仍然光着，他迫不及待地向推门进来的人连声问道：“是冯捕头回来了吗？囚车里共有几名凶犯？我要亲自讯问。”

然而，来人的回报令他颇感失望。外面传来的那种纷乱的人马之声并非是冯玉堂擒贼归来，而是乌山庄的唐员外在知府姚大人的寿日前夕，派人送来五斗金色的贡米和十二件玉器，这会儿正在外面等待刘文炳前去亲自查点。刘文炳听完来人的话，在床前呆立了半晌，忘记了披衣穿鞋。简直不可思议。运送寿礼的马车早已在师爷吴文兴的带领之下启程在路上了。这个唐员外，依仗乌山庄出产朝廷用的贡米，向来有恃无恐，经常总是干出这样一些令人哭笑不得的马后炮的事情，而事后又总是振振有词，漫天说理。

刘文炳脸色晦暗地来到外面，乌山庄的管家递过唐员外的一张帖子。刘文炳无心细看，只是伸手抓了一把今年的贡米，在手中看了半天，眉头渐渐皱了起来。

“这是贡米吗？”刘文炳问道。

乌山庄的管家急忙说道：

“敝庄今年春夏以来旱情严重，又遭了虫害，这是最好的米了。”

“亏你们拿得出来，喂鸡还差不多。”刘文炳冷冷地说道，“本县没什么说的，只要姚大人满意就行了。”

管家说：“老爷，我们员外……”

刘文炳打断他的话，说道：“送进皇宫里的也是这米吗？”

乌山庄的管家没有说话，脸上红一阵，白一阵，渐渐低下头去。

刘文炳将手中的米扔回去，吩咐乌山庄的管家迅速上路，尽快追上那三辆运送寿礼的马车。按照以往的经验，师爷吴文兴带领的人马，将在吉水河畔一带稍事休整，补充草料。如果不出什么意外的话，乌山庄的人马在这一段时间之内赶上他们，是不成问题的。

八月十三。上午。

在通往萍水城的一条大道上，冯玉堂及其手下的数十名捕快正在依次策马而行，充满寒意的秋风使冯玉堂肩上绛红色的斗篷变得膨胀如鼓。此次出行，非同以往。无论从哪个方面来看，冯玉堂都有一种出师不利的感觉，许许多多无形的征兆令他深为不安。在路上，他觉得自己更像一名啸聚山林的流寇，终日干着打家劫舍的罪恶勾当。远处有三三两两的妇女，秋风拂动她们舒卷的长袖和裙裾，看上去如同一些降临人间的神仙。

冯玉堂突然勒住马，停在路中央。他身后的几个人毫无防备，纷纷从他的身边越过，向前面跑了一阵后，也停了下来。

远处，萍水城青砖的堞垛已隐约可见。

冯玉堂望见了几面飘扬在城头上的旌旗，他胯下的战马在风中团团打转。在大道的一侧，几个人正在修理其中的一辆木笼囚车，突然脱落的车轮让他们一筹莫展，束手无策。马队在大道上一停下来，一名捕快便发现了这个不祥之兆，但他并未呼喊，只是像一头疲惫的耕牛一样发出一声哀鸣。

冯玉堂在马上阴沉着脸，他在队伍中听到了那种声音，凄厉的哀号使他想到了干燥的草料和黄昏时分的宿营地。在冯玉堂看来，临行前配备的这两辆木笼囚车纯粹是一种累赘，除此之外，再别无他用。现在，其中的一辆已在风中毁坏，另一辆……一路上，他们与其说是狂奔，其实倒更像是一次漫长的迁徙。冯玉堂没有看见那种所谓的速度与前景，更多的时候，他看到的是一天一天的时光，时光像一群群拖儿带女、背井离乡的百姓一样，每天悄无声息地从他的身边流过，如同沿途的某种风景。对于那种现象的长久注视，使冯玉堂时常感到有一缕一缕的白发从耳边不知不觉地生长出来，隐藏在盔甲下的皮肤变得干燥而多皱。远处的萍水城从轮廓上去看，像是一座安静而陌生的城池，但其间的街道与客栈，牌楼与厢房，已被他的想象渲染过多次，水榭楼台，窈窕淑女，朔风怒号的校军场，穿朱衣戴皂巾的守门人，石像前的严刑拷打，密室中的温文尔雅，有关的一些门户正在傍晚的风中时启时合……

几个人从路边站起来，拍打着身上的浮土。他们修理的最后结果是，那辆毁坏在风中的木笼囚车彻底不能走了。

冯玉堂抚弄着马的鬃毛，如同在妻子的身后轻轻地梳理她的头发，他的脸上现出一丝苦笑。他的口中感到一阵难耐的焦渴。在大道的两侧，有一些长短不一的水沟，沟中明亮的水像可疑的水银一样静止不动，只有一条肮脏的河水在郊外轮回着流动。远处有一匹白色的马，时走时停，看上去像一个无所事事的闲人。

午后，他们来到萍水城外的时候，得到了一个消息：朝廷派出的一支军队，在一代元勋、大将军商震的率领下，正日夜兼程向炉笼、玉井两大关口逼近。现在，炉笼关总兵宋秀仁已放弃对府衙的围困，屯兵在孟江南岸。

萍水城内正在杀猪宰羊，凄厉的叫声响彻云霄，城头上出现了颜色缤纷的彩旗，紧闭的城门打开了，商贾，小贩，妇女，儿童，纷纷鱼贯而入。萍水太守贺守林的轿子，一段时期在城内的大街上时走时停。贺守林在轿子里掀起一角帘子，露出半张脸和一只手，缓缓地向两旁的行人颔首微笑，招手致意。

冯玉堂的马队走进城里，出现在繁华的骑楼街一带时，街上出现了一阵短暂的骚乱。

一名膀阔腰圆的僧人站在一家药铺的檐角下，微微笑着，露出满口金牙。午后的一抹阳光落在红色的檐角上，使那位僧人的牙齿看上去无比耀眼。含笑的僧人打量着冯玉堂。冯玉堂注视了片刻，突然从马上栽落下来。

午后。

踏着满地枯黄的落叶，陈氏回到家里。稀薄的阳光竟然使陈氏走出一身热汗。在她看来，私塾先生叶文昌的嗓音有些过于沙哑而含糊。这个风烛残年的老人，膝下的十几名学龄顽童使他颇伤脑筋，他不得不用更严厉的办法来对付那些不谙世事的孩子。

七岁的毛头是这年春天开始的时候，被陈氏强行送入学堂的。起初的一两个月内，毛头每天总是提前从学堂里逃回家里。毛头坐在最前面一排的位置上，一般情况下，私塾先生叶文昌的书本就放在毛头的桌子上。毛头告诉陈氏说，叶文昌在说话的时候，嘴里总有一股怪味，像是腐烂的菜蔬。陈氏听后，掴了毛头一个耳光。此外，衰老的年龄又常常使叶文昌在课堂上发出阵阵老年人的鼾声，一种闭着眼睛、但并未入睡的虚实相间的鼾声。叶文昌的口水流到毛头的书页上后，毛头就抬起衣袖仔细擦去，而叶文昌对此毫无察觉。

叶文昌在接过陈氏缴纳的毛头的学费时，一双瘦骨嶙峋的老手突然神经质地凭空颤抖起来，陈氏把钱放进他的手里，叶文昌的那只手像漏勺一样，只接住其中的一半。本月的学费早已付清，陈氏现在送给叶文昌的，是毛头下一个月的学费。叶文昌俯身捡起了地上的钱。

“不好意思，真是不好意思。”叶文昌说着，脸变得通红。

陈氏将脸微微转向一边。叶文昌嘴里呼出来的某种气息使她难堪，如坐针毡。窗外，传来几个孩子尖声尖气的叫声。陈氏环顾了一下叶文昌的住处，屋里堆满了书，桌上摊开着一册发黄的《墨子》，书页上遗落着几颗干硬的饭粒和几根灰白的断发。窗前有一朵枯朽的黄花，插在一只盛有清水的罐子里。

私塾先生叶文昌在与陈氏说话的时候，两只眼睛里一直都在无声地流淌着一种稀疏的泪水，昨夜一阵突如其来的风沙使他在临睡之前饱受了侵袭与折磨，他放下《论语》，捡起《周易》，接着又打开一册《劝学》。他听到外面的风沙正在毁坏一切的枯枝败叶，远处传来隐隐约约的叩打门环的声音和泼水的声音。最后，他放弃了所有的典籍，独自来到窗前，低声朗诵了一遍李白的《静夜思》。紧接着又重复了一遍，终于安然睡去。诗太短了，短得让他有些虚脱，令他难以瞑目。他像一个风尘滚滚、饥寒交迫的行人那样，在临睡之前，饮用了一杯又一杯淡而无味的水。

陈氏离开学堂，回到家里。街上，一些人手里拎着节日的礼品，另一些人两手空空，在秋风中抱头鼠窜。

陈氏小心翼翼地拂去观音像上的浮尘，将点燃了的三支香烛插在前面。这时，屋子里突然暗了下来。她推开门，来到外面。头顶上面累积着的黑色的云彩已完全遮掩了先前那种耀眼的光芒，附近的街坊邻里看上去一片昏暗。仰望乌云密布的天空，陈氏感到自己的呼吸急促起来，一种潮湿而略带凉意的东西落在她的脸上，她伸手抹了一下，却一无所获。几只鸟躲避在附近的一棵树上，正在低声喧哗。天色如同傍晚时分一样，到处都湿漉漉的。陈氏站在屋檐下，突然闻到一个人的气息。她惊恐不安地回过头，身后的门扉正在左右摇晃，时启时合。陈氏走进屋里，关紧了门。

屋里的轮廓和光线使她颇感生疏而意外，她仿佛一个初来乍到的生人，在不经意间闯入了另一个人的家里。她恍惚看见许多忽长忽短的距离无中生有，向各个角落里依次延伸而去，缓坡和拐角几乎随处可见，伸手可触。陈氏走进屋里以后，立即情不自禁地产生了一种迫切的弯曲而舒卷的感觉，一些尖利的触角从窗户上、墙壁上、帐帷里纷纷向她伸出来，一部分立在她的腹前，一部分竖在她的身后。她抬了一下手，宽大而轻柔的衣袖竟然沉重异常。她喘着气，逐渐放弃了一些极为平常的念头。仿佛是在一瞬之间，许多的东西都显得过分而无理。陈氏靠在一扇门扉（？）上，屋内幽深莫测的格局与前景令她踌躇不前。不久，她感到自己的眼前湿润起来，无形的捷径与通道早已混为一谈，屋里稀薄的空气使她的身体又一次变得弯曲而舒卷，她的两只手举在空中，之后又无力地垂下，那些浅显而缭乱的手纹使她不堪重负，难以承受。她无比吃惊地望着自己的一条腿，雪白的肌肤下面，寂静无声地蠕动着几条蓝色的血管，渐渐逼近的一种潮湿的气息使她干燥无比，焦渴异常……之后，她忽然远离身后的那扇门扉，向里面走去。所有的障碍与黑暗都像柔软的青草一样，依次向两边闪去，轻而易举的行走令她在心里暗自庆幸。柔软的木头，长驱直入的瓷器，她的脸上泛起了片片潮红。她谛听着身后传来的那种淅淅沥沥的水声，水就在她的脚下，载着她随意流动，起伏沉浮。她感到自己像一个柔情似水的水鬼，身上的水珠到处泻漏，金光闪闪，星星点点。宁静而琐碎的日常生活，有条不紊地从她的面前一一闪过。她听到了坛子与罐子的相撞之声，鲜艳的丝绸正在迅速剥离，自动脱落。明亮的剪刀并非惊心动魄，它温顺得像一根根柔弱的羽毛。她看到婚后的被褥像坍塌的山丘一样，正在轰然倒下，轻纱的帐幔猎猎飘扬。有人坐在她的梳妆台前长久地微笑，但自始至终无话可说。在墙上，她看到了自己的影子，头发乌黑，四肢透明，惹人怜爱地蜷曲在一堆巨大的黑影下面。镜子里面，她的乌黑的头发越来越长，并伴有阵阵滴漏之声。期间，她闻到了一只手的气息，并听到一阵秘密的耳语。那种低语轻轻地擦着她温热的耳畔，使她极度眩晕。她的两条腿载着她，走过桌椅稀疏的厅堂，昔日的陈设闪着种种不可捉摸的幽晕。

晚些时候，外面下起了瓢泼大雨。

陈氏的脸上一片潮湿。她回过头，外面整齐的雨声和灰白色的雨线使她感到无比惊愕。

大雨在晚间重蹈覆辙。

刘文炳在椅子上打了一个盹。但好景不长，正在房内收拾几案的丫鬟失手打碎了一只茶杯，刘文炳被那种巨大的（?）碎裂声突然惊醒，吓出一身冷汗。那个脸色煞白、手足无措的丫鬟在刘文炳的注视下，开始用一种慌乱无比的动作收罗地上的碎片。尖利的瓷片使她的手指流出了鲜血，她低低地呻吟了一声，几乎不易察觉。刘文炳从椅子里站起来，走到丫鬟面前，拿起她的那只手看了一下，低声说道：

“快去包一下。以后干活小心点儿，啊。”

丫鬟的眼里涌出了泪水。这个长着一双细长的丹凤眼的姑娘，抖动着瘦削的肩膀，满怀敬意地给刘文炳鞠了一躬，之后便端着那些碎裂的瓷片出去了。她在外面轻轻地将客厅的门带好，刘文炳听到了她的渐渐远去的脚步声。

刘文炳重新回到椅子里坐下，但睡意全无。他开始回忆刚才过去的那一幕短暂的梦境。梦中的沙滩潮湿而狭窄，所有的器皿以及家具上都垂挂着一些透明的水珠，晶莹欲滴。在通往河边的一条小路上，刘文炳被一条肉色的女人的腿突然绊倒在地，他挣扎着爬起来以后，看到远处的紫、绿两种颜色的藤蔓互相攀缘，紧密而无情地纠缠在一起，从其间的空隙和漏洞处，能看到天的颜色，坚硬而光洁的天空，犹如薄情而冰凉的瓷器。刘文炳侧着脸，似在谛听什么。一阵急促如水的呼吸声在他的身边不断地萦绕、涌动。出于某种需要的驱使，刘文炳感到自己的身体变得弯曲如弓，但周身毫无倦意，他的最初的几个动作含糊得如同一段语焉不详的谈话。

那种罕见的姿势令刘文炳欲罢不能。他抖动着湿漉漉的袖筒的时候，清晰地感到夏日的暑气正在迅速感染他的唇齿与面颊，暖风扑面，并由他身体的空隙处轻而易举地穿越而过，肿胀而麻木的手指离他的身体越来越远，眼前的情形令他倍感炫目。

需要追忆的是一种温热而秘密的低语。丫鬟打落茶杯的那一瞬间，那种温热而秘密的低语像一只胆怯而害羞的羔羊一样，突然从刘文炳的身边跑开了，转眼间消失得无影无踪……

夫人突然推门进来，她的贴身丫鬟跟在后面，手里托着杯盏和折扇。夫人在对面的一张椅子上坐下后，眼睛望着刘文炳，说道：

“想不到你满脸倦意。”

“我刚才做了一个梦。”

刘文炳眼睛盯着地上的一块方砖漫应道。夫人的突然到来，使他变得有些烦躁、局促，他心里十分不快。他像一个大病初愈的人那样安安静静地坐在椅子里，一切的言辞与行为都需要足够的斟酌与深思。丫鬟把一杯茶送到他的面前，他毫无察觉。

“这里太阴冷了，你该回到房里去睡。我在那边等了你好久，但你一直没去，后来我就睡着了。”夫人语调平静地说道。

“我梦见一个水鬼。”刘文炳说着，他的目光遥远而不可捉摸。

“一个美丽的、柔情似水的水鬼？”夫人充满醋意地说道。

刘文炳抬起头，吃惊地望着自己的夫人。她红光满面，而每日必不可少的矿物白粉又使她的面容看上去冷若冰霜，难以亲近。在刘文炳看来，她裹在美丽丝绸下的体态似乎时常能释放出某种光泽。她几乎是毫不费力地、一语道破了他的满腹心事。现在，刘文炳又一次低下了头，望着自己的一身便装。在那张熟悉的雕花木椅里，他周身燥热，手脚冰凉，如坐针毡，一种在大庭广众之下，被突然扒光所有衣服的羞辱之感，渐渐袭上他的心头，蒙住了他的双眼，他感到心中的泪水犹如傍晚时分的那场滂沱的大雨。

“我知道你想抓到她。”

坐在对面的夫人，出其不意地说道。

什么？刘文炳抬起那张茫然若失的脸。她的话仿佛一个远在千里之外的不祥的消息，她的脸色和眼神平静得令他有些不寒而栗。她仔细地饮着茶，似在斟酌一件什么事情，而白皙的面部却无任何迹象。水并不太烫，但她却极有耐性地微微地吹着气，温热的蒸气渐渐使她的面部变得湿润起来。

她好像在等待什么？

刘文炳这样想的时候，夫人将茶杯放到桌上，她又一次问道：

“我知道你想抓到她，你抓到了吗？”

“没有，她跑了。”

刘文炳的话脱口而出。之后，他抬起那张颜色晦暗的脸，继续说道：

“她胆小，怕羞，她像一只雪白的羔羊一样，突然从我的身边跑开了。我顺着河水，找遍流域两岸，全不见她的踪影。”

那边，夫人突然将杯盏弄得叮当作响，她的动作完全紊乱且缺乏条理。刘文炳无言地注视着，眼前的情形让他无话可说，不胜心寒，昔日的种种景象在那种叮当乱响的节奏之中已越走越远，丧失了所有的轮廓与颜色，剩下的只是一些窸窸窣窣的日常起居图像，飘移的裙裾，莫名其妙的手势与微笑……更多的时候，在卧室里，在餐桌上，在其他任何地方，刘文炳感到自己其实更像一个例行其事的公差。一切都井然有序，彬彬有礼，温文尔雅，紊乱与惊愕总是短暂得让人来不及回味便已转瞬即逝了，所有的过程都是体面的，有时甚至流光溢彩，充满了粉饰……

现在，夫人已停止了对杯子的摆弄，屋里顿时沉寂下来。她说：

“从前，每当我沐浴之后，你总说我像一个美丽的水鬼，柔情……”

“我不知道你怎么了，我只是在对你说一个梦，我并没有说其他的事。”刘文炳迷惑不解地对她说道，但她突然放下杯子，离开椅子，哭着跑了出去。寂寥的庭院夸张着她的足音。

刘文炳离开客厅，出去走了一趟。外面青灰的天色使他失去了对时光的判断与把握。他很想找一个人问问，现在是一天中的什么时辰，但里里外外没看到一个人影。所有的阶梯与花坛四周都清扫得干干净净，里里外外的院子里都挂出了灯笼，数目比平日多了几倍。刘文炳一个人走在异常寂寥清冷的院子里，几只灰色的鸽子落在对面红色的檐角上。一些窗骨的颜色正明显褪浅，几只庞大而笨重的钟鼎形的香炉坐落在院子中央，遍体锈迹斑斑。

转过二门前的时候，刘文炳忽然看到一个常在后院里走动的丫鬟正与一位身着布衣的老太太在门口低声说话，老太太满头白发，手上挽着一个蓝色的包袱。那个丫鬟站在老太太的对面，用手揉着一双红肿的眼睛。她们的谈话过于低微。刘文炳咳嗽了一声，走了过去。

那两个人都被突如其来的咳嗽吓得回过头来。那个丫鬟看见刘文炳后，急忙伸手拽着那个老太太要她跪下。老太太的身体摇晃了几下，俩人一齐跪倒在刘文炳的面前。

“老爷……”

刘文炳说：“这是怎么回事？都起来。”

那个丫鬟跪在地上说：“老爷，是门口的崔太爷放我们进来的。”

“你不是一直在后院里做事的吗？”刘文炳对那个丫鬟说道。

“老爷好记性，我叫小翠。”那个丫鬟说着，指着跪在她旁边的那位老太太说：“这是我娘，她从乡下来看我，今天，天刚一亮就来了，一直在门外，等了整整一天。后来，门口的崔大爷就放她进来了。求老爷开恩。”

刘文炳说：“是崔七吗?”

小翠说：“正是他老人家。”

刘文炳说着，走上前，要她们都从地上起来，那个老太太却死活不敢起来。小翠站起来后，拉着她的衣袖，对她说道：

“老爷让你起来，你就起来，你再不起来，老爷会生气的。”

那个老太太一听，慌忙从地上站了起来，勾着头，眼睛盯着她的那个蓝布包袱。刘文炳对小翠说：

“你娘来了这么久，为什么不让她进屋里去说话。乡下离这远吗?”

“不远不远，才四五十里。”老太太说道，“我们娘儿俩在这里说一会儿话就够了。这是个多好的地方，眼前有花，后面有亭子，池子里还有鱼。明天就是八月十五了，我怕小翠这孩子吃不惯城里的月饼，就在家里做了几样，顺便过来瞧瞧她。”

刘文炳笑着说：“她在县衙里，还怕没有月饼吃吗?”

小翠在一旁说：“老爷说得是，我也是这么说她的，可她偏要跑几十里路来，人又老了，哪能比得上从前呢。”

老太太好半天没有说话，站在那里，一只衰老的手在那个蓝布包袱上来回抚摸着，仔细地听着刘文炳和小翠说的每一句话。

刘文炳说；“老人家，能让我尝尝你的月饼吗?我想看看你的手艺。”

老太太听到刘文炳的话以后，突然将手中的那个蓝布包袱紧紧地抱在怀里，身体明显地向后躲着。“老爷，这千万使不得，它碜牙……我们在家里粗淡惯了，万一吃出个好歹来，我们就都别想活了，不……”

刘文炳说：“怎么，难道里面放了毒药不成？我是真心想尝一下。”

小翠与老太太互相推搡了一阵。老太太走过来，忸怩着，一层一层地打开那个蓝布包袱，她的手颤抖得十分厉害。刘文炳看到里面摆着十几个不同形状的月饼，旁边还有两只石榴，几缕彩色的丝线。老太太刚想伸手去拿，忽然又停了下来，只是凭空指点着包袱里的东西，对刘文炳说：“老爷您若不嫌齐就尽管尝，这是瞧得起我们，这是豆沙馅的，这是玫瑰馅的，这一种带花纹的，里面是空的，什么也没放。”

刘文炳伸手拿起一块月饼，上面绘制的某种含义不明的图案，模糊得令人无法辨认。刘文炳抬头向上仰望了一下，脸上的表情立即变得像此时的天空一样阴暗。从早上开始，甚至从八月十三下午开始，天色就一直阴沉沉的，从来有过任何晴朗的蛛丝马迹。从远处吹来的风，潮湿而冰冷，毫无任何暖意可言，这样的天气，令人的心情和身体都极为不适，除了饮食与睡眠，似乎再无事可干。而对于刘文炳来说，失眠与噎食又时刻伴随着他……

“老人家，你看今晚会出月亮吗？”刘文炳向老太太询问道。

“我看不会出来了，这阴天，这雨。”

老太太说着，目光掠过宽阔的庭院和凌空的飞檐。亭榭那边，两座不太高的白色玻璃塔的造型让她仔细端详了许久。之后，她用一种带有协商与肯定意味的口吻对刘文炳说道，“老爷的府里，上上下下挂了那么多灯笼，还怕它不出来吗，它出来不出来都不要紧，不像我们，夜间走路需它做伴，需要它照亮。”

“有理。”刘文炳心不在焉地点点头，转身向一边走去。

八月十四。夜晚。

掌灯时分，一名风尘仆仆的公差从马背上滚落下来，紧紧地抱住刘文炳的双腿，号啕大哭。公差身上的无数片三角形的血迹，使刚刚用过晚饭的刘文炳感到异常恶心，他摆脱了公差的缠绕，一个人跑到墙下的树丛里开始尽情地呕吐。所有的丫鬟与仆役都出来了，他们都听到了知县老爷的那种痛不欲生的声音，他们三三两两地站在一起，注视着院墙下的那一带茂密的草木。他们吃惊地看到，那些草木，在知县老爷的直接插手下，正在轻轻摇晃，颤动不止，并发出阵阵簌簌沙沙的声音，仿佛有人正在其间隐蔽、逃亡、狂奔不止。刘文炳呕吐过后，回过头来，眼前的情形令他大惊失色。他从椅子上醒来，房间里只有一根蜡烛。

原来是南柯一梦。

八月刚开始的头几天，尚在病中的刘文炳，有一天忽然接到东城太守杜成章的一封密信。此后一两天之内，刘文炳日夜蜷缩在床上，连续盗汗。第三天正午，一群人由外面来到门口，为首的一位二十多岁，穿一件宝蓝色长衫，像一名破落户公子。使刘文炳略感惊讶的是，这位胸前搭着一条白狐皮领子的破落户公子，竟然也像自己一样面带病容，不时地掏出手帕捂在嘴边，轻咳一阵。旁边有人通报，公子姓钱，祖籍也是孟江人氏。此后，姓钱的公子及其手下的人，在县衙的对面租用了一处过去的旧宅，做起了颇具规模的药材生意。每天，门前的车马越来越多，胜过县衙。八月初十下午，刘文炳在办完一桩公案后，忽然心血来潮，带领师爷吴文兴走进对面的旧宅里。里面空无一人，痕迹皆无，只见灶房下有一堆白骨，无数黑、黄两种颜色的蝼蚁在上面爬来爬去，纷纷攘接。刘文炳看了半晌，感到眼前一阵发黑，师爷吴文兴在一旁急忙伸手托住了他。

没过多久，东山境内四起的事端不得不使刘文炳带病出巡，一名大夫随同前往。有一天刘文炳出巡归来，在县衙门外，他走出轿子后，突然无比惊愕地在对面那道古旧的宅墙上，清晰地看到了自己的影子，他的胡须以及他的衣服的褶皱，在他的视线里轻轻拂动。远处及周围看不到人影，但有星星点点的灯火。那天夜里，刘文炳将脸埋在夫人的怀里，像一个昏迷的出疹的孩子一样长睡不醒，梦呓联翩。

黎明时分，阴湿的夜风将一名老妪的哀号从远处送至刘文炳的耳边。刘文炳微微睁开眼，看到夫人雪白的肌肤被自己的肢体压出许多褶皱。帐外亮着灯。灯一夜未熄，这是刘文炳的意思，昨晚临睡前的种种征兆使他对熄灯后的那种黑暗充满了恐惧，他战栗不止地低声请求夫人将灯移到近前。夫人走进帐内，脱去衣服，露出两只玉色的臂膀。刘文炳对她说道：

"不要熄灯。"

夫人没有说话，脸上只掠过一丝浅澈的笑容，她卸去头上的金簪钗环、珠子冠子，在睡榻上躺下，目光停留在对面的一只纸鸢上面。过了片刻，她对刘文炳说道：

"你睡吧，你睡熟以后，我再熄灯。"

"不，不要熄灯，我睡熟以后也不要……黑暗……我无法入睡……"

刘文炳感到自己的身后濡湿了一片，他不知濡湿源自何处，身上莫名其妙的虚浮使他无心去探究眼前所发生的一切。今晚，外面又没有月亮，连续几天来，几乎每一个夜晚都漆黑无边，空气中停留着夜露与草木的森森阴气。这座回廊曲折、暗度陈仓的衙门，五十年前，曾经是一位巡抚大人消夏用的私宅，先后有十数名待字闺中的小姐与她们的丫鬟在这里悬梁自尽，雪白的绫绢上下翻飞，日夜飘扬。这样的情景发生在已逝的那些时光里，但是遗留在庭院深处和水边的那些长长的叹息却经久不息，它们像稀薄的水泡一样转瞬即逝，时起时落，令人不安，又难以捕捉。刘文炳转过身体，用手蒙着脸，想象外面整齐青色的屋瓦与那些日夜纠缠不清的枝丫。公文、快马、风声、遭遇，许多命中注定的东西都无须矫正，一次次的矫正，只能使事情的结果变得更加可笑而荒谬，令人哭笑不得。

臆想中的一幅完整的画面猝然碎裂之时，刘文炳惊骇无比地转过身来。他看到身边的夫人已先他入睡了，一丝凄苦的睡意停留在她的脸上。帐帷内的光线一片橙黄，庭院内外寂静无声。刘文炳坐起来，注视着熟睡中的夫人。这个一向十分注重晚妆的女人，她的睡眠的姿势竟然充满了倦意，看上去吃力而憔悴。刘文炳伸出一只手，轻轻地放到她的腿上，柔滑的肌肤使他感到自己的手掌异常灼热。她昔日平坦光洁的腹部，现在看来多少有些松弛。这个精明的女人，经常与众多的医生甚至江湖术士频繁来往，每逢那种时候，她的精神总是显得过于亢奋而盎然，脸上的红晕久驻不散。她不再懒散，不再倦慵，那种源自内心深处的喜悦之情在她的眉宇之间藏头露尾，时隐时现。

刘文炳感兴趣的，正是那些缜密的忽明忽暗的蛛丝马迹。

八月十五。上午。

这是一个天气晴朗的好日子，刘文炳感到自己浑身上下神清气爽，十分畅快。起床之前，这一对几十年的夫妻，在这个阳光明媚的节日的早晨，像一对久旷的男女，使帐帷之内变得一片狼藉。在整个过程中，刘文炳的所有动作显得有些过于凶猛，几近残忍。太阳已经升起很高了，院子里传来婢女们轻轻的走动声和说话声。醉眼蒙眬的夫人，脸上桃红点点，外面婢女们的声音使她多少有些不敢畅意。

“怕什么?”刘文炳说着，俯冲下来。

夫人紧咬牙关，屏声敛气。

那只蓝色的纸鸢在帐帷之内飘飘欲飞，昨夜的蜡烛倾倒在地上。

夫人睁开眼，对刘文炳说道：

“医家讲，清晨盘桓，犹如一把刮骨的刀。”

刘文炳说：“休听他们胡说！他们哪有一句正经话，全是骗人的。”

不久之后，他们夫妻双双来到餐桌前。早餐已然备好，四名婢女分别站在餐桌的两头，两人手里托着方盘，两人手里执着小银壶。早餐过程进行得宁静而有条不紊，象牙的筷子在桌面上空优雅地划过，齐楚的食物，彬彬有礼的杯盘，几只喜鹊在门前的树上聒噪不休。

早餐结束之后，刘文炳接过婢女递来的一杯苦茶，漱了口。之后，穿过几道寂静的庭院，来到县衙大门之外。

街上行人很多，一些高门大户张灯结彩。挑着担子、拎着食品的男人，挽着包袱、挎着竹篮的女人，在街上来往不绝。虽然时令已近中秋，但一些游手好闲之徒，仍然摇着扇子，穿着绸衫，漫无目的地在街上走来走去，空洞的目光到处窥视，随意泻漏。几个人正在一家临街的肉店前吵吵嚷嚷，站在柜台里的那个屠夫袒露着肥硕而多毛的肚子，一只狗卧在柜台外面，仔细地拨拉着自己的一排奶头。

刘文炳在县衙门口站了一阵。不久，他发现附近有人看他，三三两两地指点着，他们的眼神中充满了敬畏与无限的距离。刘文炳转过脸去，把背影留给他们。在这个明亮而温馨的节日的上午，七品知县刘文炳的心头不时掠过阵阵使人安心而舒畅的得意之情。

连续多日，捕头冯玉堂依然杳无音讯，刘文炳焦虑万分，失望之极。

现在，刘文炳期待着师爷吴文兴的归来。往年，他们总是在八月十四的上午如期归来。可是眼下，已整整过去了一天。但无论从哪个方面来说，一世沧桑、老谋深算的吴文兴，都不会令刘文炳过于担心，对于他来说，刘文炳总是充满了足够的信心与把握，他相信吴文兴不至于出事。

昨天晚上，乌山庄的唐员外派来两个人，打听乌山庄管家的消息。刘文炳闻知后，心头不禁为之一震。那样一伙乌合之众，带着朝廷的贡米与十二件玉器，在沿途遭逢什么不测，是完全在情理之中的事。对于唐员外在臆想中所遭受的打击，使刘文炳体察到一种狂喜的快感与趣味。这个家伙，也该他倒霉一次了。弹丸之地的乌山庄，区区几顷水田，区区一袋贡米，竟然让他将周围的官员全不放在眼里。乌山庄的那两个人在外面等了很久，刘文炳推说有病在身，没有接见他们。

现在，大街上阳光如水。远处，天门寺一带传来的钟声迟缓而悠扬。临街一带的住户洞开了门窗，他们的日常用品与生活格局暴露无遗。奶孩子的妇女，饮酒的男人，倚门而坐的孤独的老人……一根根晾晒衣物的绳子轻轻晃动，笔直的炊烟从平静的屋顶上脱颖而出。

午后。

刘文炳正在床上睡着，突然被人叫醒。

师爷吴文兴浑身血污，牵着一匹白马，站在他的面前。吴文兴高声说道：

“狗官，事到如今，你还有心思在床上把玩玉佩？昏……”

师爷吴文兴的话使睡意笼罩的刘文炳大惊失色，他立即正襟危坐，抖动宽大的袖筒，一块绿色的玉佩忽然坠落在地上。

“师爷，如何弄成这个样子？我们的……寿礼？”

刘文炳颤声问道。

师爷吴文兴向前走了几步，秋风吹动他的满头白发，犹如飘散的马的鬃毛。他身后的那匹白马咴咴地叫着，蹄印如碗。

八月十三黎明。运送寿礼的马车离开县衙驻地，行走在东山县境内。其时大雾弥漫，十步之外难辨一切。

早晨过后，弥天的大雾开始渐渐消散。马车行驶在晴朗而潮湿的大道上，沿途能望到那些耕作于田野上的农人。

马车行驶途中，一名姓张的衙役突然面色蜡黄，腹泻不止。在一个名叫双罗的集镇上，师爷吴文兴命众人做一次短暂的停留。

随后，双罗镇一位瘸腿的郎中应邀赶到，开始例行公事的望、闻、问、切。（在这一段时间内，其他人在师爷吴文兴的督促下吃饭，喂马，饮水，整理行装，等待上路。）

两个时辰后，姓张的衙役基本恢复正常，面色渐显红润。

按照师爷吴文兴的吩咐，姓张的衙役骑在一匹白马上，继续赶路。

运载寿礼的马车行至巴公关一带，一名身材矮小的老人正在路边休息。老人头发散乱，面色黝黑如马背，一副苟延残喘的样子。（事后，刘文炳暗自猜想：巴公关前那位身材矮小的黑面老人，从诸多特征上来看，极有可能是乔装改扮的、尚在逃亡途中的知府姚大人。）

运载寿礼的马车到达吉水河畔之时，天近正午，四周柔软的青草迎风起舞。师爷吴文兴吩咐人马停下，稍事休整。之后，吴文兴独自一人来到风景如画的河边。往年，号称“十里画廊”的吉水河中常常游动着众多美丽的红鱼，而今的景象却令风尘仆仆的吴文兴颇感失望。数十年来咬文嚼字的刀笔生涯，使吴文兴此时此地生出诸多感慨，昔日的一些诗句与片断开始在他的心中翻飞涌动。不久之后，他面对流逝的河水，不禁老泪纵横。

在手下的那些人看来，师爷独自伫立在河边观望的过程，多少显得有些过于冗长。在此种状态下，他们当中的少数人开始打盹，渐渐产生了强烈的睡意。所有的马匹都在极为安详地吃草。有人坐在车轮前，有的躺卧在草地上。吉水河畔一带的民舍稀稀落落，又低又矮，远远望去，像是多年以前的一些帐篷或迁徙之后的遗址。

马车刚到吉水河畔时，刘文炳的内弟——那位善使暗器的剑客，向师爷吴文兴提出一个要求，去对面的吉水城里看一位旧日的朋友——另一位剑客。吴文兴面有难色，踌躇了片刻，最终答应了他的请求。但人去已久，至今未归。

马车重新上路之后，颠簸得异常厉害，致使同行的每个人

——包括吴文兴自己——都变得昏昏沉沉，睡眼蒙眬，但马车的左右摇晃以及巨大的倾斜程度，又使每个人都难以真正进入踏踏实实的睡眠状态。叹息声时起时落。艰辛而坎坷的路途，不时荡起阵阵风尘。

八月十三下午。沿途的草木渐渐地稀疏起来，巍峨的炉笼关已遥遥在望。

师爷吴文兴走下马车，脸上露出了较为舒心的笑容。

雄关、栈道、旌旗、墙堡，依次从眼前闪过。此去府衙，可谓一路顺风。一些比较像样的房舍开始进入人的视线之内，关隘之下横陈着几十顷明亮如镜的网络状的水田，一些做工的银匠、酿造与染布的老人，都赤裸着上身，在错落的房屋与树木之间来往不断，时隐时现。

师爷吴文兴看了一阵，重新回到马车前。有人打起帘子，吴文兴以一种显而易见的老年人的姿势，颇为吃力地钻进车里。车身或许太高，吴文兴在上车的过程中，听到了一种清晰的衣服被撕破的声音，这个发现使一丝不快从他的心头短暂地掠过。他的脸因吃力而微微发红。此后，一种日薄西山的情绪一直笼罩着他。

这时，炉笼关总兵宋秀仁麾下的一名副将，突然出现在他们的面前。

……

刘文炳呼喊着，从床上跌落下来，吴文兴与那匹白马已消失得无影无踪。刘文炳的夫人与几名丫鬟闻声跑进来，她们从地上抱起了刘文炳。刘文炳像一个受了委屈的孩子一样，发出一阵伤心欲绝的哭声。

夫人坐在他的身边，抚摸着他的身体，反复劝慰他说：

“老爷，你只是又做了一个噩梦。”

有人端来水，拿来汗巾。刘文炳看了一下，又闭上了眼睛。夫人为他擦拭灼热的额头与脸颊。一段时间以来，他的身体明显消瘦，躺在床上的时候，形同一根颤动的芦苇。

有人缓缓启动门扉，轻轻地向外面走去。眼前与周围一片寂静，只有微风吹窗纸的声音传来，如同阵阵暗哑的琴弦。

这天黄昏时分，刘文炳在床上醒来。他感到饥肠辘辘，口干舌燥。午后以来的那些臆想的图像已被他渐渐遗忘，片甲不留。他端起床头的一杯茶，一饮而尽。不久之后，在他的吩咐下，有人送来一只鸡，一只鸭子，一壶酒。刘文炳撕扯着盘子里的东西，漫问道：

“夫人呢?”

“到孔千户府上打牌去了。”有人小声在一旁回答说。

外面的天色半明半暗，树木嶙峋的枝丫显映在窗纸上，如同一种黑纸的剪影。屋里燃着茅香，白色的烟雾在门前盘旋。

刘文炳对侍立在一旁的一名丫鬟说道：“把这只鸡，给门口的崔七送去。”

丫鬟应声去了。

饮酒的过程中，刘文炳问身边的另一名丫鬟，他对她说：

“你看今晚会出月亮吗?”

“不知道，老爷。”丫鬟垂着头答道。

“今天是八月十五。”刘文炳说。

“奴婢记得小的时候，每到这一天，都少不了那个又大又圆的月亮。”丫鬟说着，眼睛里忽然闪烁出一些晶亮的泪花。她急忙掏出怀中的手帕，捂在脸上，擦干了眼睛。

刘文炳说；“你叫什么名字？多大了?”

"奴婢叫小红，十六。"丫鬟说。

刘文炳放下手中雪白的空酒杯，拍了一下小红的肩膀，低声说道：

"不要难过，今晚会有月亮出来的。比你小时候看到的那个大多了。"

时间一点一点地过去。刘文炳吃尽盘子里所有的东西以后，天完全黑下来了。小红与另外的一名丫鬟，吹灭茅香，点燃了红烛。

门口的一个人进来禀报，在西城一带打牌的夫人回来了，轿子停在门外。

或许是牌运有些过于兴旺，夫人的眉宇间跳荡着一种难以抑制的喜悦之情。

夫人走出轿子的时候，正值刘文炳气绝身亡之时。在弥留之际，刘文炳伸出一只手，指着外面晦暗下来的天色。里里外外的宫灯与明烛，使刘文炳的脸看上去微微发红，一副不胜酒力的样子。

天上没有月亮。

夫人刚走进前厅，屏风那面，忽然传来了婢女们清脆的哭声。

……

那场血腥的叛乱，是从八月的一个黎明时分突然开始的。

其时，十九岁的孟江秀才刘文炳正在一个朋友家里借读，准备参加来年规模宏大的殿试。前一天晚上，朋友约了三四名相好，在花亭里饮酒、赋诗，一直持续到三更天以后。正在房中苦读的刘文炳被强行拉去，不容分说地端起了夜光酒杯。四周的花木都湿漉漉的，如同一张张鲜艳的嘴唇，释放出阵阵冷森森的香气。几个回合过后，不胜酒力的刘文炳便昏昏沉沉地被人扶回了房中，一名书童服侍他上了床。

三年前的那个秋天，一场突如其来的大雨，使年少聪慧的刘文炳延误了乡试的日期。在那条浊浪排空的河边，大水使岸边所有的小舟全部脱缰而去。几天后，刘文炳认识了一位刺绣的妇女，她的房子里有一张罕见的《凌烟阁功臣图》，图前终日燃着几支香烛。

大雨过后的一段时间内，那位妇女足不出户，在门前刺绣。刘文炳坐在墙下，日复一日地晾晒那些被雨水浸湿了的发黄的书籍。这位刺绣的妇女名叫紫英，对于年少好学的刘文炳来说，她的真实年龄与身世，不啻一册线装的典籍。倒是这位文静贤淑的紫英，常常在穿针引线间，向专心晒书的刘文炳提出几个简单的问题。刘文炳对她充满了好感，并隐隐地滋生出一种难以排遣的依恋之情。刘文炳觉得她像自己从前的一位姐姐，刘文炳喜欢看到她脸上飞起红晕时的那种模样。

三年一度的乡试已然结束，此前的一切都像流逝的河水一样，永不再回来。在门前众多的夹竹桃之下，十六岁的刘文炳辛勤地翻动着每一张书页，耳边回响着紫英丈量丝绸的窸窣之声。晒干的书籍像一位老人的手掌，每日洞穿他的思念与睡眠。一个雨后的黄昏，紫英对着坠落的夕阳，展开一幅美丽的织锦，刘文炳惊讶地看到，紫英将他的一首五言律诗绣到了上面。刘文炳起身，扔掉了手里的古籍，紧紧地抱住了紫英的双腿……

在他们的附近，住着一位驼背的老人，饲养着大量的鸡鸭。老人每天坐在树下，无比开心地注视着鸡鸭相互争食的乱糟糟的场面。一把米，几片菜叶，时常使他开怀欢畅，乐不可支。每逢紫英午睡之时，刘文炳便会挟着一本书，轻轻地来到那棵大树下。但对于刘文炳的贸然闯入，老人仿佛毫无察觉，他的眼里只有他的那一群无法无天的鸡鸭。他笑容可掬地望着它们，像是在看着自己的一群纷纷攘攘的儿孙。刘文炳坐在树下，时常有雪白的或漆黑的羽毛突然飘来，落进他的书页里，打断他的阅读与幻想。

日子一天天过去。刘文炳读书的位置与老人之间的距离越来越近。终于有一天，刘文炳放下手里的书本，惴惴不安地对老人说出了那句久藏于心间的话，但话一出口，他便立即感到有些追悔莫及、覆水难收了。

“老人家，你是在玩物丧志。”刘文炳说。

老人的手里捧着一把米，正在认真而漫不经心地抛洒，他膝下的几只鸡，被他的那种神出鬼没的手势引逗得咕咕乱叫，像几个宠坏了的孩子，纷纷奓着羽毛，怒气冲冲，急躁不安。老人笑着，微微张开一道指缝，向地下漏出一线米后，问刘文炳道：

“何为志？”

“文能安邦，武可定国。”刘文炳说完之后，感到自己的脸已全部涨红。

刘文炳的话使老人发出一阵笑声，其神态与声音更像一个神情倦慵的女人。老人笑过之后，又微微张开一道指缝，漏下一线米去。

周围的鸡鸭挤成一团。

老人说：“在这河的下游，有一种耳状的草，终年寄身于水面之上，无根无蔓，水流则死，水静则活，水大则隐。水小即出，此草名曰：人中。”

“人中……”刘文炳掀动书页，望着其中的团团重影，树后潮湿的阴风从他的身边擦肩而过。那边，老人缓缓抬高手臂，将手中的米粒全部扬弃出去，所有的鸡鸭趋之若鹜。

紫英后来告诉刘文炳说，那位饲养鸡鸭的老人，从前曾是一名失意的太尉，他在位的几十年里，不断遭受弹劾与罢黜，几经挫伤，终于回归故里，家道一落千丈。

一度中断的秉烛夜又重新开始了。乡试给刘文炳形成的阴影逐渐为紫英的手势与柔情所驱散。在摇曳的烛光下，门前的几道青藤时常在夜晚的墙上飘扬拂动，紫英的影子忽远忽近，有时含糊得令刘文炳浑身战栗。这个十六岁的少年，喜欢在那些繁复的典籍中寻找一切的答案和所有的方式，包括简单的辞令与流动的音律。某些时候，当紫英外出之后，他会独自坐在窗前苦苦地回忆那场大雨的全部经过，但留在他记忆中的只是一些微不足道，甚至毫无瓜葛的细枝末节。更多的时候，浮现在他眼前的仍然是那种滂沱的雨水与灰色的泥路，岸边的那些舟楫像一块块毫无重量可言的瓜皮，在雨后的河水中上下波动，渐渐沉没、远去……有人穿过院子走来，他听到了低远的流水声。

这几天，紫英显得有些忧心忡忡。她时常在刺绣的过程中，停下手中的针线，望着刘文炳读书时的背影。刘文炳的某些童稚未脱的习性或是单薄瘦削的身体，使她在注视之余发出几声叹息。

有一天，紫英正在一面镜子前望着自己的青丝与红颜，正遇刘文炳从外面的树林里晨读回来，他像一个早出晚归的孩子一样，身上挟带着潮湿的露水和浓郁的草木气息。走进屋里，刘文炳的头越过紫英的身体，冒冒失失地朝镜子里的紫英打量了一下，镜子里那种柔软的青丝与含羞的红颜，在他看来再正常不过。之后，刘文炳把手中的书藏到背后，对紫英诉说了这天早晨他在外面遇到的一件事情。

“姐姐，告诉你一件事情……”

刘文炳对紫英叙说的是一串带有浓重夜露、散发着死亡气息的数目。这天早晨行将结束之际，刘文炳夹着书本从一座稀疏的树林里出来，一路慢慢地走着。这次为时短暂的晨读仿佛使他一下子明白了不少道理，他像一个心事满腹的人那样，缓慢地移动着身体，眼前这种过于明显的变化，令他在吃惊之余感到了一种从未有过的欣喜。从今天早晨算起，他已经是个大人了，昔日那个毛手毛脚的孩子，随着乡试的阴影一起远去了……刘文炳这样想着，不久，他就望见了那棵枝叶稀疏的大树。

树下静悄悄的。刘文炳是走到树后才忽然看见那个老人的。但老人没有发现他。老人躬身屈背地坐在刘文炳的视线里，如一截年久发黑的吐根露须的树桩。老人正在摆弄他的那些垂死的鸡鸭，一种含糊不清的声音时断时续地伴随着他的痴呆的面孔与一连串紊乱的互不关联的动作。在他的四周，大部分鸡鸭都已死去。

紫英极为平静地听着刘文炳的叙述，那些与死亡相关的数目在刘文炳的陈述中不断重复增加，但紫英并没有流露出丝毫惊讶的神色。感到吃惊的倒是刘文炳自己，他无法探明眼前的这位姐姐为何如此安详，闻风不乱？有一瞬间，刘文炳终于发现，在端庄文静的紫英面前，自己永远是个奶声奶气的孩子。这个发现直接导致的一种灰色的情绪，一直伴随他度过了整整一天的时光。

午后。天气开始炎热，紫英坐在床边为刘文炳缓缓地扇着扇子。刘文炳读了几页书后，闭上了眼睛，但他并未入睡，想起了大树下的那位老人。老人目光散乱，拖着衰老的躯体，在那些一动不动的羽毛之间独自爬行、观望，尚存下来的几只禽类奄奄一息，正在死亡线上挣扎、退缩。粗糙而莫测的死亡之线，在这个早晨里晃动得像一根风中的绳子，一个女人的呼吸与叹息之声远远地传来。

紫英张开了她的关怀而丰满的羽翼。在她的温情的庇护之下，躺在床上的刘文炳感到自己像一缕徒具其表的尘埃。

昨天晚上，临睡之前，外面的风雨声使刘文炳无比惊愕。他起身走到外面，看到满腹心事的紫英独自坐在门口，望着风雨中左右摇晃的团团花簇。紫英把她的床让给刘文炳后，自己弄了一个地铺，她的织机摆在一旁。刘文炳悄悄地站在紫英的背后，一个穿青色衣衫的女人披头散发地跑动在外面银灰色的雨线之下。

雨中的胭脂酥烂如泥。

刘文炳在那种寂静的时候听到了自己的呼吸声。每当合上书本以后，书外的一切总是那样令他惊讶。有人牵着一头牛，从湿漉漉的花簇前走过。紫英慢慢回过头来，刘文炳看到她脸上的肌肤近似透明，低声问道：

“姐姐，你好像有什么心事？”

紫英粲然一笑，对他说道：“快去睡吧，明早还要起来温书呢。”

刘文炳站在紫英的身后，众多明亮的水泡在外面的雨地里缓缓游动，之后又依次破灭。水泡的数目不断增加，重复再现。

刘文炳说："姐姐，我知道你今天又绣了一整天，身上很累，我来给你捶一捶吧。"未及紫英答话，刘文炳轻捷的手已像雨点一样出现在她的背上。紫英低下了头，身体突然战栗起来。过了一会儿，她回过头，脸上流露出十分憔悴的神色，对刘文炳说道：

"天不早了，快去睡吧，啊，不然明天又要起不来了。"

刘文炳回到床上，吹灭了灯，屋里一片漆黑。紫英说他这些天来似乎对学业不再上心了，这使他感到难过。外面的雨声听起来遥远而缥缈。刘文炳屏声敛息，但始终没有谛听到紫英的动静。这以后，他慢慢地进入了梦乡。

梦中所现的河水，清澈文静得像一位深闺中的淑女。来自省内各地的数百名考生驻足于河边，湿润的微风轻轻拂过，露出某些人腰间的猩红的信物和绿玉的坠子。生员中悬殊的年龄令人吃惊，他们之中的一些人看上去形同父子。十六岁的孟江才子刘文炳被挤在人群之后，他身边的一位考生正踮起双脚，向远处的烟雨迷蒙的河面上引颈眺望，他的相貌与年岁使刘文炳想起了自己的一位品行不良的本家叔公。那位日常偷鸡摸狗的叔公，在世时留给刘文炳的最后一个印象，是一具坦荡无羁的男性躯体，他把自己的死亡之地选择在一个女人的坟前，他的遗容轻松而满足，安心得令人难以置信……

从早晨到现在，天色时明时暗。在此期间，刘文炳神情倦怠，无心读书。他取过一叠纸，信手填了几首诗词。但不久之后，纸上的语言便令他颇感失望，无限乏味。外面传来紫英抖动织锦的窸窣之声。刘文炳凝神谛听了一阵，重新打开读本，面对孟子的一段兴国之论。

午后不久，一阵急促如水的脚步声由远而近地传来。刘文炳抬起头，看到一个三十多岁的男人正朝屋前走来，那个人有一副红润的面孔，手里还提着一件什么东西。

接下来，刘文炳听到正在外间刺绣的紫英离开织机，站起身来。在紫英整理一匹锦缎的过程中，刘文炳听到了那个男人的一阵隐秘的窃窃之声，（在刘文炳的想象中，那个人的身体出现在门口，严重地遮挡了外面照进来的光线，使屋里的某些东西变得闪烁飘移，不可捉摸。）其间伴随着椅子和其他物件的零星的响动。那个人的声音像金属，像蝉，刘文炳现在担心的是紫英的柔滑的肌肤，以及她那些美丽的织锦和升起在她脸上的点点红晕。

现在，刘文炳听到紫英扔下了手里的锦缎，推着那个男人一起向门外走去。

（那些锦缎像无形的灰烬一样，悄无声息地落到了光线黯淡的地上。）

那个人摆脱了紫英的推搡，向里间探进半张脸，看到了刘文炳。

之后，他们走出屋门。刘文炳听到那个男人向紫英问道：

“那个念书的孩子是谁?”

紫英没有回答。

刘文炳再抬起头时，紫英与那个人已离开屋门，走远了。

午后的阳光，骨质疏松。一只鸽子从远处飞来，落在窗外，发出一阵咕噜咕噜的叫声。刘文炳对着它望了许久。后来，刘文炳伸手去取一本书的时候，鸽子突然飞走了。

刘文炳起身来到外间，外间的凌乱景象与他臆想中的情形相去不远。几匹尚未完工的锦缎悄无声息地垂在地上，一只白鹤只绣完一半，雪白的羽毛初具雏形。一只椅子倒在紫英的织机前，织机上的几缕瑰艳的丝线蜷曲成一团。

刘文炳在一种冥晦的光线中时走时停，紫英遗留下来的那种气息使他流连忘返。织机上、墙壁上、窗骨上，到处都有紫英的那种深浅不一的气息，仿佛灵魂出窍……

这天的傍晚时分，紫英出现在刘文炳的视线里。其时，刘文炳正在外面看一群孩子游戏。紫英走过那棵大树前时，回头对那棵树注视了一阵。刘文炳感到自己的眼睛湿润起来。

他们一同回到家里，点亮了灯。刘文炳紧紧拉着紫英的手，说：

“我以为你再也不回来了。”

夜晚降临之后，风中传来流水和蛙鸣之声，门前的青藤拂动如初。整个晚上，刘文炳不再读书，一直紧紧地跟在紫英的后面，不断地进进出出。紫英后来对他说：

“你怕我跑了吗？”

刘文炳停住脚步，露出一脸纯真的笑容。之后，他问紫英说：

“那个叫你出去的人是谁？”

“一个熟人，一个做丝绸的掮客。”紫英淡淡地说道。

“我很怕他。”刘文炳说。

晚饭进行的过程中，从外面刮来的一阵潮湿的风吹灭了桌上的灯。刘文炳起身去点灯，在经过紫英的身边时，他感到紫英的身体正在轻轻发抖。他重新将灯点亮后，问道：

“姐姐，你怎么了？”

“我，没有……”紫英说。

“把窗户关上吧?”刘文炳说着，用一种征询的眼神望着紫英。紫英点点头。“我去关。”说着，他起身关上了屋里所有的窗户。

“快吃吧，饭都凉了。”紫英说。

“姐姐，”刘文炳说，“等我殿试归来，我先来看你。即使你搬了家，我也要找到你……”

“我一生就在这里了。”紫英说。

晚饭进行得多少有些萧条而冷落。刘文炳不时地抬起头望着桌子对面的紫英，她吃得很慢，很少，带有一种明显的斟酌、拖延、期盼与回味。在她的那种缓慢得近乎停滞不前的神情与动作里，刘文炳恍惚感到时光仿佛正在倒流，沿途偶然的事件与种种习俗令人目不暇接。

晚饭之后，他们在灯下相对而坐。紫英的一只手在灯影下看上去异常寒冷。刘文炳把那只手拿起来，放在自己的两手之间。

“跟我说几句话吧。”

紫英看着刘文炳，恳切地说道。

“姐姐，”刘文炳说，“我真怕你不回来，你要是今天不回来，我真不知该怎么办。姐姐，昨天夜里，我梦见你死了。”

“真的吗?”紫英说。

“我没敢对你说，我一直在四处奔跑。”刘文炳说着话，突然感到口里焦渴异常。他艰难而小心翼翼地说道：

“那时候，我看见你从水中出来，背朝着夕阳，我看不见你的脸，你像一个水鬼。”

“梦是反的。”紫英笑着说道。

刘文炳望着灯影中紫英的脸，目光变得越来越远。昨夜的梦境又一次重现在他的眼前……梦中沙滩潮湿而狭窄，沿途的一切都垂挂着透明的晶莹欲滴的水珠。在通往河边的一条小路上，刘文炳突然被一件东西绊倒在地。他挣扎着爬起来，看到远处的紫、绿两种颜色藤蔓互相攀缘，紧密而无情地纠缠在一起，从其间的空隙处和漏洞处，能看到天的颜色，坚硬而光洁的天空，犹如薄情而冰凉的瓷器。刘文炳侧着脸，似在谛听什么。一阵急促如水的呼吸声在他的身边不断萦绕、涌动。出于某种需要的驱使，刘文炳感到自己的身体变得弯曲如弓，但周身毫无倦意，他的最初的几个动作含糊得如同一段语焉不详的谈话。那种罕见的姿势令他欲罢不能。他抖动着湿漉漉的袖筒的时候，清晰地感到夏日的暑气正在迅速地感染他的唇齿与面颊。暖风扑面，肿胀而麻木的手指离他的身体越来越远，眼前的情形令他倍感炫目……

“我说过了，梦是反的，你还担心什么。”紫英笑着对他说道。

“我不知我怎么了。”刘文炳说，“我好像中了邪，尽做这样一些不三不四的梦。姐姐，你知道吗，我本来是想好好做一个与殿试有关的梦，但你却突然出现在其中，使我毫无防备。我觉得这一切都很不好，像一种……不祥之兆。”

“说点别的吧。”紫英对刘文炳说，“你会讲故事吗？给我讲个故事也行。”

刘文炳想起河流下游地段的那种名叫“人中”的怪草。在他有限的几次猜想中，那草的枝叶稀疏而寥落，通体碧绿，有的甚至只有唯一的一张叶片，在每天的傍晚时分，显露出微微发红的原始本色，喧哗在水中。

“他是在逗你，说笑话给你。”紫英对刘文炳说，“下游根本没有那样的草。”

此刻，刘文炳在自己的模糊的陈述中，听到了一种隐隐约约的滴漏之声。一段时间以来，他一直想在夜晚与河流之间，能够物色到一种可以耳鼻共用的东西，用以借助或衔接，而眼前的重复陈述却使他的声音变得更加弱小，难以察觉。他惴惴不安地望着灯影里的紫英，像一个做错了事情的孩子。他不知道那位饲养鸡鸭的老人现在何处，或许他此时正在低矮的家门前远眺那种下游的怪草“人中”？或许正在漆黑的或雪白的羽毛之间独自穿行，匆匆而去？对他的短暂怀想，使刘文炳感到自己的四肢变得一片冰凉。他情不自禁地向紫英的身边靠去。

临睡之前，紫英对刘文炳说：

“明早我不能叫你了，你要自己起来，不可荒废了学业。”

此后，刘文炳昏昏沉沉地进入了睡梦之中。半夜里的时候，他睁开眼，看见外间依然亮着灯，紫英刺绣的声音隐隐传来。他凝神谛听了一阵，那些瑰艳的锦缎在紫英深夜时分的手中，变得飘飘欲飞，变得温驯而柔情似水。

黎明。

……满河烟水，满河迷雾，四处奔走的刘文炳向每一个过往的行人打听去往京城的船只和日期，但他所遇到的每一个人都只是一个僵直而匆忙的背影。从京城一带传来的有关战乱的消息使这个年少的生员如焚如灼，心灰意冷。他反复地徘徊在岸边，在他萧瑟的视线之中，一个女人这时出现在水面之上……

附近，一只鸟的悲啼将刘文炳从梦中惊醒。摸着潮湿的脸颊与头发，他从床上起来。外间寂静无声，花团锦簇的丝绸低垂漫卷。

刘文炳夹着书本向外面走去。在这个充满寒意的秋日的早晨，最先映入他视线之中的，是那棵枝叶扶疏的大树。那位老人与众多鸡鸭的消逝，使树下显得空寂，倍加冷落。

不久，刘文炳看到了紫英悬吊在树下的身体，一根雪白的绫绢仿佛从天而降。

刘文炳扔掉书本，在空旷的岸边狂奔起来。多年前的一幅湿漉漉的画面垂悬在他的面前。

十年前的一个碧草连天的春天，一个六岁的孩子坐在一条潮湿的河边，搭起了一溜矮小的宫殿与一处花园。

不多时，一队骑马的人过来，他们在行进的过程中，夷平了那些不起眼的宫殿与花园，之后，一路溯流而上。

在那条河流的上游，朝廷的军队正在平定一场叛乱。

从早晨开始以来，这个名叫刘文炳的孩子就一直坐在河边。太阳初升之时，孩子在清澈如镜的河水中找不到了自己童稚的面容。那时候，河里明显地出现了另外一种多余的成分。面对满河微微发红的流水，孩子的跟前浮现出一幅幅杀猪宰羊、喜气洋洋的民间节日的景象。

上午。一个袒露着上身的男人出现在河的对岸。在孩子清澈的视线里，他像一名辛勤的农夫，躬耕于葱绿的垄中。他的每一个动作都会程度不同地扬起条条黑影。孩子坐在一截发黑的树桩上，入迷地望着对面。那些被毁坏夷平的宫殿与花园，已被他遗忘得干干净净。

一些传递消息的战马频繁地来往于流域的上下。在孩子的印象里，有三匹白马、一匹黄骠马，还有两匹是黑马，也好像是一红一黑。多数的时候，孩子看见那些骑马而来的人都把身体伏在马背上，像一套衣服或盔甲，经常有嘀嘀嗒嗒的东西从马的身上一路泻漏着。

孩子看见对面的那个辛勤耕作的农夫，此时挥汗如雨，四周凌乱，绿色枝丫纷纷簇拥着他的下身。有时，他会俯下身去。这时候，河对面青色的远山就会在孩子的视线里变得一览无余，那山间的婉转的鸟鸣声使孩子在那截树桩上坐卧不安，激动万分。

之后不久，孩子忽然看见一个女人的一头长长的黑发在对面轻轻地飘扬了一下，此后便再没有出现。那头长长的黑发像是浸到了河里。孩子想到眼前的河水很脏，很红，可惜了那一头好看的长长的黑发。

河里没有船只。

孩子望着他的那一溜被摧毁后的矮小的宫殿与花园，现在，那上面清晰地印着几个马的蹄印。孩子看着那些马的蹄印，想起了自己平日吃饭用的几只小小的木碗。

有好长一段时间，孩子没有看到对面的那个辛勤耕作的农夫，那个人，连同他的劳动工具一起，仿佛从对面突然消失了。

远处，出现了几缕炊烟。

这时，孩子又一次看见了对面的那个女人。她的那头长长的黑发又一次异常缓慢地飘扬起来。对于头发的注视，使孩子忘记了眼前的某种距离。不久，那个女人像一个水鬼一样出现在水面上，向这边走来。

孩子急忙闭上了眼睛。

原载于《青年文学》一九九三年第十一期

我 们

一

晚上七点多钟，正是孩子们在街上胡闹的时候，听见有人在外面大声地说话，接着又听见毛驴的一声紧似一声的叫声由远渐近地传来。我从屋里向外面走的时候，感到身后仿佛拖着一条长长的尾巴似的路，路的两边开满了野花，天是阴的。

二

我们是快天黑的时候来的，整个村子里的门窗都在风中响着。他不住地问我们路上太平不太平？我看见我爹似乎不愿意回答这个问题，只是说风很大。风很大是什么意思？说明我们来时的路上天气不太好。除了这个以外，再不能说明别的。

三

我帮他把驴拴好，又打发一个孩子出去给驴找了两把草。

这样一来，驴是安静下来了。

他们的身上有很多土，我用一个带木柄的笤帚给他们扫土。他们的背影正对着我。有好几次，我真想照那个后脑勺上给他来一下，给他个猛不防。后来又看他怪可怜的，他已是穷途末路的人了。

四

我们面朝大门站着，他在我们的身上又是拍又是打的，说是帮我们扫土，可我的身上被他扫得很疼。我不知道这是哪里的扫法？脖子里也好像有了刺一样。他像扫地一样扫着我们。

门框上的一道旧符快要掉下来了，还连着一点点，风一吹，就在我们的眼前摇摇晃晃地飘个不停。

我不想再让他扫我了。

五

看出来了，我早就看出来了，他们他妈的肯定没吃晚饭，我相信我的判断是对的，无比正确的。看他们那灰眉土眼的样子，连嘴唇上都蒙着土，能说他们不久前刚刚吃过晚饭吗，绝对不可能。不可能。

现在就有这样一些人，能在外面解决的问题也绝不在外面解决，非要赶到别人的家里去解决，比如想方设法地蹭一顿饭什么的。蹭一顿就蹭一顿吧，大老远地来了，蹭一顿也是正常的，也是应该的，可是，该让他们蹭什么呢，拿什么让他们蹭呢？

一想起这事，就让我头疼。我真的很头疼。

六

从外面进来一个人，他立即撇下我们走了过去。两个人在大门旁边那个暗道里嘀嘀咕咕地说了一阵话，不久以后，那个人拿了一根扁担走了。他回过身，看见屋顶上落了一群灰褐色的雀儿，他恶狠狠地骂了一句，接着又张开两条胳膊，嘴里发出一连串含糊不清的呜呜的声音。

我听见房顶上面传来轰的一声，不用说那些灰褐色的雀儿都飞走了。

这个人看来很难说话。我悄悄地对爹说。

爹没有说话，一声不吭地站在那里。

七

趁着做饭的炊烟在院子里弥漫的时候，我简单地将目前的形势给他们讲了一下。他们很认真地听着，但又像是什么也没有听懂，或者完全没有听进去的样子。这些人，不教育教育还真不行，根本不能适应目前这个特别快车一样的社会，随时都有可能从这辆特别快的车上被甩下来，然后摔成肉饼。

关于那个孩子，我也得说两句。看上去什么也不懂，像刚从山里捉回来的小动物一样。

八

院子里飘满了烟，我们互相都看不清楚。

我听见他对我说："以后不能再雀儿雀儿地叫了，什么叫雀儿？那是鸟，知道吗？鸟才是文明用语。所有的雀儿都是鸟。"

"还有，以后叫你爹的时候，也不能直接叫爹。"他又对我说。

"那叫啥呀？"我对他说。"不让叫爹，也不能直接叫爹，总不能叫爷爷或伯伯吧？"

"你看你看，你又错了，你根本没有听懂我的意思。"他似乎生气了。虽然在烟雾的遮盖下看不清他的脸，但能从他说话的声音里听出他生气了。"并不是不让你叫爹，"他说，"也不是让你管爹叫爷爷或伯伯，那成什么了？你应该管你爹叫爸爸，或父亲。知道吗？爸爸，父亲，这些东西都像刚才说的鸟一样，都是一样的，都是一个意思，上等人都这么叫。"

"来，叫一声，让我听听。"他说。

"叫呀，叫一声。"他说。

"叫你叫，你就叫一声么。"爹推了我一下。"总不能我替你叫吧？"

"快叫呀！怎么不叫？叫一声。"他说。

"快叫！不叫晚上别想吃饭！"他说。

九

真是个没见过世面的孩子，好好的突然就哭了，眼泪汪汪地藏到了他爹的身后，他爹怎么拽也拽不出来。

“算了，以后慢慢来吧。”我对他爹说。

十

晚上，我们吃饭的时候，他没有吃。他在一旁看着我们吃。我们问他为什么不一起吃？他说他头疼。这样一来，他就在一旁龇牙咧嘴地看着我们。我们没有办法也不能不让他龇牙咧嘴，他有理由这样做，因为他头疼，又是在他的家里。据他说，疼得实在厉害，非常的疼。

吃完头一碗面以后，我还想要。这时，爹悄悄地捅了我一下，我明白他的意思。于是，我就放下碗，不再吃了。

他龇牙咧嘴地在一旁看着我们，似乎想说什么，但又没有说出来。

“不行了，实在是吃不动了。”爹说。爹也只吃了一碗，但看上去显得很饱，一副胀得很难受的样子。

十一

这一天真够我受的。

我从屋里出来，在照壁附近转了一阵，它在院子里投下一块方方正正的影子，看上去十分的厚重，如同我的家业。

月亮出来的时候，我的头忽然不疼了，这一下我就放心了。

十二

我们被领到东边的一间耳房里睡觉。耳房是一种比正经房子又矮又小的房子，像是正经房子的两个耳朵，有了这样的一层关系以后，它任何时候都不可能比正经的房子大，就像再大的耳朵也永远不可能比头大一样。

这天夜里，我们就住在东边的那只耳朵里，里面有很大的石灰味。墙上挂着一件雨衣，自我们住进去以后，那件雨衣就不断地从墙上掉下来，我们把它捡起来，重新挂上去，不一会儿它就又掉下来了，一连掉了几次。“这是怎么了?”爹十分狐疑地看着它。等我们到了炕上以后，又听见身后传来咚的一声，回头看见它又掉下来了，像一个人一样软软地堆在那里。

有好大一阵，我们都不说话，一齐默不作声地看着那件奇怪的雨衣。这个时候要是再把它挂起来，说不定早就又掉下来了。幸好我们没有再挂它，它最后一次掉下来以后，就一直堆在那里。后来，爹对我说：

“不要看了，不要再看它了，这样看来看去会把它看坏的，弄不好会看出毛病和麻烦来。”

于是，我们就躺下了。爹翻了一个身，我以为他睡着了。但过了不一会儿，听见他自言自语地说道：

“钱真是个奇怪的东西。”

我爬起来，看着他的脸。他的眼睛看着屋顶，说：

“他变得和以前完全不一样了。以前，说一句话，里面至少能有七八个脏字，不提起男人女人那两个东西，他就不开口。今天，咱们来了有一阵工夫了，我还没有听他说过一句那样的话。这是为什么？据我看，这都是钱在作怪。手里有了钱，他不好意思再说那种话了。”

“他为啥叫五猫？他们家真有五个猫吗？”

“那当然，还不止五个呢。他的上面有大猫二猫三猫四猫，他的下面有六猫七猫。最小的七猫刚生下来没几天就送了人，过了不久，六猫就死了，这都是七猫送了人的缘故。七猫要是不给出去，六猫也许就不会死。”

“为啥？”

“为啥？谁知道为啥！”

不久以后，我们就睡着了。

半夜里，我听见院子里传来他的声音：

“睡吧，日他妈的！也该睡了。”

第二天，天亮以后，我没有把半夜里听到的那种声音告诉爹。以他现在的心思，告诉了，他也不会相信。他已认定了那是一个早已脱离了低级趣味的人。

十三

这天吃过早饭以后，我领着他们父子俩去我的窑上。我已替他们安排好了，老的下窑，小的干些杂活儿。我把他看作是一个钉子，哪里需要就把他钉到哪里。一个小钉子。

沿途的玉米纷纷吐出了红缨，有人正在往地里放水。在那明亮的水里，传来了人的走动声，这情景使我仿佛回到了二十几年前的那些日子里。那时候，天已经黑了，我们还在水里站着，无边无际的玉米林像兵一样和我们拥挤在一起。天上的星星倒映在水里，常有人弯下腰伸手去捞。当然什么也捞不着，更不可能捞到一颗星星，可就有人喜欢那么干。身材矮小的史大明就是那样的一个人，天一黑，他就来劲了。工作队的陈主任在他的身后站了很久了，他都没有发觉，只顾低着头拼命地在水里捞。陈主任抬起一条湿流渡的腿，突然将他踢倒。史大明在跌倒的同时看见了踢他的人。

“捞，又他妈的在捞！社会主义就是让你们这些家伙给捞穷的，捞到什么了，让我看看?”

史大明满身泥水地站起来，天上的星星还在玉米地的水里闪烁。

“狗日的，今年的救济你就免了吧。”

“陈主任，陈主任，我啥也没有捞到，我以后再也不捞了。”

“谁能保证你没有捞到一块金子。”

“陈主任，这个地方哪会有什么金子，全是沙子。就是有也轮不到我。”

月亮升起来了，从另一块玉米地里传来一个女人的尖叫。

“陈主任，免不得呀，无论如何都免不得，我家里还有两个吃奶的孩子呢，我们的困难一个接一个。”

“你是不是还想说你还有一个八十多岁的老娘？你编吧，你就是再编出十个老娘来也没用。这种故事已经被人编了几千年了，早就不能用了。”

抽水机突然停了，青蛙也不再叫了，大地变得寂静如初。

十四

爹从窑里上来的时候，我几乎都认不出他了。我们的那头驴也变成了一头小黑驴，要不是它鼻梁上的那道明显的白印儿，我也不一定能认出它来。

那时候，我正在门前的空地上给副窑主阿仁洗摩托。阿仁是个南蛮子，腰和女人的腰一样细，说话也是尖声尖气的，每天骑着摩托来，又骑着摩托去。你在屋里听到摩托大声地响，跑出去看时，他人已经不见了，只留下一股烟尘在路上飘散。窑上的人都管他叫孙悟空。的确，他的脸上要是粘上一些黄颜色的毛，完全就是一个真的孙悟空。

一开始，我用一把洗鞋的刷子蘸上水给他洗摩托，阿仁发现后，立即在我的身边尖叫起来。后来，我总算明白了他的意思，他不让我用刷子刷他的摩托，那会把油漆划坏。尖叫了一阵后，他给我找来一只旧手套。这以后，我就用那只旧手套蘸着水给他洗摩托。这样一来，阿仁不叫唤了，看了一阵后，回屋里去了。

从远处过来的飞机总是飞得很低，仿佛就在我们的头上，声音很大，还有尖厉的叫声。坐在地上的人们都对那种飞得很低的飞机充满了看法和仇恨。他们常说，要是家家户户都配备一门大炮或高射炮，人们早就把它打下来了。

爹坐在一块石头上，看着地。

我想起前面不远处有一条小河，过了眼前这片小树林子，就能看到河里的水了，河水日夜哗啦哗啦地流着。以前，水里还有青蛙和小鱼，这会儿没有了，都不见了，不知都到哪里去了。我们的那头小驴站在爹的身后，浑身又脏又黑。我走过去，对爹说，让我领着驴到那条河边给它洗洗澡吧。

“不用洗。”爹说。“一会儿还得下去，洗了也白洗。”

我摸了摸驴的耳朵，它看着我。它认得我，从小就记住我了。

“洗你的摩托去吧。”爹对我说。“站在这里干啥？阿仁可能马上又要出发了。给人家洗仔细一点儿。”

于是，我又去洗摩托。

又洗了一会儿，阿仁从屋里出来了。我看见他手里拿着一个婴儿吃奶用的奶瓶子，里面装的也是奶。他一边看我洗摩托，一边吱吱地吸奶，声音很响，很尖。这时候，窑主五猫也从那边过来了。

阿仁还在举着奶瓶子吱吱地吸奶，窑主看了一会儿，说道：

“这就是南方人，只要对身体有利，什么都要吃，什么事也都能干出来。”

“不把身体搞好怎么行？”阿仁说。“身体是革命的本钱嘛。”

“可是你的腰和腿还是那么细。”窑主说。

“细是细，可是有精神。”

“我让人给你弄了几副羊鞭和狗鞭，估计一两天就能拿来，你好好地补吧。我们这里的人，夏天是不吃羊肉的。”

“我吃，我是要吃的。”

阿仁吸完最后一口奶，瓶子里传来吱的一声。然后把瓶子交给一个叫小玉的女人，让她去洗。他走过来，踢了我一下，对我说：

“这里，还有这里，都要好好地洗一洗的。”

他几乎很少在窑上吃饭，主要是嫌这里的饭不好，缺乏营养，又不对他的胃口。有一次，伙房里做饭的郭大头喝醉了酒，两只手举着两把菜刀，从屋里跑出来，看着骑摩托远去了的阿仁，大声地说道：

“日他妈的！总有一天，我要把所有这些细腰瘦屁股的南蛮子全部斩尽杀绝，鸡犬不留，一网打尽！”

窑主在一旁喝住郭大头，对他说：

“胡说什么！还不赶快回去睡觉去！南蛮子讨厌是讨厌，但搞经济、骗人，还是很有一套的，比我们都强。我们得向人家学习，不但你们要学，我也得学，你郭大头更得学。不学就没有出路。”

十五

是的，很难想象，如果没有阿仁在外面频繁地活动，我们这个窑会是什么样子。挖出来的煤，也许一斤一两也卖不出去。正是由于他的那些让人眼花缭乱的办法，才使我们这个窑在众多的窑里能够鹤立鸡群，一枝独秀。当初，我看中他也正是为了这个。

人生地不熟的阿仁，刚来不久，便娶了一位妻子。女人是我们这里秧歌剧团的一位演员，自从嫁给阿仁以后，她就基本上不再出去演戏了，成天待在家里，身体一天比一天肥胖。如今，她和阿仁共同生下的一个女孩儿已经十岁了。

我知道阿仁在遥远的南方老家还有一个家，那里有他结发的妻子和两个孩子。不久前，有人曾经悄悄地向我反映，说阿仁在华北某地很可能还有一个家。不管有几个家，他都是那个家里理所当然的男主人。我不管这些，只要他能帮我把煤卖出去，他就是在全国各地组建一百个家，也不关我的事，只要他自己能应付得过来。

有些事情我是不愿意打听的，不愿意弄清的，比如阿仁的真实年龄。由于他一年四季常吃补品，人看上去显得很年轻。与阿仁在一起共事已有些年了，但直到今天，我仍然对他的实际的年龄完全不清楚，可以说一无所知。阿仁自己不吐露，这事恐怕就永远是一个谜。

管他有多大呢，多大又有什么用，他能把煤卖出去就行。

十六

爹告诉我说，窑主以前也是我们那个地方的人，后来才带着一家人迁到这里，没几年就越闹越厉害了。那个至今仍在村子里摸着墙壁行走的瞎子叫铁猫，爹说他并不叫铁猫，他的真名叫二猫，是窑主的一个哥哥。原来那一大家子如今只剩下他们两个了。我想起铁猫摸着墙走路的样子，他和窑主看上去完全不一样，无论哪个方面都不一样。我们经常在街上遇到铁猫，我们大声地叫着他的名字。他停下来，眨动着一双瞎眼，眼睛里面的灰皮像乌云一样飞快地翻动着，做出一副要寻找或抓获的样子：

“谁在骂我？我又没得罪你们。”

我们最怕他眼睛里的那种像雨前的乌云一样的灰皮了，它们在飞快地翻卷的时候，尤其让人害怕。听到我们奔跑的声音，铁猫说：

“跑也没用，我已经看见你们了。我知道是谁在骂我。”

他当然没有看见我们，他什么也没有看见，但我们都以为他看见了，我们就信以为真地到处藏匿，唯恐铁猫将我们找到，然后用他那双钳子一样的手将我们抓住。铁猫，铁猫，如今他还像一件陈旧的衣服一样整日在街上飘荡，与鸡毛和柴草一起飘荡。飘不动的时候，就停下来，脸冲着远处说：

“看那太阳多亮啊！今天的天气真暖和。”

十七

远远地，我就看见一群人坐在窑前的空地上说闲话，在那里尽情地胡扯。这些人真他妈的，我一不在的时候，他们就这样，谁也不愿意到窑里去，更没有人主动带头下去。一看见我来了，他们就会像受惊的羊一样，轰的一声散开，全部向窑里跑去。正是他们，经常害得我像周扒皮一样辛苦。

一个人发生变化，有时是自身的原因，有时候则完全是被别人逼成那样的，由不得你不变。你不想让自己有一副坏脾气，可就有人不断地来麻烦你，一会儿揪揪你的胡子，一会儿又拍拍你的脑袋，一会儿踢你一下，一会儿又狠狠地掐你一下，充满恶意地骂上几声，于是，你就只能怒气冲冲地爬起来。你不想让自己发财，可是钱像一个难缠的叫花子一样，不断地来敲你的门，一有空就来，让你坐卧不安，烦躁不安，永无宁日，于是，你不得不打开门，让它进来，把它接过来。

眼前已经没有人了，四周的景物雾蒙蒙的，十分模糊。我用手擦了一下自己的眼睛，发现它是湿的。

我仿佛又回到了苦难的二十几年前……蝉在身边叫着……

天蓝得让人眼前发黑……河边的草倒映在水里……圆环……柔软的头发……一张诱人的小嘴……一根弯曲的眉毛，孤独无比地挂在天上……在那堆满了草垛的打谷场上，女人们坐在那里，一刀一刀地将无数金黄的谷穗切下来。

多年以后，有人曾无意中对我说，她们那是在切割她们自己。

十八

“来，过来一下。”

窑主在叫我。我朝他跑过去。他手里拿着一包东西，站在门口，认真地看了我一会儿后，对我说：

“能不能去办一件事?”

“啥事?”我说。我看了一眼他手里的那包东西。

“把这包东西送到老赵家里去。”

“老赵?”，

“知道他的住处吗?”

“知道。”我说。他大约忘记了，他已经派我去过两次了。“从这条小路上出去，过了铁路，一直向北走，看见一座院子，黑大门，红柱子，门口有两个石狮子，就到了。”那就是老赵的家。

“嗯，说得对。”

听见我这样说，他满意地点了点头，然后把手里的那包东西交给我。东西沉甸甸的，不知道是什么。

“记住，路上不管有谁和你说话，你都不要理他。”他说。

“记住了。”

我抱起那包东西开始跑。我觉得自己仿佛抱着一包炸药，要去将一座城炸开一个缺口。刚跑了几步，他又把我叫住了。

“路上不许偷看啊！”他说。“偷看是不对的，小心把你自己这个月的工资给看没了。”

我告诉他说我不看，前两次是什么我至今都不知道。过铁路的时候，我注意到有两个人正坐在铁轨上低声说话，都低着头，也不看铁路两边。他们没有注意到我。照他们那样坐着，一会儿火车来了也不一定知道，没准会被飞驰而来的火车压扁。又跑了一阵，我就看见老赵家门口的那几根又粗又高的红柱子了。

老赵的家里只有老赵的女人一个人在。

我进去的时候，她正在熨衣服，蒸汽在她的身边缭绕。很快，她的那张很鲜艳的脸就从雾气中分离出来。

我把那包东西递给她。她接过去，笑了一下。

“你几岁了?”她问我。

我告诉了她。我转身要走的时候，她叫住了我。我看见她打开一个白色的冰柜，从里面拿出一瓶绿颜色的水。

“我不渴。”我对她说。

“天这么热，哪有不渴的?”她说着，走过来，将瓶子塞到我的手里。“拿着路上喝。”她笑起来很好看。

又来到铁路边的时候，我看到有大团大团的白气正在铁路上奔跑，飘散。火车刚刚过去，不久前坐在铁轨上小声说话的那两个人已经不见了。我停下来，四周看了一回，也没有看见他们的影子

回到窑上以后，我找到窑主，告诉他事情已经办完了，他夸了我两句。后来，他看到了我手里的那瓶绿颜色的水。他

说：

“是她给你的？”

我点点头，说是的。

“收获不小嘛。”他笑着说。“打开喝吧。好好干以后会有更大收获的。”

我叫了他一声窑主，他立即就生气了。

“你这个死孩子！怎么回事？”他说。“告诉过你多少遍了，怎么还是记不住，还是窑主窑主的叫个没完？我是窑主吗？看样子，下一步你还准备管我叫地主呢，是不是？盼我倒霉？听着，我不是什么窑主，我是矿长！正儿八经的矿长！”

他说他不是窑主，可他分明就是个窑主。他让我叫他矿长。矿长就矿长吧，还不是一回事么。

十九

有一天，下了一点小雨，仅仅把地皮湿了一下，很快就又不下了。

雨刚下起来的那时候，一个赶着马车的人激动不已地在车上又喊又叫，声音很大，很刺耳，完全属于狂呼乱叫，鞭子也不停地在空中颤颤巍巍地乱抽乱晃。是许久不下雨才让他变成这样的。雨点落在他的脸上，使他的整张脸变得湿派流的，头发也像鸡毛一样凌乱。很快，他的那种乱七八糟的叫喊就停下来了，他一边轻轻晃动手中的鞭子，一边开始用一种十分悠扬而又充满深情的声音唱了起来：

“感谢——你们——带来了——毛主席的——书——”

“书”后面的声音拖得很长，很慢，像是在撒娇，又像是在期待一件什么事情的到来或一个人的出现。

后来，雨就停了，忽然不再下了。赶车的人抬起头，呆呆地仰望着午后灰蒙蒙的天空，鞭梢像一条僵直的蛇一样垂在他的肩头。

“唱吧，怎么不唱了?”一个人对他说。

“有什么好唱的?”赶车的人看了那个人一眼，有些冷森森地说道。说过之后，就又抬起头呆呆地看着天空。

不久以后，赶车的人不再看天了，低下了头。他半躺在车上，用一顶帽子盖住自己的脸，就要走了。还是那个让他唱歌的人，提醒他：

“你那样不行，会翻车的。”

赶车的人忽然将帽子从脸上拿开，十分烦躁地说道：

“我愿意翻，不行么?”

眼看着那辆马车越走越远了。我坐在门前，将他先前唱过的那首歌，反复地唱了很久。“不打酥油茶呀，不敬青稞酒呀，也不献哈——达——，唱上一曲心中的歌儿……唱上一曲——”

唱着唱着，我的眼泪就不知不觉地流出来了。

我仿佛又回到了苦难的二十几年前……

二十

我和爹住在不远处的一间小房子里，是他给我们找的，据说不要钱，只要别把房子住坏了就行。我们基本上不吃菜。本来我们有一小罐咸菜，一直放在外面的树荫下，每天吃饭的时候，去树下打开罐子夹一点。但有一天，我们都不在的时候，我们的菜被一匹受了惊的马给踢翻了，连那个罐子也破了。等我们回来以后，只看到树下有一些乱七八糟的碎片。

爹说，打了就打了吧，好在我们还有酱油。

我要说说酱油，这种黑红色的东西我以前从未见过，它能使我们的每一顿饭都增色不少。酱油，难道是用酱做的一种油？虽然我目前还不清楚它的来历和出处，但自从我第一次看见并尝到它，便喜欢上了。这样，无论我们吃什么饭，都少不了酱油。有时候，喝粥的时候，我也要往里面掺一点。每逢那时，爹就用那样的一种眼光在瞟我，看我。有时候他实在忍不住了，就说：

“你不能老这样干，这太铺张浪费了。”

他认为喝粥无论如何不应该掺酱油，我那样干，多少有些作孽。爹呀，真是个小气的人，他好像忘了我正处于成长的时期。

有一天，窑主回家的时候，路过我们这个小房子前，进来看了一下。我们正在吃饭。爹的碗里是白饭，我的碗里颜色重了些。窑主看了一会儿，似乎发现我们吃的不是一样的饭。窑主对我说：

“吃什么呢？黑乎乎的？”

“你问他，”爹对窑主说。“这个小挨刀的，不让他放酱油，他偏要放，还放了不少。饭是一样的饭，他酱油放多了。”

窑主先是叹了口气，后来突然对我说：

“我没有儿子，只有两个女儿。你做我的儿子吧，怎么样？我保证你会像旧社会的那些少爷们一样幸福。我家里有的是酱油。我不仅有酱油，什么都有。”

“他哪有那样的命。”爹讨好地看着窑主，一脸贱相。

但窑主并没有看他。爹呀，又在胡说，坐在那里像个白痴一样。窑主本人也在胡说。旧社会的那些少爷们真的幸福吗？根据我的经验，他们当中的大多数人都是一些蠢材，窝囊废，什么事也不会做，不是二流子，就是常年病得卧床不起。这时候，家里的人就会忙着为他娶亲，从别人家里娶回一个姑娘来为他冲喜。有的越冲死得越快，动不动就死了，咽气了。有的结婚的当天就死了，有的一边结婚一边死。一家人呼天抢地，呜呜咽咽地哭上几天。下葬时还要带走一些他平日喜欢的东西，扇子呀，玉佩呀，珠宝呀。我想，我宁愿不吃酱油，也不愿意做那样的人。

爹经常地，不止一次地对我说，我们来投奔这个叫五猫的窑主是来对了，投奔对了。一次吃饭的时候，他就这样说。

“他对我们有恩呢。”爹说。完了又说：

“从前那些年，我当队长的时候，没少欺负他，没少给他小鞋穿，可人家一点儿也不记仇，这是什么样的人？这是一种什么样的精神？”

每逢他这样得意忘形的时候，我就把酱油瓶子偷偷地拎过来，立到我的腿边，趁他不注意的时候，往碗里倒一股。一会儿看见他又不注意了，就又倒一股。我快香死了，快高兴死了。

酱油，美好的油！美丽的油！令人幸福的油！令人心花怒放的油！

二十一

晚上，我的财务主管程有才来了。这个曾经当了很多年孩子王的人，如今在我的手下干得很开心，十分的有精神。时常夹着一只黑包，拿着手机，让那些曾经与他一起共事多年、如今仍在做着孩子王的人们羡慕得不得了。虽然目前已经五十多岁了，但他自我感觉却像一个二十多岁的毛头小伙子。“我的生命从现在起才刚刚开始……”这是他时常挂在嘴边的一句话。

三天前，他和阿仁一起出去联系一列火车，将窑上近来积压的煤一次运走。现在，事情经过阿仁和他的努力，已经办妥了。接下来，他从那个黑包里取出一大堆票据给我看，有请客吃饭花掉的，有花在车站两位副站长身上的，还有花在计划科长和调度员身上的……我没有细看那些乱七八糟的东西。我对他说，只要事情办成了，就是最大的成功。

“临走时从家里带的那些钱都用光了。”程有才说。“不瞒你说，我和阿仁两个人差一点没回来。”

“怎么回事。”

“我们两个人身上只剩下几块钱了。多亏阿仁机灵，卖掉了自己手上的一个戒指，这才平安无事地回来了。”

“这就对了，他手上的戒指多得是。”

“是的，阿仁当时还说，要是把他手上的五个戒指都卖出去，我们坐飞机的钱也够了。”

“回来就好。只要到时候他们能把一列火车开来，我们就算赢了。”

“没问题。几个管事的人都一再拍了胸脯的。更何况，咱们和他们打交道，也不是一天两天的事了。”

已经很晚了，他还没有要走的意思。抽出一支烟，重新点上，坐在我对面的那个地方，很认真地看着我。

“还有什么事吗，”我问他。

“当然。”他说。

“干吗不说？”

“是那件事情。你好像已经忘记了。”

“什么事，是哪件事情？”事情过于繁多，我真不知道他指的是哪一件。一件喜事？一件烦人的事情？

“许飞霞。你总不至于忘记了吧。总不至于连她也想不起来了吧？”

他这一说，我仿佛被他打了一下，立刻就觉得自己不对了。

“快说说是怎么回事，你已经去见过她了？”’我说。

“是的。”

“你见到的是她本人，还是她的家里人？”

“当然是她本人。我认为这事和她的家人不能说完全没有一点儿关系，但关系不是很大。”

“是的，关键还在于她本人。”

“这孩子，我还曾经教过她两年呢，一见了面，还是叫我老师。平时不觉得，可这时候老师这个称呼别提有多难听多别扭了。我是去干什么的？我可不是去给她补课的。我自己反倒像一个做错了事的小学生一样十分拘谨地站在她的面前，又不敢面对她，不敢正视她。”

我看着这个昔日的孩子王，不禁感到有些兴奋起来。

“你没有把我的意思对她说了吗？”

“是的，当然要说，可问题是要怎么说。不管有多难说，多难开口，也得说。那是我此行的唯一目的，不然我去干什么呢，我一直就那么憋着，说一些不相干的话，憋了很久，最终，终于还是说出来了。那个时候，我就像感冒发汗一样，出了一身汗；那个时候，我真恨不得找一条缝子钻进去。”

“为什么会那样呢?”

“实在是难说呀，我的矿长大人，实在是不好开口呀！不生孩子不懂得肚疼，你是不知道，你不知道那有多难说，真是难以启齿啊。”

“那也得说。”

“我已经说了，总算说出去了。我没有像从前在学校里那样叫她许飞霞，也没有叫她小许，而是叫她飞霞。这样叫是不是比较好一些？是的，好多了，这有一种长辈的口吻，既亲切，又温和，又不生分，还有一种同志或朋友式的关怀在里面。”

“然后呢?”

“然后，我就装做无心的样子问她今年多大了，她说了一个数，我记得好像是二十七。是的，就是二十七。现在这年头，不管是未婚的姑娘，还是已婚的妇女，没有愿意说自己大的，都愿意把自己的岁数拼命地往小了说，说得越小越好。还有那些机关里的干部，也是如此，五年前就已经是五十岁的人，又过了五年以后，他反倒只有四十七八岁。多么奇怪的事情！多么让人哭笑不得的事情！时光好像在倒流。”

“照现在的情形来看，二十七岁也还是个孩子。”

“是的，道理是那样，可我不能那么说。许飞霞说的二十七岁是个什么概念呢？我猜她说的一定是周岁，周岁二十七。那么，她的虚岁应该有二十八九了。这样一算过之后，我似乎找到了她的缺口，找到了她的麻烦所在。我就趁热打铁对她说，说起来你也二十七八了，也不算小了。”

“年龄不年龄的无所谓，我更关心她的态度。”

“我一把你的意思对她说了以后，她立刻就慌乱得不得了。脸红了，说话的声音也不对了，像是跑了调。脸上的红晕很久都褪不下去。刚才还一直在看着我，这会儿也不敢正眼看我了。”

“她的脸要是红了，那就更好看了。”

“我看出她有很多问题都不理解，就像当年在学校里做功课时一样，总是会遇到一些解不开的难题。她问我，有那么多的姑娘，他为什么偏偏看上了我呢。”

“你是怎么说的？”

“我对她说，事情奇就奇在这里，巧就巧在那里。每天都有那么多花枝招展、蝴蝶一样的姑娘，在他的眼前飘来飘去，飞来飞去，他为什么就没有看见她们呢？你没有在他的眼前飘，他为什么就单单看见了你呢？为什么？”

“‘为什么？’”

“‘为什么？’所有的事实都在说明着同一个道理，说明你们有缘。无缘对面不相识。你们有缘呢。”

“可是这事来得太突然了，我一点儿准备也没有。”

“还准备什么呢，什么也不需要准备。稍微收拾收拾就行了，稍微收拾收拾就行了。”

“程老师，我是说，这两天……我有些不方便。”

“不方便，有什么不方便，我看没有什么不方便的，一切都方便得很。是的，一切都方便得很。”

“唉，程老师，我不是那个意思。”

“你是什么意思？”

“唉，程老师，我是说，这两天，我的身上有些不干净。”

“不干净？为什么不干净？洗洗就干净了。认真地洗一洗，一切都会很干净的。”

“唉，洗不掉的，不管用。我来那个了。”

“哪个，什么？你病了？”

“唉，程老师，你非得逼着我说出来吗，非得把我羞死吗，那个就是月经，我来月经了。”

“哎，我当是什么呢，吓死我了。不要紧，结婚就是结婚，管什么月经不月经的。有三天时间够了吧？”

“不行，三天不行，三天无论如何不行，怎么也得四五天。”

“那就四天。”

二十二

以前，每年的这个时候，我们都要爬到高高的树上，把那些圆溜溜的上面还带着花纹的小蛋掏出来，然后找一只老母鸡，放到它的身下，让它替我们孵蛋。我们都不大相信母鸡能孵出小鸟来，但我们都想试一试。为了防止它不负责任地中途跑掉，我们时常用筐子将它盖住，一整天一整天地将它关在里面。

但现在不行了，尤其是今年，我时常有很多很重要的事情要做，很少有空闲去想以前的那些事情了。

阿仁骑着摩托车突然停在我的面前，那一串尖厉的声音将我吓了一跳。如果不是亲眼看见，光凭耳朵去听，你十有八九会以为他压死了一只鸡，或者撞翻了一个人。他让我替他看着摩托，他去那间红房子里找窑主。临进去前，他一再嘱咐我：

"眼睛都不要眨一下，一直紧盯着它。"还说，这年头的人，稍一不留神，就不知会发生什么事，让你死都不明白是怎么死的。

我坐在旁边的一块石头上，眼睛看着那辆摩托。

爹从窑里上来了，朝我这边望了一会儿，不久又下去了。

今天早上吃饭的时候，他对我说，窑主家里有两个女儿，都在收费很昂贵的私立学校里上学，如果我有命，将来娶了她们中间的任何一个，我们家从此将会从根本上发生变化，发生翻天覆地的变化。

爹呀，又在胡说。

我对他说，我们连买衣服的钱都没有，有时连打酱油的钱都常常不够，怎么可能娶得起他们家的女儿？

"傻瓜！"他说。"我们缺钱，难道人家也缺钱吗？人和人是不一样的，他缺少的不是钱。"

快吃完饭的时候，他又对我说：

"我只不过是随便说说罢了，你别当真了。"

谁当真了？我什么时候当真了？我看他才当真了，把一件事情反复地说来说去，还让别人不要当真。

自从来到这里以后，我发现爹变了很多，有时甚至和以前完全不一样了。我不止一次地听他对别人、对我说起过他年轻时候的一些事。有一个叫周小青的女人，当时家里很有钱，很愿意嫁给他，但被他回绝了。那时候，他的眼里只有我妈，认为她才是世界上最美丽最可爱的女人。但现在，一说起这事，他就十分明显地表示他后悔得不得了，后悔得嘴里时常吸吸溜溜的，有时甚至捶胸顿足。

"我年轻的那时候真他妈的傻瓜！"他说。"你说我娶你妈干什么呢？那时候光图她长得好看，好看有什么用呢？现在看起来，她也并不好看，就那么回事。”

接着又说：

“可以设想一下，我当初要是咬一咬牙，娶了周小青，我的后半辈子可能就不一样了，我也不至于沦落成现在这样。”

爹这样说话，我觉得他很没良心，短短的一段时间里，他变得几乎快让我认不出了。可以设想一下，他当初如果娶了那个叫周小青的女人，他又会是什么样子。一个人眼前暂时富裕一点，但能保证一辈子永远都富裕吗？能永远都没有灾难吗？说不定因为一件什么事情，他早就送了命了。从某些方面来说，我觉得正是由于我妈和他在一起过，才使他平平安安地活到今天。不是吗？就是，绝对是。现在，她老了，他看她也不顺眼了，后悔了。他是在拿一个五十岁的女人与一个二十岁的姑娘做比较，他是在强词夺理。一段时间以来，他经常这样，总是这样。现在，我们住在这里，只有我一个人时常在想家，想我妈，想我的妹妹小沙，想我们的羊圈和鸡窝，想我们房顶上冒着白烟的笔直的烟囱和门前的柳树，想住在我们家的燕子和屋后的青色的碾盘，想晚上的白盘子一样的月亮和窗户上的红黄两种颜色的小绒花……而爹却什么也不想，既不想他的女人，也不想他的女儿，更不想他那个家，他冤屈得不得了，后悔得呼天抢地。事实上，我觉得我妈嫁给他才亏呢，从我记事的时候起，她就没有幸福过一天。设想一下，我妈当年要是嫁给一个……

吃过早饭以后，爹领着我们的小毛驴又要下窑里去了。临走时，他在门口停留了一会儿，对我说：

“不许趁我不在的时候偷喝酱油啊！我在瓶子上做着记号

呢，你喝了多少，我回来一看那个记号，就都知道了。”

说完以后，他就慢慢地向窑前走去。我站在后面，看着他，我有些吃惊地注意到，他的背不知从什么时候开始，已经弯曲得很厉害了，头上尽是一些花白的头发。又加上他牵着驴，走得很慢，从后面看上去，完全是一个行动迟缓的老人。看了一会儿，又想起他曾经说过的那些话。要不是看他每次从窑里上来后累得可怜，要不是怕他返回来打我，我真想大声地对他说，爹，你是一个小人。

我不知道是什么使他变成现在这样？在我的记忆里，他以前不是这样的。

二十三

已经很晚了，程有才还在兴致勃勃地说着。他现在说的每一句话，我都喜欢听，因为那都与她有关。

“放心吧，一切我都替你看好了。”程有才说。

“她的身体很好，胸前的两个乳房也不算小……”说到这里，他忽然停住了，有些不安地看了我一眼，见我正看着他，于是改用一种协商和恳求的口气对我说：

“我这样说，你不介意吧？”

“当然不！”我说。“乳房就是展示给人看的。再说，你也有权利看，也有权利这样说。你不说，我怎么会知道。”

“你不介意，那就好。”

“接着往下说吧。”我用自己的表情对他鼓励道。

“另外，我还特别注意了一下她的胯骨。”说到这里，他又不由自主地停顿了一下。见我看着他，便很快地说道：

“她的胯骨很宽。不过，你放心，这并不影响她的身材。总的来说，她的身材还是很好的，这你也见过。”

我点点头，又用先前那种表情在鼓励他，示意他：尽可以大胆地说，说错了也没关系，因为这里没有外人，只有我和他。

“胯骨很宽说明什么呢？”他说。“这样的女人，一看就知道是生孩子的高手，所有宽胯骨的女人都是生孩子的好手，难产是不存在的，不会发生在她们的身上。只要经你一调理，一开怀，生个十个八个的，不成问题。”

“胡说八道，”我对他说。“我要那么多干什么呢，留着他们将来为了争夺我的遗产互相残杀？”

“当然，我并不是说就真的要你生十个八个，那当然会很麻烦。我说的是那个意思。我只是想对你说，这样的女人，将来她生孩子的时候，不会很费事，不会像那些小胯骨的女人那样痛苦，痛不欲生。你知道，女人生产的时候，对男人来说，同时也是在经受着空前的考验和痛苦，她们的那种撕心裂肺的叫声能把你的心都叫碎了，能把你叫得反应迟钝，呆若木鸡，能把你叫得浑身没有一点儿力气。你很快就会体验到的。到时候你想想我现在说的话，就知道我不是在危言耸听，不是在吓唬你。”

应该说这种事我还是很早就体验过了的，我的两个女儿都已经那么大了，难道我没有过类似的体验？但现在无论如何都想不起来了，一点儿都不记得了，完全忘记了当初是怎样的一种情景。事情过去了也就过去了，谁也没有料到多少年后还会再经历这样的事情。

夜已经很深了，我把程有才送走。天上没有月亮，程有才在黑暗中走得很快。河水的声音从远处传来。

往回走的时候，我又想起了她。看着四周漆黑一片的大地，我的眼前渐渐地浮现出一张脸……不知道她这会儿在做什么呢。

二十四

火车是临近中午的时候开来的，除了车头和车尾，中间共有二十一节车厢。还没有完全停下来的时候，从车尾那间平顶房子一样的车厢里突然冒出一个人来。那个人满脸胡子，穿着一身油腻腻的工作服，戴着一副脏手套，一只手里拿着一顶和他的衣服一样的油渍斑驳的帽子，另一只手里拿着一只和帽子同样脏的饭盒，笑容可掬地出现在车尾的平台上，看着等候在窑前的人们。

在人们还没有弄明白是怎么回事的时候，那个人突然举起一只手，将那只脏帽子在空中晃了几下，然后大声地说：

“同志们好！”

从早晨开始以来，一直坐在窑前枕木上吸烟的两个工人闻声后都站起来，也大声地说：

“首长好！”

那个人将帽子放下，又举起另一只拿饭盒的手，使劲地挥舞了几下，能听见饭盒里的勺子在哗啦哗啦地响：

“同志们辛苦了！”

“首长辛苦了！”工人们一边说着，一边乱哄哄地朝车前走过去。“首长还亲自拿着饭盒呢。”

“真是岂有此理！”阿仁盯着那个人看了一会儿，皱着眉头说道。

“这家伙是个什么人?”窑主也有些不解地问阿仁。

“看上去像火车上烧锅炉的。”阿仁说。

“他妈的，他这是在过当首长的瘾呢。”窑主说。“真是世界大了，做什么的都有。不过，他们总算来了。来了就好，我就怕他们不来呢。”

“他们不敢不来。”阿仁很有把握地对窑主说。“我早已写好了检举信，他们敢不来，我们就把信递上去。”

“阿仁，这个窑多亏你!”窑主紧紧地握住阿仁的手，久久地看着他，声音有些哽咽。

“哪里!我只是做了一点点分内的事。”阿仁谦逊地说道。“我自己的命运也是和这个矿时刻连在一起的。”

火车完全停稳以后，所有的人立即都忙开了。这时，我看见先前冒充首长的那个人也从车上下来了，好像在四处寻找什么东西。过了一会儿，他来到我的面前，还用先前喊话时的那种声音对我说：

“小鬼，水管子在哪里?”

我对他说：“你要接水吗?”

“我要洗洗我的饭盒。”他说。“里面可能已经发霉了。”

于是，我领着他来到水管子前，看着他打开那个饭盒，从里面倒出一堆看上去连猪食都不如的脏东西。

“你真的是首长吗?”我问他。

“首长?你说我是首长?真他妈的，居然也有人会认为我是首长!”他突然大笑起来。“是的，我也不能说没有一点儿权，我管着七八个锅炉和很多热水呢。”他说。水管子里的水哗哗地流着，从饭盒里蹿起很高，溅湿了他的衣服和脸。不久，他收起笑声，对我说：

“我什么也不是，我只是一个王八蛋，我活得猪狗不如！”

看见我还在他的身边站着，他又说：

“你不要看了，到一边玩儿去吧，洗饭盒有什么好看的！我也不可能把你们的水管子拧下来拿走。”

我向一边走去。我后来听说，就是这个人，火车每到一个地方，他都要第一个从车尾后面的车厢里冒出来，然后故伎重演，笑容可掬地挥舞着他的破帽子和旧饭盒，向下面的人们招手致意。同志好！同志们辛苦了！

同志们可能都很好，但他自己活得并不好。至于辛苦，我觉得他才辛苦呢。

二十五

这些天，令人喜悦的事情一件接着一件。这种事情，要么几年都不来一次，像是绝迹了一样。要来开了，又让人应接不暇，手忙脚乱。先是许飞霞，后又是从远处隆隆驶来的火车，那是阿仁和程有才像招魂一样从外面把它们招回来的。火车在这里停了一天，然后把我们眼前的那些所有的麻烦都统统拉走了。拉得越远越好，至于拉到哪里去，那不关我的事，只要别再给我原封不动地拉回来就行。接着，又有人悄悄告诉我，说县里的丁县长可能找我有事，要与我见面。我猜测这很有可能是一次小范围内的密谈。丁县长我是认识的，曾经打过几次交道，这个时候，他要与我谈什么呢？

看着火车远去之后，我请工人们吃了一顿。很多人都把握不住自己，都喝醉了。有的喊爹叫娘，痛哭流涕，有的像精神病人一样开一些让人觉得过分的、让人眼里含满泪水的玩笑，还有的完全醉得不省人事，灵魂出窍，仿佛死了一样。

我也醉了。

二十六

晚上，我们来到房子外面。爹躺在树下的一张席子上。所有脊梁弯曲的人都有腰痛的毛病，又加上白日里的劳累，他常常刚一躺下去，马上又像有针扎或虫子叮咬一样很快又坐起来。为了减轻腰痛，他不得不把一块木头垫到腰下面，这样看上去似乎就好多了，使他能够躺得时间更长一些。

由于事先烧了很多的炭，所以当我们吃过饭以后，我们的炕已经热得完全不能再睡人了。人睡在上面来回翻腾，我翻腾了一会儿，爹又翻腾一会儿，我的头上出满了汗。那时候，我觉得我们很像热锅上的两只一老一少的蚂蚁。是的，我们就像是热锅上的两只蚂蚁。老蚂蚁劳累了一天，很想闭上眼睛睡一觉，但这个时候，这样的愿望已变得完全不可能。他看上去烦躁得不得了，一会儿看着门，一会儿又看着房顶。后来，我对他说，我们不如到外面去睡，外面要凉爽得多，而且，睡在地上和睡在热炕上的感觉也会完全不一样。说完之后，我看着他，他闭着眼睛没有吭气，好像已经睡着了。

于是，我一个人来到外面。我先在附近玩了一会儿，然后躺在一块木板上，外面的确比闷热的屋里凉爽多了。

不久以后，我看到有个黑影在门口晃动了一下，爹也出来了。他拿着一片席子，一边走到树下去铺席子，一边说：

“唉，我总算是明白了，占别人的便宜并不是一件什么好事。只说是在这里烧炭不要钱，就一直拼命地烧，现在害得我们连觉也不能睡了，到头来受害的是我们自己。害人又不利己。”

他开始像一个影子一样倒下去。

因为忘了在腰下垫木头，他很快又痛不欲生地爬起来。他喊我回屋里去给他拿那块木头。我把那块小孩枕头一样的木头拿来，放到他的腰下面，这样一来他总算躺好了。

我坐在这边的木板上，看着树下。树下很黑，几乎看不见他的身体，更看不见他躺在那里的样子。如果光凭眼睛去看，你会以为树下什么也没有，以为他这时候已经不在那里了。他躺在树下，好像连呼吸也没有，手和腿也完全不动一下，我抬起头，天上的星星多极了，看上去又拥挤又嘈杂。我比现在更小一些的时候，也常常在晚上望着它们。那时候，它们也像现在这样拥挤。那时候，我最担心它们中间的某一颗在上面粘得不太牢固，而被别的那些挤下来。直到今天，这样的担心也没有完全打消，时常还有一种清脆的从空中坠落到地上的声音潜藏在我的身体里面。我想起了与星星有关的一些传说，我对爹说：

“你觉得那上面哪一颗可能是你？”

“哪上面？”他声音模糊地说。

“天上面。那些星星，你觉得哪一颗可能是你？”

“胡说什么！”他在漆黑一片的树下说道。“我从来也没有觉得我会在那上面。”他的声音听上去离这里十分的远。

他不相信天上面有一颗星星和他有关，他只相信他此刻睡在树下，在不久以后，可能要做一些梦，也可能什么也梦不到。我觉得一个人只要还在地上活着，还在说话，走路，就不会是孤立的，就不会和任何东西都没有一点儿牵连。牵连肯定是有的，只是我们有时候看不见，感觉不到罢了。我们经常在匆匆忙忙地赶路，自以为和沿途的一切都没有什么关系，事实上，我们的命说不定正写在沿途曾经看见过的哪一棵树上，或者映在某一片水里，说不定那正是我们活着的秘密！那种秘密，像一种不起眼的绿颜色一样藏在一片树叶上面，像一块有花纹的石头一样浸在水里，故意让人忽略，故意让人不以为然，故意让粗心大意的人忽略，故意让细心谨慎的人不以为然。忽略了，也就永远忽略了，不以为然了，也就永远不以为然了，否则，也就不会有那么多人感到一辈子活得无聊，活得疲劳而没有意思，没有着落了。我们错过了停下来翻看那片树叶和水里那块石头的机会，就永远再没有机会返回来重新看了，机会只有一次，错过了就永远错过了。看了和没看是完全不一样的，看了就不一样——因为那上面极有可能正写着我们活着的秘密和理由。

有一天，是个天气晴朗的晚上，我正在屋檐下一颗一颗地往碗里剥豆子。一抬头的时候，我看到了月亮里面的山，山上没有树，也看不到草，看上去和图画里的假山完全一样。

二十七

“你总算清醒过来了。”程有才坐在一张椅子上对我说。“有好几年了，你从来没有把自己醉得像昨天那样。现在好了。”

我隐约记得，我是被几个人扶回来的。他们离去后，我听见房门响了一下。之后，我看见整个屋里变得一片通红。

在我昏睡的整个过程中，程有才命人用温水给我擦了脸，又叫人来打了吊针。看到我的脸色渐渐恢复过来时，他让一个人守着我，他自己有事出去了一会儿。后来，他从外面回来后，就一直坐在我屋里的那张椅子上。我醒来后，他告诉我说，伙房里的郭大头正急得团团乱转，很想给我做一碗可口的饭吃，但又不知道做什么好。我对他说，替我谢谢郭大头，让他别再急了，我这会儿什么也不想吃。

“我们是不是都醉倒了?”我问程有才。

“差不多。”他说。“大多数的人确实都醉了。只有一个人没有醉。”

“谁?”。

“阿仁。”

程有才说，只有阿仁没有醉，只有阿仁一个人是清醒的，自由的，腰里的呼机和手机声大作，响成一片。

我和程有才互相看了对方一眼。

疲劳和乏力使我又一次闭上眼睛。我听见程有才用一种很轻弱的声音在说：

“我也时常有这样的感觉，总的来说，生活在长江以北的人，大部分的人都有一点儿傻，有的完全是一些只有七八成的楞子。”

“真理啊。”我在心里暗自惊呼道。

我睁开眼睛，希望听他继续说下去，但他却不再说什么了。他从桌子下面拖出一只装满水果的筐子，开始为我削梨。他削得并不熟练，一片一片的梨皮像秋天的枯黄的树叶一样从他的手里掉下来，落到地上。他削好两个梨，将其中的一个递给我，另一个放在那里。然后看着我说：

"有一件事，藏在我的心里好几天了，本来不应该在这个时候告诉你，但我又觉得非说不行。"

"是关于阿仁的吗?"我说。

"不!"他摇摇头，说，"是飞霞那边的事。"

"什么事?"我听见自己的脑子里传来嗡的一声，然后是一阵很长的钟声般的余音。

"说起来，这事不能怨飞霞，要怨只能怨我，我事先没有把话说清楚。"他说。"飞霞对结婚证书看得很重，这一点，恐怕所有正经的女孩子都不会例外，都非常在乎。她对我说，'不领结婚证，那算什么事，我一个大姑娘，给他生孩子，那又算怎么回事，我不干！他有多少钱我也不干！'"

"听起来，她好像说得很对。"

"不是很对，也不是好像，而是完全在理，她说得一点儿错也没有。"

"问题是一个人不能同时持有两个结婚证。"

"你说得也没错。我可能老了，办事越来越不得力了。"

"也不能怪你，要怪只能怪我自己，谁让我已经有了一个结婚证呢?老程，你看结婚证像不像一个紧箍咒，"

"这要看怎么理解。从某种意义上来说，完全是。"

"你也有同感吧?"

"我已经老了，紧不紧都无所谓了。"

我有所谓。我从床上坐起来，觉得再也躺不下去了，觉得再也不能这样继续躺下去了。我告诉程有才，我想亲自找许飞霞谈一谈。程有才听了我的话以后，似乎完全没有准备一样，先是好像让我的话吓了一跳，继而又面有难色地看着我，好像我是要让他陪着我到月亮上去。这个老鬼，他平常时候的那种精明劲儿这会儿一点儿也显不出来了，他有些痴呆地坐在那里，似乎完全不明白我要干什么。我走到他的身边，在他的肩上拍了一下。告诉他，让他尽快找个时间，把许飞霞从家里约出来，随便什么地方都行，我要与她亲自谈谈我们的事情。我特别强调了“我们”这个词。程有才听了，刚要说什么，阿仁从外面推门进来了。

看到我正在地上站着，阿仁有些惊讶地说道：

“啊哟！想不到你已经站起来了，没事吧？看上去恢复得蛮好的。”

我示意阿仁坐下，他没有坐，来到我的面前，低声对我说：“丁阎王要找你。昨天下午我已经见过他了。”

丁阎王就是丁县长！阿仁带来的消息使我顿时就将那个叫许飞霞的姑娘忘得干干净净，什么结婚证不结婚证的，都让我忘记了，好像一切都与我无关。我得打起精神，去见那个阎王。

我的目光越过阿仁的女人般瘦削的身体，朝他的后面看去，发现程有才不知什么时候早已不在屋里了。

一个人不愿意知道更多的事情，是不是因为他从根本上完全不愿意承担那些事情，甚至连在一旁倾听的兴趣也没有，我想，多数的时候是这样的。

二十八

早上出的是红太阳，附近一带的天空被映照得十分艳丽，连窑后面的山都被染红了，汽车和马看上去也是红色的。

吃过早饭以后，爹又要去下窑，我站在门口看着他。红色的太阳一点一点地往上升，渐渐地，爹也被染红了。

走到漆黑的窑门前的时候，爹忽然停下来，向四周张望了一下。

这时，我看到从后面赶上去的阿仁叫住了他。阿仁和爹在那里说了几句话，然后，阿仁就拍着爹的肩膀，两个人开始一起往回走。等他们走完那条不太长的小路的时候，我才发现他们并不是要向我们的房子前走来。于是，我离开门口，跑到一个小土堆上看着他们，他们都没有注意到我。很快，我又看见窑主站在他的门前，也正在看着他们。

阿仁和爹一直向窑主那边走去。到了那个门口，停了一下，不久以后，他们三个人都进去了。

一直到中午的时候，爹才回来。他走路有些摇晃，好像喝多了酒，脸上也出现了一种少有的红光。这以后，一种让我感到罕见的笑意一直驻留在他的脸上，这使我感到非常奇怪而又不安。我怀疑他是不是有了什么病。在我的印象里，那些神经不太正常的人，经常就是这个样子的，笑起来让人非常害怕。

吃饭的时候，他用一种少见的温和的口气对我说，多放点儿酱油。又说，酱油又不贵，我们还是能够吃得起的。

他越这样说，越让我感到害怕。看到他这个样子，我宁愿自己一辈子再也不吃酱油。“不能再放了，已经放过了，已经够了。”我对他说。这个月还没有过完，距离下个月打酱油还有七八天的时间，要是一下子都倒完了，剩下的那些天怎么办？爹呀，他好像完全没有听见我的话。酱油对我们来说一直都很贵，他竟然说不贵，还说我们是能够吃得起的，这不是胡说又是什么？我们什么时候觉得酱油便宜过？从来没有！看他那样子，我觉得一定有一种什么东西正在暗中刺激着他，左右着他，使他不断地胡说，像说疯话说梦话一样。这些傻话不仅和他的过去不一样，和我们现在的处境也完全是两回事，根本对不上号，仿佛说的是别人的事。

“大胆地倒吧！”他看着我说。“不就是一点儿酱油么，我们很快就要有钱了。事实上，我们现在已经开始有钱了。”

又在开始胡说了吧？看着他那昏头昏脑的样子，我感到心里很难过。我问他，从哪里来的钱？

这以后，他再也不提让我倒酱油的事了，他开始平心静气地告诉我。早上，阿仁和窑主亲自找他，正是为了求这件事，在窑主的屋里，他们三个人整整说了一上午。事情是这样的，丁县长的儿子不知犯了什么罪，被判了三年徒刑，但他有更重要的事情要去做，所以不愿去坐牢，愿意出钱，让别人去替他坐，最低也给三万块，弄好了说不定还能多给些。丁县长马上就想到了窑主和阿仁，想到了他们这里的那些挣钱不容易的工人，而窑主和阿仁马上又想到了他。

“你要去坐牢？”我说。

“看你大惊小怪的，牢不是人坐的吗？”他说。“牢房就是专门给人设立的，人不去坐，难道要让动物们去坐吗？”

“丁阎王的儿子有重要的事情要做，你就没有重要的事情要做吗？”

他说，我有什么重要的事情？每天无非是下窑。我仔细算过了，这桩买卖可以做。我在这里下窑三年，也不一定就能挣到三万块，肯定挣不到。而我去那里住上三年，三万块钱就到手了，权当在亲戚家借住了三年。我打听过了，他们说里面好得很，既不用担心挨打，也不用担心挨骂，因为没有人打你，也没有人骂你，更不用担心吃不饱。每天吃完饭以后，就开始看书学习，看累了就出去跑步，做广播操。我这胳膊和腿，都不太灵活了，做广播操恐怕要费点劲，不过，我一定能学会。人到了那里，没有学不会的。

听他的口气，看他的样子，他好像已经提前进去了，并在里面生活了一段不算短的日子，有时候谈的完全是里面的一些经验。

我对他说，你说得再好，那也毕竟是监狱，没有几个人愿意进去。监狱和外面是完全不一样的。

“那当然。”他说。“就因为是监狱，人家才肯出三万块钱给你，要不是监狱，人家凭什么给你？你去逛商场，人家丁县长会拿出三万块钱给你吗？这里也有许多挣不到钱的人，他们不去，那是他们的事，我是要去的。再说，丁县长事先也对他们说了，这事完全靠自觉自愿，决不勉强，一个愿打，一个愿挨。你不愿意去，人家也不会派人来把你抓进去。”

“他们凭什么抓你？你又没有犯罪。”

“别跟我抬杠，我们这是说正经事呢。回来的路上，我一直在想，我看在三万块钱的基础上，能不能再争取一万。一万不行，八千也行。这样一来，我们就赚定了，只赚不赔。你这个傻瓜孩子，还不想让我去呢，到哪里找这样的好事去？”

原来阿仁和窑主一大早就找他，就是为了这件事情，怪不得他们看上去鬼鬼祟祟的。这件事，窑主当然也掺和在其中，但多半肯定是那个南蛮子的主意。爹看上去很兴奋，好像要去做官。他对我说：

“三年很快，一转眼就过去了。等我回来，你已经是大小伙子了。到那时，说不定又该操办你的婚事了。”

又说：

“你在这里要听窑主的话。给阿仁洗摩托的时候，仔细一点儿，多洗几遍。另外，窑主让你干什么，你就干什么，该问的问，不该问的不要多嘴，多嘴是没有好处的。很多的祸事不是从天上掉下来的，而是从嘴上说出来的。”

有些事情我一直不太明白，比如眼前，干活儿可以找人顶替，难道坐牢也可以顶替吗？他说，怎么不能顶替，自古以来就有很多这样的例子，你不知道，是因为你还太小。

他告诉我说，他已经决定了去。这以后，他又出去找他们，去争取那另外的一万块钱。过了一会儿，他很快就回来了。他说，一万块看起来困难重重，没有争取到，只争取到五千。五千少吗？谁能说五千是一个小数字？看来去争取还是有好处的，争取对了，如果不去，我们怎么会凭空又有了五千？对于有些人来说，五千可能只是五块，五分，而对于我们来说，五千就是五万，五十万，在不同的人眼里，它是有弹性的，会变幻的，有时缩成一团，有时会越拉越长，首尾不见。关键是看你用什么样的心情和眼光去看它。

天快黑的时候，窑主和阿仁来到了我们住的小屋。

“我就要走了。”爹看了我一眼，说道。

“怎么样，准备好了没有？”阿仁对爹说。

“没什么准备的。”爹说。

阿仁从身上掏出两包烟，放进爹的口袋里。爹不要，他的一只手刚伸进口袋里去，就被阿仁的手按住了。

“拿着路上抽。”阿仁说。

“本来，丁县长还要派车来接你呢，是我不让来。”窑主对爹说。“我说我们这里也有车，就让我们的车送我们的人去吧。”

“是的，就不要麻烦他了。”爹说。“其实，我自己搭公共汽车，搭一辆拖拉机，也能去了。”

“那不行的。”阿仁说。“不能让你乘公共汽车或拖拉机去，我们得保证你的安全。你的安全就是我们的安全。”

过了很久以后，我才对阿仁的这句话有了更深一层的理解。

这以后，他们提出要请爹和我到路边的一个小饭店里吃一顿，说是要为爹送行。爹听了，摆着手说：

“不要费事了，我这会儿什么也吃不下去。等我走了以后，你们带着我这个孩子去吃吧，晌午他也没有吃好。”

“没问题，包在我身上了。”阿仁说。又问我：

“想吃什么？想吃什么就说。”

我看了阿仁一眼，没有说话。

“你放心吧。”窑主对爹说。“我会好好待这个孩子的。我会把他像儿子一样看待的。”

“这我知道，你一直都很喜欢他。”爹说。“有你在这里，我也就不再操什么心了，我很放心。”

“另外，钱的事你也不要管了。”窑主对爹说。“那么多钱，你带在身上肯定不行。这个孩子又小，交给他也不行。我会以你的名义给你存到银行里，三年定期。到时候，你出来后连本带利一起取走。”

“你想得真周到啊。”爹对窑主说。“我正为这事发愁呢。我一直在想，我走了，剩下那些钱怎么办呢。”

“你只管去就行了，什么都不要发愁。”阿仁说。“把一切的愁都留给我们，让我们慢慢地发吧。”

司机在门口出现了。

于是，我们一齐向外面走去。阿仁像搀扶一位老人或领导一样将爹扶到车上。爹坐好后，对我说：

“我就要走了。三年不长，我很快就会回来的。你在这里要听矿长的话，不要捣乱，不要惹别人生气。”

他呆呆地看了我一会儿，忽然又想起了什么，对我说：

“我在咱们放衣服的那个木箱子下面藏了一瓶酱油。你把上面的几件衣服取出来，再把那块木板拿开，就能看到那瓶酱油了，就立在箱子的下面。我走了以后，你就拿出来吃了吧。想多倒就多倒一点儿，但也不要太多了，太多了就咸了。”

车门关上的那一刻，我听见我哭出了声。司机握着方向盘的手停住了。我看见阿仁很果断地朝司机挥了一下手，汽车突然呼的一声就开走了。

二十九

八月里，麦子刚刚割倒，玉米也黄了。

我让人用堆在窑前的一些坑木搭起一个台子，又用帆布将台子的三面围住。那天，来了很多的人。我们既唱戏，又唱歌曲。我看看头顶上面，天蓝得有些不可思议，又高又远，像是故乡那边的天空。

我仿佛又回到了苦难的二十几年前……

我特意让人找来了那个赶马车的人，我永远记得他有一副令人难忘的好嗓子。那天，他正在家里生病，我派去的人一叫他，他马上就来了。他没有赶他的马车，而是骑着一辆自行车赶来的。

感谢你们带来了毛主席的书……他还是唱那首歌，那是他喜欢唱的，也是我喜欢听的，也是我叫他来的原因。他穿着一件半旧的灰蓝色的衬衫，有些拘谨地站在那个台子上。派去的人告诉我，为了演得更像一些，临来之前，他特意从家里带来一顶土黄颜色的皮帽子。他的女人看到他拿着皮帽子要出门，说他是神经病。他听了，什么话也没说，只是不置可否地笑了一下。此刻，我看到那顶土黄颜色的皮帽子就戴在他的头上，帽子的两个耳朵一颤一颤的，上下跳跃。秋天还不是戴皮帽子的时候，很多人都在笑他。但在我看来，那也足以能够象征翻身的农奴，以及他们喜悦的心情了。由于生病的缘故，他看上去显得有些苍白而虚弱，声音也不像我第一次听到的时候那么嘹亮，但他还是唱得很认真，还是那样的悠扬而深情。在他唱的过程中，有三四个小伙子在台上给他伴舞。他们都穿着平日里所穿的衣服，有的连头发也没来得及梳一下，就匆匆地上去跳开了。唯一有变化的是每个人的腰间都系了一根长长的红绸子，绸子的两头分别握在他们的手里。他们谁也没有专门跳过舞，所以有时候完全是在大踏步地前进，或奔跑，有时候看上去又像是天上的老鹰低飞盘旋，正在捕抓地上的羔羊或小鸡一样。

秋风里，高台上的帆布被吹得哗哗直响，有些当初没有系好的地方开始在风中掀动，飘扬。

人们在台下笑着，有的用手掩着嘴，有的笑得前仰后哈，尘土飞扬。但并不是所有的人都在笑，比如我。

我也想笑，但始终没有笑出来。

我在人群里没有看见许飞霞的影子，明知她不会到这种地方来，但我还是用焦虑不安的目光寻找了很久。前天上午，程有才告诉我，她近来好像不在家里了，他先后去了几次，都没有看见她。

我猜测她一定是在有意地回避我，回避那件让她感到烦恼的事情。有些事情我已经想了很久了，只是没有来得及说，包括对程有才也没有来得及说。我觉得她已经不需要再回避我了，完全可以像从前一样，该做什么继续做什么，因为，我已经从心里开始放弃她了，她也不需要再继续难受下去了。近一两天来，我十分真切地感到有一种多年来一直牢固地驻留在我的心里，曾经无数次地鼓舞、激动过我的东西，突然地，悄悄地从我的心里流走了。那些东西一经消失，我顿时便发现并意识到我对很多事情的看法和态度都发生了极大的变化。

我想对她说：……对不起，如果我曾经做过什么令别人不快的蠢事，我表示最诚挚的歉意！一切都是我的不对。

对不起——

三十

我数了一下，箱子里只有四件衣服。有我的两件上衣，有爹的一身半新半旧的过年时才拿出来穿一两天的衣服，另外还有我的一顶人造革的皮帽子。我把这些衣服拿开后，又掀开那块木板，果然看到下面有一瓶酱油。除了酱油以外，里面还有四块肥皂，都是半块半块的，还有几粒看上去很漂亮的纽扣。爹呀，什么时候把肥皂也藏进去了？那几粒纽扣也不知道是从哪里来的，我以前从没有见过。

半上午的时候，来了两个人，围着我们的那头小毛驴不住地看来看去。小毛驴拴在我们门前的那棵树下，自从爹走了以后，它再也不用下窑里去了，我还领着它到前面的那条河里去洗过两次澡。

看了一会儿，那两个还不走，一人找了一块木头坐下，抽起了烟。他们透过脸前的烟雾，看着树下的小毛驴。

我问他们是干什么的？他们说，我们是来买这个小驴的。

“谁说这个小驴要卖？不卖！”我对他们说。

“不卖？”他们互相看了一眼。“怎么，是你的小驴？”

“当然是我的。”我说。

那两个人又互相看了一眼。其中的一个对另一个说：

“这是怎么回事？不是我们来迟了，人家已经卖了吧？”

“没有卖，正等着你们呢。”

一个人边说话边走过来，我看见是财务主管程有才。程有才匆匆地从那边过来，对他们说：就是这个小驴，怎么样，还不错吧？”

“不错是不错，可这个孩子说是他的。”

“就是他的。”

“谁要卖我的小驴？”我拉住程有才的衣服，问他为什么。

“你爹，是他的主意。”程有才对我说。“他临走的时候说的，让我和矿长做主，把小驴卖了。卖了哇，你爹也不在了，它留在这里纯粹成了一个吃闲饭的。”

“它不吃饭。”我对程有才说。“它只吃一点草。我可以到山上去放它，给它拔草回来吃，它真的不吃饭。”

“夏天和秋天还好说，冬天怎么办？你爹还让你听我们的话呢，你怎么转眼就不听了？”

我对程有才说，我们三人是从家里一起出来的，如今，爹不在了，再把小驴卖了，这里就剩下我一个人了。

程有才叹了一口气，又用手摸了摸我的头。“有时候，我们不管用尽什么办法，想留一个人都留不住，何况是一个牲畜呢。”他说。他用手指了一下旁边那两个人，对我说：“他们家里也有像你一样大的孩子，他们也会像你一样喜欢它的。另外，他们家里还有好几个像它这样的小驴呢。”

他大声地问那两个人？

“是不是这样啊？我说得对不对？”

“是的，完全对。”那两个人一起走过来，笑着对我说。“我们家里也有像你一样大的孩子，他们也会像你一样喜欢它，我们不会欺负它的。夏天给它吃嫩草，冬天给它吃豆子。它要是和我们家另外的几个小驴在一起，一定会像幼儿园的孩子们一样高兴。”

“驴也不能老拴着。”另一个人说。“你看，它现在已经变得有些闷闷不乐了，这都是因为缺少伙伴的缘故。”

“小驴卖了一百五十块。”程有才打开手里的黑包，抽出两张钱，对我说。“先给你二十，剩下的放在我这里，省着点儿花。矿上这么多钱，都在我一个人手里掌握着呢，我不会动你的一分钱，你放心好了。花完了再找我要。”

看见我流出了眼泪，程有才就又把包拉开，抽出一张，说：

“好啦，别哭了，再给你十块。”

我走到小驴面前，用手摸了摸它的脸。它认出是我，耳朵一个劲地向我这边弯曲，想靠过来，我看见它的两只眼睛水汪汪的，我看见我变成一个针一样大的小人出现在它的眼睛里。

我用手将它眼睛下面的两滴水擦干。不用说，那一定是它流出来的泪。

三十一

晚上，我正要回家，阿仁来了。

坐了一会儿以后，阿仁开始用一种平淡的口气告诉我说，丁阎王的儿子其实被判了十三年，并不是三年。

十三年？

阿仁的话把我吓得差一点儿跳起来。

“你从一开始就知道，为什么不早告诉我？”

“我曾经想告诉你，想想又觉得不行。”阿仁说。“我怕你动了恻隐之心，这种可能性是有的。”

我看着阿仁，在一起共事有很多年了，我头一次发现他是如此的陌生。很多人都认为我是一个很精明的人，但我觉得，不管我有多精明，在阿仁面前，我永远是一个长不大的小学生，而且是那种各方面成绩都很坏都很糟的差等生，甚至白痴。倒是阿仁对我更了解一些，甚至我想什么，他都知道。

“阿仁，你可把我害苦了，也把他害苦了。”

阿仁笑着摇了摇头，说：

“没办法，要奋斗，就会有牺牲。不牺牲他，我们就会得罪丁阎王，得罪了丁阎王，你还想开煤矿吗，恐怕连做一个正常的普通人，恐怕连睡个平安觉，也不是一件容易的事了。”

“阿仁，十三年哪，那和三年完全不是一回事。”

“我知道，十三年，时间不能算短，正是因为这个，我才事先没对任何人说。他要是知道有十三年的徒刑在等着他，可能给多少钱，他也不会去的。像他那样的身体和年龄，进去后恐怕就再很难出来了。”

十三年啊！

我的眼前变得一片漆黑。十三年是个什么概念呢？我开始用一个各方面成绩都很糟的差等生的思维去想象它的含义。十三年，如果连续不断地挖煤，会把一座结实沉睡的山挖空，使四周一带成为废墟；十三年，会使一头健壮的耕牛变成一堆废物，甚至连剥下来的皮和肉都一文不值；十三年，一个国家，一个家庭，会发生无数令人意想不到的目瞪口呆的变化；十三年，会使一个豆蔻年华的少女变成一个庸俗世故的令人无法忍受的已婚妇女；十三年，会使一个领着外孙在阳光下散步的人，在其中的某一天里发生昏厥，猝然倒地，永不再醒来；十三年，会使一段光洁美丽的皮肤越来越松弛，并附加了许多令人恶心的赘肉和斑点；十三年，一个人逃离苦海，又陷进泥淖，最终死在那里；十三年，一张崭新的床榻会被睡得斑斑驳驳，摇摇欲坠，行将坍塌崩溃；十三年，十三年前你在哪里？十三年后遇到你时，你已为人妻母……

……

“你也不要难过了。”阿仁对我说。“他如果在里面表现得好，也许用不了十三年，有十年八年就出来了。”

“阿仁，丁阎王到底出了多少钱？”

“你这样说话，使我不得不对你刮目相看了。”阿仁说。“你好像一个刚生下没几天的孩子，对这个世界一无所知，真不知道你这么多年是怎么混过来的。他怎么会真的出钱，他一分钱都不出。”

“给他的儿子消灾，他一分钱都不出？”

“是的，他出的是名义上的钱。真正的那笔钱还得由我们出，还得从我们的账上走。他怎么会出钱。”

我看着阿仁，我仿佛没有听懂他说的一切。

“你觉得奇怪吗，”阿仁看着我说。“你不应该感到奇怪。这年头，遍地都是牛鬼蛇神，各种各样的妖孽。”

我把一个杯子推到阿仁面前，请他喝水。

“你回去休息吧。”阿仁看了我一会儿，对我说道。“你满脸倦意，看上去疲惫极了。”

“是的，我要回去了。我也该回去了。”

临出门时，阿仁轻轻地握了握我的手，我们互相笑了一下，两个人的脸上都是一层苦笑。

走在回家的路上，我泣不成声，我仿佛又回到了苦难的二十几年前····一个声音在说：

“要下雨了，赶快把墙头上的南瓜收回来。”

我分辨了一会儿，听出那是母亲的声音。她的手里拿着一截头绳，正在给妹妹梳头。

原载于《上海文学》二〇〇〇年第十期

中国屏风

傍晚

李青峰接到舅舅的来信，是在一个春天的傍晚。李青峰在自己的庭院里见到了捎信来的这个人。此人名叫慕飞，四肢细长，目光浑浊，左脸颊上有一块树叶状的紫红色胎记，这使他与人说话的时候，总是将那一半脸微微侧向一边，朝着阳光。一路上，慕飞看到沿途林立的枯枝犹如无数明亮的蜡烛。慕飞与李青峰的舅舅住在同一条街上。从前，李青峰还知道那条街道的名称，但现在已完全忘记了。他只记得那个街口有一棵遮天蔽日的唐槐，树下经常贴着某种告示，经常有人在那里围观。

几年前，慕飞的父亲因病致残，每天夜里坐在窗前看星星，看月亮，耐心而持久，从未间断。从前，他是一位教授，在大学里讲授西班牙文学和15世纪以前的雅典悲剧。他的一个学生名叫黄军，其父是一位混成旅旅长，先后续娶过七房太太，生有二男五女。

战争开始后不久，黄军的兄长正在南方的一座监狱里服刑。黄军的二姐酷爱魏晋以来的书画艺术，是当时闻名遐迩的书画名人白香山的女弟子。她的美貌和她的善解人意，使年逾七旬的白香山变得生机勃勃，不能自拔。他贪恋她的年轻鲜艳的肉体，胜过他写字作画。

一个撩人的春夜里，白香山纵欲过度，赤身裸体地死于自己的床下。他那双不甘心的眼睛，他的衰败的躯体使两个为他收尸的弟子感到吃惊。他们闭着眼睛做完了该做的事情。

前来吊孝的人中，有一位戏园经理，名叫吴功。他的戏园子坐落在岳王庙一带，经常上演《仲夏夜之梦》和《白帝城》。

戏园里的茶工，是一个身材矮小的老头。每天吃一只鸡——一只生长期在七个月以内的鸡——每天在散场后回到自己的小屋里去吃。有一天，他的一个侄子从乡下老家远道而来，乡下大旱，赤地千里，众多的麦子和向日葵，都枯死在田野里。侄子尚未婚配，终年替当地一位豪绅喂马、修理农具。

几个月前，豪绅在自己的宅邸四周重新加固了原有的灰色高墙和堞垛，用以瞭望和射击。宅邸里一名守夜的老人，在一天的早晨，看到高墙下的水道里漂浮着一个溺死的婴儿，婴儿的身体裹着一块白布。此后的一些日子里，守夜的老人，每天夜里都会被一阵推动桌椅的声音从梦里惊醒，他总是听到有人在他的屋里轻轻地摸骨牌，动作缓慢而心不在焉。有一天晚上，守夜老人闩门的时候，看到外面站着一个姑娘，姑娘文静而委婉的叙述，使守夜的老人流下了情不自禁的眼泪。姑娘的母亲死于一场伤寒，灵柩寄放在河神庙里。姑娘一无所有，这使她无法安葬自己的母亲。日子一天天过去，天气渐渐热起来，姑娘闻到了母亲的尸体散发出的种种气息，庙外的秃鹫越来越多，还有苍蝇和野狗，过往的行人都远远避开。

姑娘的父亲已不知去向。那个胆小如鼠的人，名叫刘马马，他撇下女儿和病亡的妻子，在仓皇逃跑的过程中，被大道上一匹飞奔而来的白马踢破了肚子，不久便死去了。

骑马而来的那个人，带着红色的雨伞，穿着一件不合时宜的羊皮坎肩，看上去像一名来自漠北的迷路的匈奴。他的疲惫的神色和虚弱的身体，证明他在此地水土不服，他已无力驾驭胯下的坐骑，渐渐转暖的天气，使他感到无比惊愕。终于有一天，他感到一阵昏迷，从马上栽下来，倒毙在路旁的绿杨树下。

一个过路的行人，在他的身上踢了一脚后，顺手牵走了他的马匹。这个名叫秦山货的人，被眼前的这笔意外之财——那匹大汗淋漓的白马——弄得有些激动不安，难以自已。在马上的时候，他情不自禁地哼起了一种流行在家乡一带的民间小调，声音嘶哑，时断时续。他骑着马，避开了许多沿途的村庄。一个炎热的黄昏时分，他来到一座城外。

其时，城外大兵压境，交通阻隔，一支军队正在围城。

护城河上已架起了一道道浮桥，城外到处都是临时的帐篷和深掘的战壕，士兵如蚁，伙夫们正在埋锅造饭，四周烟雾弥漫。正是黄昏时分，有的帐篷里已经亮起了灯光。城墙上盘踞着另一方的士兵，有两个人正在城墙上的垛口处打架，他们的身体紧紧地纠缠在一起，让人难以辨认。不久之后，城墙上传来一声枪响，一个士兵的身体像一只包袱一样，从高大的城墙上迅速坠落下来。之后，又传来一声枪响，另一名士兵也以同样的方式，重重坠落下来。城墙上立即安静下来，鸦雀无声，只看见一些帽子在垛口处晃来晃去。秦山货被人推进污浊不堪的护城河里之时，发现自己的那匹白马已被一名士兵牵走，拴到一座帐篷的外面。有一线黄色的灯光从那座帐篷里泻漏出来，四周一片模糊。

那座帐篷里面住着围城部队的最高将领。那是一位眼睛严重近视的军人，他的夫人不久前，刚刚患腹膜炎去世，中年丧妻的阴影终日笼罩着他，使他时常沉默不语，落落寡合。面对一些紧急送达的电文，他常常感到莫名其妙，心猿意马，百思不得其解。

他的一双未成年的儿女，寄放在一个朋友的家里，战争使他不断地忘记他们，又使他常常回忆起他们童年的小手。

他的那个朋友，是一位卓有成就的翻译家。从青年时代起，翻译了大量的法国文学和俄国文学，几乎包括了十八、十九两个世纪以来的最重要的作品，他的译著一再被盗印。然而，二十世纪初叶以来出现的那些作品，却使他感到陌生而棘手，甚至一筹莫展。他不明白欧洲和美洲到底发生了什么。他曾写过一篇关于风格与语言的重要文章，发表在《平原》杂志的六月号和七月号上。但到了八月，他又写了一篇文章，对上一篇文章中出现的某些观点，予以全面否定。后来的这篇题名为《谁是读者》的文章，发表在那一年的最后一期《平原》杂志上，全文共有二十三页。

其时，一位从国外流亡归来的小说家，接管了已陷于困境的《平原》杂志。这位小说家，面对满目疮痍的现实，拒绝一切虚伪的十四行诗歌和吟物及抒情类型的散文，他在最新一期的《平原》杂志上，把散文及散文诗一类的体裁，称之为“阴阳人”，以及“散发着腐腥的暗疾患者的温床”。然而，在他后来的一次婚礼上，他的新婚妻子正好是一位初出茅庐的抒情女诗人，她送给他的第一件礼物，竟是她的一本散文集，封面上的一只小鸟和几束鲜花让他困惑不解。未几，这位小说家毅然撇下稍有起色的《平原》杂志和那位纯情女诗人，不知去向了。

许多读过他作品的人，都记得他喜欢用“蓝色”“柔软的……”一类的形容词。

那时候发生了许多事情。

战争正在腹地中心有条不紊地展开。一些拥有遗产的老寡妇，每天驾着汽车到处奔波，假牙和假乳时常脱落，这使她们异常恼怒却又不胜凄凉，几乎每星期都要更换一次吊袜带。

在后方的一些城市里，金菊花和玫瑰花正在盛开，报纸上的讣告和寻人启事越来越多，密密麻麻的现象令人头晕目眩。

这个时候，有人突然提出某种想法，其性质是幻想的。

时间临近五月的时候，一位终日埋头研究数理逻辑的人，被牵扯到一桩命案里。事情的大致经过是这样的：死者是一名少女，她不知为什么忽然迷上了几何学，在那些重复出现的长方形、三角形，以及不断增加的梯形和圆形中，她感到自己已无路可走，大量雷同的现象和无限的数目使她日渐绝望，丧失了对未来活动的兴趣和勇气。在遗书——一张粉红色的餐巾纸上，她用一种粗浅的知识，表达了她的某种想法，其性质依然是幻想的，且带有较浓重的心理色彩。生前，她迷上了那位数理逻辑家的著作，其中有一本书叫《数学的花园与迷津》，另一本是那本著名的《无限》。“你能看见数字的尽头，但永远不可能弄明白精子的数目，因为它是无限的”，“……速度和数目超过任何一种想象，……肉眼不可能看到它，但这并不妨碍它会成为世上最巨大的东西……”那位数理逻辑家，被带上法庭以后，在事实面前低下了困惑不安的面孔。

这时，法庭上传来了清脆的鸟的叫声，鸟叫声刺激了一个人——一位满头白发的法官，在众目睽睽之下放了一个屁，脸立即变得通红，坐卧不安。自此次出庭以后，这位法官一直在家装病，绝少外出。有一天，他死了。家人把他的太太从牌桌上叫回来。太太翻遍了他的所有口袋，他身上有一百三十元钱，一只火柴盒里装着几根牙签——从一次宴会上得来的。

他们的房子，坐落在霞光路的尽头。附近有一个临时售票处，预售华北地区和南方九省的车票及船票，局面相当混乱。其中大多数是假票，或过期的经过改头换面以后的废票，因此，骚乱时常发生，警察被淹没在拥挤的人群中，仿佛泥牛入海。远方的炮声时有所闻。在剧场里观看《钗头凤》和《拷红》的时候，时常能看到深红色的帷幕被某种东西微微拂动。

已故法官的一位表弟，长期贩运黄布和肥皂，频繁地来往于铁路沿线两边的地区。两个截然不同的地区，使他获利颇为丰厚。他认识沿途的许多女人和一些固定的食宿地点。那些女人中，有情窦初现的少女，有孀居在家的寡妇，因此，他可以到处歇脚。从某种意义上来说，整个铁路沿线，到处是他的家。

几个月后，从铁路以东地区来了一名联络员，出于对自身安全和所肩负秘密使命的考虑，那位联络员不假思索地干掉了他。事情就发生在铁路沿线的一位寡妇的家里，他喝多了酒，整个晚上一直喋喋不休。在此投宿的联络员被他一双跑江湖的眼睛识破了身份后，联络员突然喘起了粗气，脸变得通红。

……寡妇的怀抱温暖而柔软，旷日持久，使联络员很快忘记了刚才杀人的一幕，并渐渐进入了梦乡。在梦中，他无比吃惊地看到自己历经千难万险得来的秘密消息，正在被某种力量逐渐放大，暴露在光天化日之下，成为一种家喻户晓的布告式的资料。梦醒之后，他犹如大病初愈，汗水湿透了一切。寡妇的一条腿搭在他的小腹上。他抚摸着，窗纸开始发白。

第二天天亮之后，联络员搭乘一辆运送陶器的马车，顺利地越过了铁路。旅途一直是平安的，但时时充满了风声。马车的萧萧辚辚的影子投射到沿途的大道上，看上去毫无真实性可言，只有车后荡起的长长尘雾使人略感安心。沿途的某些景色尽管凌乱，但还是很美。

马车驶过一个较大的村庄，当地的一位财主正在为其儿子操办婚礼。那是乡间最铺排最富有的婚礼场面。六十多名盲人乐师，分站在地毯的两侧，吹奏唢呐和笙竽，酒席上的红木桌子一直通向村口，又折回村里。

一男一女两名英国人正在仔细辨认筷子上的龙凤图案和繁体的汉字。他们是民俗学家，东方神秘主义的考察者，当地政府的一名教育科长陪同他们出席了乡村财主的婚礼。此前，他们的足迹已踏遍了众多的地区，见识了无数形态不同的场面。而现在，新娘的软缎红绣鞋和摇摇晃晃的花轿已不再使他们产生兴趣，熟悉的情景使他们感到旅途很累，他们想起有的地方专门组织人马进行表演，其目的只是想取悦于他们。

乡村财主命人端来冰糖和红枣，桂圆和茶水，他们一本正经嗑瓜子的动作，使四周围观的一些乡村妇女发出阵阵低远的笑声。大部分的脸上淌着汗水，儿童们蹲在大人的脚下撒尿，人群里传来含糊不清的骂声。

酒宴上的盘子层层叠叠，烧酒，黄酒，大曲小曲，裹着淀粉的鸡，披着绿色菜叶的鱼。酒坛上的红布已被人抢去，剩下的受潮的鞭炮依然在哧哧地冒着青烟。

有人出溜到酒桌下面，鼾声如雷。盲人乐师们一遍又一遍地反复吹奏《大得胜》和《将军令》，黑色的棉袄棉裤使他们的行列看上去整齐而肃穆，他们的眼睛像片片灰色的乌云，有节奏地眨动着，每个人都只能听到自己的声音。黄昏渐渐临近，但谁都没有察觉。

那天晚上，村外传来了枪声。

由于天黑的缘故，六十多名盲人乐师不敢擅自行动，紧紧地龟缩在村中的一座废弃的谷仓内。酒宴上过量的饮食，使他们当中的绝大部分人迟迟难以入睡，不断地打嗝，闹肚子，有的提着裤子走出去，又急急忙忙跑回来。

一些灯笼在村中的部分屋顶上闪闪烁烁，有的屋檐下已架起了梯子。山羊的叫声，听上去像一个娇生惯养的孩子，撒泼而又缠绵悱恻。到处都有奔跑的影子和绝望的呼喊。不少人抱着冰凉的被褥，扛着装有粮食的大小口袋，在鸡飞狗叫声中匆匆逃离家门。

不久，一支骑马的小股部队开进村里。带队的军官正害眼病，左眼上蒙着一条雪白的绷带，弥漫在村中的酒气使他不停地抽搐着红肿的鼻子。在一道土墙下，有十几只狗昏昏沉沉地醉卧在那里，午后的那场盛大的酒宴也使它们同样变得一醉方休。不过，使它们醉倒的，是含有大量酒精的人的呕吐物，有的人已不省人事。

财主醉意蒙眬地跑出来迎接带队的军官。他的两房太太跟在后面，手里举着他的衣服和袜子。晚间突如其来的枪声，使财主的醉意至少减去一半。财主望着军官头上的雪白的绷带，语无伦次地说了一些岁月如烟之类的话。

二更天的时候，睡在谷仓里的那些盲人乐师，一个个都被动员起来，在谷仓外面吹奏起《大得胜》和《将军令》。带队的军官从马背上下来，有人立即将他的马牵去饮水，刷毛。灯笼与火把照亮了村中重叠的山墙。

这位军官，来自一个世代种植洋葱和蓖麻的农业地区，他的父亲拥有四十亩地、两头牛，并具有某种制造方面的手艺。每年立秋以后，那个农业地区的雨水开始变得丰沛而频繁，毫无节制。他的一个八岁的弟弟由于吃了过量的生蓖麻而导致中毒，最后死于丰收在望的蓖麻地里。前后有很多年，他总是梦见村外的树木和暮归的羊群，红色的夕阳将懒洋洋的羊群，涂染得像一只只温良驯顺的猴子。那些坚硬而绿色的果实——蓖麻——经常来历不明地悬挂在他的梦里，犹如成串的葡萄。

有一年——他从军后的第二年，或第三年，他跟随著名的骁勇善战的常秀仁将军进入一座空城，城中的街道格局，在某种意义上，实际是一个巨大的棋盘，只是对垒的双方早已离去，街面上——棋局上只剩下几个稀稀落落的卒子，奄奄待毙，而当初开始时的时间已遥不可及、无处追寻了，仿佛一下子过去了几百年。

空城是荒凉的，时常充满了回声。

部队在城内驻扎期间，常秀仁将军一直闭门卧床，严重的结核病使他变得形容枯槁，消瘦的身体飘飘欲飞，轻如羽翼。部队在城内休整，补充兵员和粮食，而城中十室九空的现象，是使这项计划无法实施的主要原因。常秀仁将军，每当起身检阅部队的时候，都会被一阵风突然吹倒在地，他身披的黑呢斗篷，使他看上去像一只被击落的大鸟。他的虚弱的身体已不允许他知道更多的事情，不允许他掌握军中更多的秘密。到后来，常秀仁将军的记忆开始出现前所未有的严重的混乱与错误，直至最后完全忘记了部队的番号与使命、来源与去向。在常秀仁将军看来，卫兵的脸上时刻挂满了杀机，而幕僚们的表情则多少有些麻木不仁。日子一天天过去，常秀仁将军已不再对任何一种饭菜发生兴趣，用他自己的话说，纵使将一个完整的人吃下去，也仍然无济于事。执勤的哨兵不断传递着各种消息。城外的大道上出现了蠕动的人流，拥挤的人流像一道道逶迤的土墙。

一天晚上，一位善于治疗烧伤、精通仪表机械的连长突然哗变，率部向云州一带逃去。消息传进司令部以后，常秀仁将军停止了最后的呼吸，艰难地闭上了眼睛。

常秀仁将军去世的那天晚上，他的儿子正在千里之外的家乡宴请宾客。这个不学无术的浪荡公子，起身向众人祝酒的时候，在酒杯中突然看到了戎装的父亲——常秀仁将军，父亲正骑马而来，父亲冷漠的目光让他不寒而栗。父亲在家乡的原野上快马加鞭，一路飞奔而来，飘扬的马尾横扫过他的眉宇，他突然伸出双手捂着脸，撇下满座宾客，跑回自己的屋里。那天晚上，他的一位名叫吉吉的女朋友一直陪伴在他的床前，直到天亮。

吉吉的父亲是一位中年还俗的僧人，早年一直在商牢山一带受戒修行。此前，吉吉的母亲孀居在家，她是这位僧人的一名俗家弟子。几年之后，他们洞房花烛，结为了夫妻。师父随着徒弟一起还俗，这件事在从前的商牢山一带，几乎家喻户晓，无人不知。出于同类的败坏和信仰上的危机，一位长老在羞愧之余触柱而死，犹如一颗流星划过黑暗的商牢山。

这位长老，身后留下一册薄薄的书：《菩提，菩提》，书中的言辞晓畅明白，但处处又充满了暗语。指鹿为马，是此书的最大特征。围绕这本书，寺内的众僧们展开了一场血腥的搏斗，而书却最终不翼而飞了。

几年之后，一名捕鱼人在自己的鱼筐内发现了这本书——那显然是一本不起眼的书，它的页码与章节少得可怜，但破裂的鱼子和无数密集的鱼鳞已把它变得腥气冲天，斑驳而模糊。就是这个心不在焉的捕鱼人，当他像往常一样，剖开一条鱼的肚子后，竟然在内脏里得到了一柄寒光闪闪的短剑。那是一把宝剑。从此，这个捕鱼人摈弃了渔网和指南针，干起了打家劫舍、杀人越货的罪恶勾当。一个时期，他的渔船成为一条名副其实的贼船。

几年工夫，他拉起一支人马，有五、六百人，并配备有两门大炮——其中一门待修理，啸聚在浮光山一带。他被称为“鱼司令”“鱼将军”。他一直不认识镌刻在那柄短剑上的几个字，但他始终对此充满信心，他感到那几个字迟早要开口对他说话，并裸尽其颜。

其时，一支远征军正从浮光山下经过，军中的旗帜猎猎飘扬。

仿佛也是在这样的一个令人眩晕的春夜，他死了。他被人杀死在自己的椅子里，他的遗容看上去像是正在椅子里对谁发脾气。他的五六百人马，吃住都在山上。埋葬他的时候，人们发现他身患鱼鳞病已多年，他浑身的皮肤有如盔甲，但却一触即烂，成为一种酥松无比的粉末。他的助手，一位参谋长，星夜将人马拉到山下，被那支远征军收编后，一直向霞光万道的东部地区开去。

沿途的城廓烟云，历历在目。

远方的山头，闪着暗光。

一名采桑归来的妇女，从明亮的阡陌中远远地走来，她吃惊地望着正在渐渐远去的军队，大道上弥天的尘土，遮住了对面苍白的山墙。她在那支队伍里看到了担架和囚车，一个络腮胡须的人，力不从心地倾斜在马背上。

她的丈夫，在白色的山墙下灌足了黄汤后，又去杀鸡。

四周的农具纷纷倒下。

晚些时候，一个本家的侄子推门进来，带来一个惊人的消息：城外的大道上出现了仓皇的汽车和马车，扶老携幼的人群正在不顾一切地向乡下转移，路上到处丢弃着包袱和鞋。一支送葬的队伍与逃亡的人群不期而遇，并很快被冲散，乱了阵脚，灵柩倾翻在路边的水沟里，从悲痛中幡然醒悟过来的孝男孝女们，相互之间失去了最后的联系。

实际情形正是这样，每个人都在不同程度地奔跑。出城之前，小学教师柳碧霞一直拉着弟弟的手。现在，她猛然发现手中原来是一顶帽子——一顶异常陌生的灰色绒线编织的帽子。她的父亲是一家绸缎店的老板，几年前死于肺病。在她看来，店内雇佣的两个伙计心怀鬼胎，举止失常。她将一个名叫高云的伙计遣送回乡后，另一个伙计却始终赖在店里，不肯离去。

那个人名叫白金灶，几个月后，他的变化令人难以置信。城内的一条街道以他的名字命名，被更名为白金灶路。之后，又紧接着出现了白金灶浴池和白金灶剧场。

白金灶路36号是一幢米黄色的风雨剥蚀的老房子，一群无家可归的人住在那里。一楼住着一名单身女子，对门是一位老太太。老太太住在这里的时间最长，她搬来那时，这里空无一人，到处是罗织的蛛网，老鼠在狂奔。眼下，老太太正有条不紊、大模大样地冒充房东，冒充白金灶路36号的主人，每年按时收取房租。没有人会怀疑她的真实身份，大量闲暇的时光，使她对这幢房子的每一个细部都了如指掌。

二楼住着一位画家和两名外省来的学生。起初，画家带着一位妇人和一个孩子。过了不多久，那个女人和那个孩子都不见了。画家独自一人，每天早出晚归，在楼上弄出一些叮叮当当的声音。有一次，老太太走上二楼，指责画家说，这间房子的墙壁，多少年来一直是天蓝色的，可现在已折腾成一片黄色了。面对老太太的讹词，画家无言以对。

三楼住着一位以卖文为生的专栏作家，每个星期的第一天和最后一天，分别去《晨报》副刊和《口岸》报社支取下一周的稿酬，他靠着大量的花生酱补充着体内所需的营养。有一天，他从外面领回一个女人，两人说说笑笑地上了三楼。后半夜的时候，他们突然吵成一团，楼里的人全部被惊醒了。专栏作家脸上流着血，眼镜的镜片已不知去向，他穿着短裤，他的两条细腿瘦得令人吃惊。那个女人的身影消失在门外后，“房东”老太太在她的背后唾了一口。老太太对专栏作家说，没有金刚钻，别揽瓷器活儿，你连房租都拿不起，还敢往回领女人？说完，老太太准备回房休息，临进门时，她看了一眼专栏作家那两条正在瑟瑟发抖的细瘦的腿，对他说道：不是我说你，你那也能叫腿吗？实话告诉你，女人可不喜欢你那种腿，……譬如我。

有一天晚上，“房东”老太太藏钱的那个箱子被人突然洗劫一空，根据老太太自己推断，盗窃者很有可能是那两名住在二楼的外省来的学生，他们在去图书馆的路上，发现了警方通缉他们的布告。他们从白金灶路36路逃离出来后，便各奔东西了。

其中的一名学生，成为后来新组建的桃园专署的第一任专员。他的太太年轻而风骚，喜欢看戏，喜欢吃零食、长时间地祈祷。她迷上了当时红极一时的武生演员邓宝玉。

那个地区时常有大量的瓦罐和铜车马纷纷出土，但没有人能认识那些古怪的文字。农民们带着它们在街上兜售，一只瓦罐的价值，相当于六个铜板，铜车马较高一些。

这位专员上任后的第一件事就是，下令在城乡大地上广植桃树——此前，桃园地区没有一棵桃树——这种名不副实的状况，使他感到一种莫大的嘲讽。而所需的树种，需要全部从邻近的地区甚至更远的地区购置，本区的大多数百姓竟然不知桃树为何物，只有少数知识分子明白“桃之夭夭”这个词的原始含义。

有人写了一本书，《阡陌与桃树》。写这本书的那个人，名叫宋之城，年轻的时候丈量过土地，制造过汽油，之后从事粉丝的加工与销售。他的儿子，在城中的大药房里负责用肉眼鉴别药材，并监制丸、剂的全部生产过程。

大药房的老板是一位红光满面的老人，喜食鹿肉与韭菜，八十八岁的时候，续娶了一名十九岁的姑娘，转年生下一子，取名小晚。

小晚在七岁的时候，误食了药房里的一截药引子，中毒而死。

幼子的早夭，使药房老板的身心遭到了一次毁灭性的打击，加上频繁的房事，不久便眼泪汪汪地含恨死去。

老板的长子接管了药房，那是一个异常敦厚且毫无主张的人，他衷心地热爱世上的每一个人。腊月初二，他的一位极其要好的朋友，突然拐走了他的年轻的继母。一同被拐走的还有几张祖传的秘方。

世代的秘密已经流失，多年的消息正在泄漏，药工们瘫坐在各自的位置上，一向有条不紊的制药过程，现在变得虚假而令人难以忍受。新老板走来走去，耐心地安慰每一个人。

那两个狗男女，晓行夜宿，慌不择路。腊月初十，在孟江的北岸，他们糊里糊涂地误入了张美英部队的营地。其时，一场十分严重的疟疾正在营地里流行，势态到了一种无法控制、无法挽回的地步。不断有人死去。

一大早，张美英将军渡河到了孟江对岸，他四处派人寻找一位占星学家的下落。那个人事实上还是一名巫医，他叫武玄子，其年龄应该在五十五岁至八十岁之间。

十三年前的一个春天，一个贫病交加的佃户，妻离子散以后露宿于街头，在武玄子的指点下，佃农怀着一种忐忑不安的心情来到孟江南岸，几年后便成为孟江城内首屈一指的富户。

商贾云集的孟江城，城内大量的五代时期的建筑，犹如难以逾越的迷宫，民居、会馆、花园、经楼，星罗棋布，比比皆是。十年前的一个中秋节的夜晚，月光如水的孟江城内，发生了一件耸人听闻的事情，住在城西牌楼街下的一名姓沈的铁匠，从此闻名遐迩，当地无人不晓。有很长一段时间，牌楼街上总是万头攒动，人来人往。

环绕在这件事情周围的，是几个属于日常生活中的、但多少有些阴暗色彩的细节。姓沈的铁匠善于打造各种姿态的栩栩如生的飞禽和音色悠远的风铃，他精心锻冶出来的宝剑和浑铁棍，寒光闪闪，得心应手。

其岳父拥有五座圆形的谷仓和一座梯形的米囤，家中的木椅上屏风上雕满了各种各样的花卉和飞禽。几乎到处都能听到清脆悦耳的鸟叫声，到处都能望见布满了褶皱的清澈水面。此外，还有那些人工修造的真实而狭长的地道，以及一扇扇具有装饰效果的徒具其表的假门。

背景的材料清晰可触，唯一有出入的，只是时间上的毛病或纰漏。

七月下旬，城南的孙继祖来找姓沈的铁匠，要求打造一对三尺见方的铁鹤，一雌一雄。其时，孙继祖的家里正在大兴土木，修建亭台和花园，工匠云集，穿梭不息。

孙继祖一开始的想法比较简单，他打算把沈铁匠打造的一雌一雄两只铁鹤，固定在屋檐的两端。铁鹤全部呈飞翔状，要求部分羽毛给人以迎风飘扬的感觉，两侧又各有二十四只风铃——同样出自沈铁匠之手——凌空悬挂。

工期正在进行之中。一天早上，一位人称“汪兄”的木工，与那只提前运来的雌鹤突然不辞而别，消失不见了。

“汪兄”住在鼓楼街一带。孙继祖赶到汪家后，汪的妻子正在机前织一匹锦缎，锦缎上已经完成的两只白鹤，使心急如焚的孙继祖感到无比惊愕。与此同时，汪的瘫痪在床的母亲，不停地在里间插话。

离开汪家。孙继祖在回家的路上，突然感到喉咙一热，吐出一口血来。

事实十分明显，“汪兄”过家门而不入，携着那只雌性的铁鹤，远走他乡了。

汪的弟弟每隔几天过来一次，看望嫂子。任何时候，嫂子总是坐在织机前，她的夜以继日的行为，使他升起一种盲目而莫名的内疚。他看见一匹一匹的锦缎簇拥着她，使她变得更加沉默寡言。

预定的交货期限正在日渐逼近。一个充满寒意的黎明时分，汪的妻子织完最后一只白鹤后，她两鬓的头发突然白了。

她从织机前抬起头后，看到了一线白色。她以为是黎明时的曙光。

里间，她的风瘫在床的婆婆，正在咽气。

前来取货的那个人，名叫金大勇，他乘着一辆两个轮子的马车，驾车的只有一匹辕马。他细数了所有织锦的数目。重复出现的白鹤，使他在细数的过程中不断出现差错。一只白鹤，又一只白鹤，金大勇感到口干舌燥，头晕目眩。每当数到二十过后，他的记忆便开始混乱，只得再一次从头数起，而差错也相应着又一次出现，仿佛一溜巡回的梯级或一种复杂的血缘关系。

金大勇神色疲倦地对汪的妻子说，我很累，我不想再细数下去了。我乘着马车，跑了一天，我的精力好像不允许我弄清它们的确切数目。算了，我知道我一开口就准会出错，我这样执迷不悟地细数下去，纯粹是在与自己过不去。我不数了，只有不去数它，才不会出错。

汪的妻子说道，让我帮你数吧，我知道它们的准确数目。

你？金大勇看了她一眼。他的那种目光使她感到少见。

金大勇对她说，算了，你的头发都白了。

她大吃一惊，向镜子前跑去。不久，她的眼里涌出了泪水。金大勇安慰她说，这不奇怪，每个人都有这一天，只是迟早的问题。

那年深秋时节，金大勇的双轮马车驶出古老的孟江城后，倾翻在一条繁忙而尘土飞扬的大道上。那些美丽的织锦——他最终依然没有弄清它们的真实数目——所带给他的快乐，短暂得令人吃惊。沿途的商贾和民夫来往不断。金大勇在马车下等了一天后，终于死去了。

几天后来的那个替他收尸的人，是他的堂弟金大掌。

数十年的云游生涯，使金大掌养成了一种不慌不忙的良好习惯。堂兄的意外之死，使他颇感欣慰。作为深水寺的掌门人，他希望每一个人都能提前逃离生活的苦海。在他看来，堂兄金大勇，无疑是一个有造化的人，一个有德性的人，一个纯粹的脱离了低级趣味的人。

在这个地方，金大掌见到了昔日的一位旧友，旧友住在一个名叫139的地方。139是一个神秘的地方，它拥有无数的钢铁和几条繁忙而紧张的铁路专用线，每天晚上都有陌生的人和东西出现在站台上，它的重要性似乎不容置疑。旧友名叫杨林，他的太太朱丽叶有两条修长而迷人的腿。金大掌第一眼看见朱丽叶的时候，立即难以遏制地升起一种一泻千里的感觉。接下来，他惊恐地意识到自己数十年来的苦行修炼，很可能在眼前这个美丽的尤物身上变得前功尽弃，一败涂地。

那天晚上，杨林喝多了酒。当朱丽叶起身的时候，杨林伸手掀起她的裙子，朱丽叶的脸变得通红，她的皮肤因酒液的刺激而异常灼热。金大掌没有吃饭，守着面前的一杯茶。

窗外，139蓝色的灯光使人寒冷。有人在灯光下走动。

朱丽叶将一杯酒泼到杨林脸上。不久，金大掌听到一阵鼾声。杨林睡着了。

金大掌摇摇晃晃地出了门。夜晚的139，看上去更像一个包罗万象的建筑工地，到处是灰色的篷布和绿色的篷布，庞大的水泥设施，奇形怪状的木材，几道像是经过挤压后勉强射出来的亮光，整装待发的钢铁……金大掌从那几道艰难的光线前走过时，羞于回顾身后的时光和事物，而前面，又到处都是139蓝色的——灯光的作用——局部和残片。

第二天，有人在一所医院的围墙外面，发现了一名死去的僧人，死者正是金大掌。他的遗物除了一块浸满檀香的手帕外，另外还有一包揉成碎末的茶叶。金大掌的面孔呈现出一种奇怪的桃红色，热情有余而安详不足。

那个人站在金大掌的尸体旁，打量着砌有花栏的白色围墙，不久前他刚刚合上书页，熄灭了屋里的灯光。在他看来，眼前的这具尸体仍是他夜读的一种延续。几个世纪以来的典籍，都无一例外地看上去朴素而令人不安。一个人不可能在打开窗户的时候，看到他的影子，这种事情在生前和死后都无法实现。这个一生只读过四本书——当然是那种反复意义上的阅读——的人，曾经有幸捕捉到一种能够望风而逃的语言。他回忆说，那种摧枯拉朽的语言，其颜色和气息仿佛兽类金黄的皮毛，他的发现——不如说是他的运气——令人羡慕。他在谈及那种语言的速度和状况时，一再使用一些重复的词语，“豹子”一词出现了六次，以此象征那种目不暇接的速度。在描述另一种缓慢状态的时候，他总是提起“时间”，缓慢的时间使一切生机勃勃的事物由新变旧，锈迹斑驳。数十年来，他每天晚上都要到母亲的房间里去请安，日复一日，他吃惊地看着母亲由一个莺声燕语的美丽女人变为一个满头白发的老妪，仿佛只是一夜之间的事情。他知道是什么在其中发挥了毒药一样的作用。当母亲坐在梳妆台前，打开一瓶洋溢着香气的矿物白粉的时候，他神色不安地在母亲的身后踱来踱去。母亲从镜子里看到了他。他惴惴不安地对她说道：

它又来了。

谁？——母亲曼声应道，继续往脸上旋粉。

时间。他小声说道。

母亲没有理会他的近乎羞涩的声音。她抬起头，把香水喷到布满褶皱的脖颈上。

几年后，母亲去世了。在整理母亲的凌乱遗物时，他发现了贮存在抽屉里的三盒未启封的白粉。他打开盒子，揭去一层定固的保护锡后，他看到了下面的白粉，像石灰一样坚硬。

它又来过了。

他小声说道。时间……毫无疑问，它的出现，使那些白粉变质了，并演义成另外一种毫无意义的东西，他想到了酥松的骨质，母亲的躯体，粉尘。他捂着脸，一个人在房里轻轻抽泣起来，他感到自己遍体伤痕，时间每出现一次，他的皮肤就像布匹一样松弛一寸。此刻，他感到它——时间，正在外面偷看他的一举一动，用它那只诡秘的眼睛。

他的父亲，一生中几乎没有什么出息，手中无钱，又不会使什么手段，时常遭人白眼。有一年夏天，他替人看守一座空荡荡的住宅。房中的七十二道门，使他每天忙得不可开交，连休息的时间都腾不出来。在那样一种千篇一律的环境里，他常常免不了出错，在不断重复的家庭格局里，他不时会冒出几个古怪的念头。房主的背景及其他状况，他一无所知，他手中掌握的只是一些零星的材料。

有一天，住宅外面来了一群人，簇拥着一位病人，病人身披一件宝蓝色的长披风，身材细长，脸部捂得严严实实。每个人都默不作声，每个人都在踮起脚走路。主人回来了。

傍晚时分传来一阵幽幽咽咽的胡琴声，使一个正在窗前插花的中年妇女突然抽泣起来。置身于无风的回廊里，能听见那些小心翼翼的关门或开门的声音。

这个女人，她的前夫是一位愤世嫉俗的教书先生。几年前，他投宿于路边的一座桥洞里，半夜里被一阵钻心的疼痛惊醒。借着灰色的月光，他看到自己的下身一片血污，紧接着，他发现自己在熟睡之中，已遭受了无情的阉割。

那个为他行割礼的人叫马鸣。几年后，他在另一个地方，对另一个无辜的人行使同样的手段时，被缉拿归案。法庭上陈列、展示出他多年来的累累果实，大部分的东西都趋于黑色，已变得干瘪而萎缩。这个展览使临场的大多数人都为之触目惊心。内中有一个人如惊弓之鸟，他在仔细浏览的全部过程中，一直用两只手轮流交替着护着自己的下身。

这个望文生义，善于临场发挥的人，复姓慕容，略通一点医术，他的义父是当地一位炙手可热的名厨，以前，曾多年跟随陈盛友将军，并深受其庇护。陈盛友将军在南城病逝后，有一段时间他一直赋闲在家，除了下棋之外，每天只吃一种菜：辣椒炒土豆丝。此菜也正是陈盛友将军生前最喜爱的品种之一。

是年初夏，气候炎热异常。陈部属下的一名连长，因率部殴打一位比利时传教士而被绳之以法，该连的士兵还将《商报》记者的两架镁光灯砸得粉碎。之后，他们集体逃到了桃水河畔，组成了名噪一时的“桃水纵队”。

一年后，“桃水纵队”为暂三师所灭。

暂三师的政治教官贺子良写过两本意义不同的书，其中一本专写饮食与睡眠，并加以引申，他提出的“食后睡”和“睡后食”的观点令人眩目，褒贬不一。另一本书实际上是一部带有演义性质的传记，描写苏东坡被逐出京师后，前往黄州的故事，其中的一章对于风雪之夜的描述令人难忘，另外的写苏辙千里寻兄的一章也颇为精彩。此书名为《老虎！老虎!》，全书共有三十五章，五百七十多页。

暂三师驻扎于南城的时候，政治教官贺子良退役到了南城书局。作为一名戎马一生的转业军人，南城书局的涣散状况使初来乍到的贺子良感到难以适应。

南城书局的老板是一个喜近女色的人，他的一张脸因纵欲过度而变得虚浮不堪，像某些经过发酵的食品。书局共有编、杂人员二十三名，其中包括一位新文化运动作家。

这位以写作短篇小说著称的作家，在他晚年的时候忽然萌发了撰写一部长卷的念头，但未获成功。他的一位年轻的学生，死于一场严重的肺病之中。令人震惊和费解的是，他们都把小说看作是一种具有杀伤力的武器。

坐落在紫金路末端的，是南城书局的印刷公司。一个阴雨霏霏的下午，排字工人顾大康突然被捕入狱。

其后，一些秘密的、红色的书籍被一一地发掘出来，内中夹杂着一些极为重要的照片和几位要人的手迹。照片上记述了一个会晤性的场面，四周的背景被处理得天衣无缝，无懈可击。那是一些掩映在绿荫中的几扇窗户，它普通得令人不摸边际，无从下手。顾大康的老娘被反锁在厨房之内，他们最后离去之时，听到了一阵清脆的菜刀落地的声音。

出卖顾大康的那个人，名叫李庆云，是肉类加工厂的一名磅秤员。有一天晚上，他在街头一家烟雾弥漫的小酒馆里，聆听了一位工人运动领袖的长篇演说。那位领袖掌握着许多惊人的数字和秘密的资料，他列举出的有关肉类加工厂和帕氏船舶公司的内部情况，令在场的磅秤员李庆云感到无比惊愕。几天后，李庆云在下班回家的途中，看到了被押赴刑场的排字工人顾大康。李庆云一溜小跑，回到家里的时候，天上下起了小雨。

几年之后，李庆云离开那个肉类加工厂，在一个机构里充任副秘书长之职。他的上司是十几年前的一位营长，出身于一个破落户家庭，平素喜食梅菜扣肉，喜欢带领贴身的卫兵和一两个女人外出打猎。他的体重与相貌，使他看上去像一位元帅。他从戎多年，曾数次负伤，但都未曾危及性命，两只眼睛中，有一只是假的。

他的太太是一位多愁善感的女人，皮肤白净，风韵犹存，平日擅写一些哀艳凄楚的古典诗词。她的梳妆台前，分别垂挂着李清照与朱淑贞的巨幅画像，她也时常自比李、朱。数年前，远东书局曾刊印过她的一部《闺阁之水》，内收诗词七十五首，自序一篇。《闺阁之水》只印刷了五百余册，供她赠送亲朋好友所用。

她有一个本家侄子，名叫赵勇，是一位身份复杂的交通员或联络员，常年奔波来往于都市与乡村之间。梳着油亮的偏分头的赵勇，颇擅辞令，酒量尤为惊人，从早晨饮至黄昏，毫无醉意，酒宴结束之后，还要在夜里办事，甚至出门远行。赵勇在许多不同的场合下都曾说过，酒精在他身上不起任何作用。

很长一段时期之内，仗酒走天涯，成为赵勇人生的真实写照和浪漫景象。

三十八岁的那一年，赵勇与一位要好的朋友共同穿越封锁线，从此再没有回来，也再没有人看见他。他的那只随身携带的、神秘的黑包里，有一部保存完好的《闺阁之水》，书页里夹着一片纹路清晰的白果树叶子。

与赵勇一同穿越封锁线的那个人姓朱，其父原是一名教授，在一次化学实验中，不幸双目失明，面部与手臂上留下了大量的疤痕。这位身残志不残的老人，离开那所大学后，充任了一段时期的幕僚，但终因缺乏谋略而被迫辞职。他生有二子，与赵勇穿越封锁线的那个是他的次子。他的长子的名字出现在是年一月十四日的《民报》上，凤城监狱三十名犯人集体越狱，越狱的幕后策划者，正是他的长子朱一山。但越狱事件未获成功。

致使那次越狱事件流产的直接原因，竟然是晚饭中的一碟咸菜。

其时，朱一山的十五岁的儿子、正在育英中学读书的朱景涛发誓要为惨死的父亲报仇雪恨，他在悲伤与仇恨中，心不在焉地度过了两个星期后，终于打听到了那个奸细的消息。那个因未能吃上狱中的咸菜而伺机报复的人名叫刘青山，家住在忠孝东路12号。

最初的几天，被凤城监狱提前释放的刘青山，每日在家蒙头大睡。为期数年的牢狱生涯使他的身心遭受了极大的创伤。在梦中，他的眼前时常浮现出那次越狱的情形，绝望的呼喊与呻吟使他在梦醒之后变得疲惫不堪，四肢倦息。不久之后，刘青山发现了那个双手插在裤兜里的少年，每天在忠孝路一带转来转去。

一个天气晦暗的午后，刘青山化装成一名邮差，逃到了四十里以外的保安镇上。

他的姨夫马太的宅院坐落在保安镇的西端。这个年过六旬的豪绅，不久前刚刚讨了一名妙龄的小妾。一段时间以来，马太变得腰酸腿疼，头晕目眩。刘青山仓皇到达的时候，马太正在服药。刘青山看到眼前的姨夫不住地流着清鼻涕，呵欠连天，一只手捂在腮上，嘴里不时发出一阵吸吸溜溜的声音。

刘青山关切地问道：

姨夫，您牙痛吗?

马太捂着脸，点点头，没有说话，只是充满哀怨地望了一眼满头大汗的刘青山，一身邮差装束的刘青山让他感到莫名其妙。

这天晚上，刘青山在餐桌上见到了姨夫的那位妙龄小妾顾芸芸。刘青山叫了一声姨娘，顾芸芸立即羞红了脸。

这个长得像鸟一样的女人，她的一位兄长以演奏古筝为生，操琴度日。一年前，她的嫂子被一名小报记者突然拐跑。

顾芸芸说，她的嫂子是一个不甘于寂寞的女人，在未被诱拐之前，经常主动地与一些无耻文人来往。她来往的第一个人是一位道貌岸然的散文作家。

那个人曾经写过一篇带有怀念色彩的散文，刊登在停刊前的《白虹》杂志的最后一期上。被怀念的那个人是他从前的一位朋友，叫武田信，在一支游击队里干活。游击队覆灭之后，武田信是唯一一个死里逃生的。

眼下，武田信开的饭馆和浴池，生意颇为兴隆。那位散文作家时常去那里吃饭，有时还带一两个女人。酒足饭饱之后，开始洗澡。他把那篇带有怀念色彩的散文写得硝烟弥漫，鲜血淋漓。在他的笔下，肥胖的武田信被描绘成一个瘦骨嶙峋的人，两眼喷着阶级的怒火，端着掷弹筒，向面目模糊的敌人冲去。

这年四月里的一天，武田信的儿子为了争夺一名女同学，被同班的另一名学生用刀子捅破了肚子。持刀者是本地行政公署专员楚天良的独生儿子。事件发生之后，楚天良的儿子提前结束了中学生涯，进入陆军军官学校。

那位漂亮的女学生名叫俞菲，其父俞孝文经营着闻名遐迩的太子书店。在父亲的眼里，善于惹是生非的俞菲是一个美丽而文静的姑娘，是他的掌上明珠。俞菲从小指腹为婚，男方家姓杨，与俞家世代友好。

春天以来，一场严重的肺部结核使多疑敏感的杨绍平被迫休学在家。这个面色苍白的少年与俞菲同龄，但看上去却要比俞菲小得多。养病期间，他除了读一些闲书之外，大部分的时间都在自己的房间里吹着一支笛子，俞菲在学校里惹出的那场人命事件，他一无所知。家里的人都瞒着他。他让自己沉浸在《渔舟唱晚》《春江花月夜》的悠远意境里，并在其中越陷越深，更多的时候，他不愿自拔，只愿一路平安，一去不再复返。

这年夏天临近结束的时候，十七岁的杨绍平永远地闭上了自己的眼睛。他的一头柔软的黑发，他的那张苍白文静的脸，除了略显疲倦之外，看上去无比安详。

事情发生的时候，太子书店老板俞孝文的女儿俞菲，正在那座著名的陆军军官学校门前游移徘徊，一只棕黄色的鹿皮箱立在她的身边。俞菲注视着空荡荡的校园，情不自禁地流下了一串伤心的泪水。她来得不是时候。昨天晚上，这所著名的陆军军官学校，突然接到紧急命令，由四十个班级的两千余名学生组成的两个军官教导团，星夜开赴盂江南岸。随同前往的，包括学校里大批的文武教官以及他们的校长。

出现在盂江北岸的，是孙武将军麾下的一支劲旅。孙部的军官戴着雪白的手套，有的戴着近视眼镜，他们在营地里打牌、跳舞，讨论一些新旧不同的作战地图，地图上红色的箭头和一连串黑色的怪圈，是他们相互发生争执的主要原因。有人在电网前凭栏远眺，有人正在与自己的坐骑低语。数十名文质彬彬，风度翩翩的文书马不停蹄，口诛笔伐，为他们的下级军官和不识字的士兵代写家书，竹报平安。大多数的士兵用手撕扯着盘子里的炸得焦黄的小动物，之后再张开各自的大嘴。

孙部派出的情报人员，犹如雨前的蝼蚁。大战前夕的一天傍晚、正在海滨度假的孙武将军，梦见了自己童年时代的一双冰凉的小手。身后，父亲的劳动技艺与全部过程，构成了他童年时代的主要背景。在纯净如水的天空下，种种绿色的植物四处蔓延，互相攀缘。少年的孙武，在父亲挥汗如雨的过程中，四肢舒展，呼吸自如地将自己裸露在外的东西小心翼翼地浸到清澈的水里。在一起一落的蛙鸣声里，他看到一个身材高大健壮的女人正远远地走来……孙武在躺椅上睁开眼睛，有人送来一封信，是他的次子孙玉竹写来的。

二十岁的孙玉竹正在著名学者马伯约的指导下，攻读英美诗歌，终日研习T. S. 艾略特、埃兹拉·庞德、威廉·詹姆斯等人的作品。在最狂热的日子里，他时常将自己置身于人来人往的地铁车站里，感受庞德的名篇《地铁车站》：

> 人群中这些面孔幽灵一般显现；
> 湿漉漉的黑色枝条上的许多花瓣。

这年夏天，暑假期间，孙玉竹随同他的导师、英国人马伯约参观了中国南方的大批丝织工厂。为期五十天的旅行，使年轻的孙玉竹感到无比惊愕。一路上，英国人马伯约风餐露宿，做了大量的笔记，马伯约随身携带着十几个黑色羊皮封面的笔记本，此外还有指南针和奎宁。一开始的时候，交通部的一位官员陪同他们走了一两个地区，沿途受到了程度不同的款待。热情好客而又颇有心计的中国乡村财主和城镇豪绅，让英国人马伯约兴致盎然。交通部那位姓杜的官员正在举家迁徙，后来，他们在一个叫作永安的地方分道扬镳，那位姓杜的官员转道向东，马伯约与孙玉竹继续南行。

战乱与灾荒像那些疏密有致、长短不一的河道一样遍布南方九省。

在华南地区的几家缫丝工厂里，女工们丰盈的工资收入和她们悠然自得的神态，使一路而来的马伯约和孙玉竹感到颇为吃惊。她们很有钱，个个洋气十足，谁都不在她们的眼里，经常三五成群地手牵着手，上电影院去，出手大方地浪费着她们的钱财。她们穿着光滑平整的青布衣裤，每人手里提着一个搪瓷食盒，脚上穿着木板凉鞋，踢踢嗒嗒地快步疾走，乌黑发亮的头发向后梳成一条辫子，拖至背臀，发辫靠颈处扎着鲜艳的红头绳，风流潇洒，美貌动人。英国人马伯约请她们吃白冰糖，她们接过冰糖就送进嘴里，咯吱咯吱地嚼着，上下打量着眼前这个高鼻子、蓝眼睛的帝国主义洋鬼子，之后会突然爆发出一阵哄笑。

然而，又经常会听到为了逃避父母的逼婚，她们三三两两在一起自杀的消息。

马伯约和孙玉竹，他们有时坐船，有时步行，从一个村庄到另一个村庄，从一个集镇到另一个集镇。白天，烈日当空，挥汗如雨，晒得他们头晕，脚下发烫。夜里，他们有时在乡村小客店里歇脚，有时在寺庙的空房里支起蚊帐过夜。旅途中的风声时常进入他们的梦境。

在一个名叫凤巢的集镇上，马伯约不幸染上了严重的伤寒。

那个早晚两头前来为马伯约诊断的大夫是个沉默寡言的老人，他的儿子在澳洲人路易·艾黎创办的“中国工业合作会”里工作，并在那里娶妻生子，成家立业。发展中的“中国工合”，使许多一无所长的人掌握了一门甚至数门劳动的技艺。相对平稳的环境，又使那些人的技艺不断娴熟，精益求精。老人的儿媳在“中国工合”里从事印染与编织。有时候，艾黎高大的身影会出现在那些织机旁或染房前。

其时，苏美云及其手下的五百余人正在附近一带苟延残喘，他们奸淫妇女，捣毁铁路，有时甚至在丰收在望之际，哄抢地里的粮食。为了冒充一支正规的武装，苏美云别出心裁，他手下的人用墨汁在踝骨与膝盖之间涂抹了一圈一圈的印痕，这样，当他们列队行进的时候，远看极像一支装备良好的队伍。而事实上，他们当中的有些人，连裤子都没有。纯粹是为了蒙人。苏美云有一次对他的朋友张良这样说。

住在孝义街甲2号的张良，公开身份是一位考古专家。几年来，他曾先后陪同十余名历史学家考察了众多的地方，他的前厅里悬挂着他与顾颉刚、范文澜等人的合影，有的背景在水边，有的在巨大的汉墓群之前。

经常有一些面孔极为陌生的人，到孝义街甲2号来找张良，时间长短不等。有的农民在地里干活儿的时候，挖出了陶罐或铜剑，也会来到甲2号门前，把挖出来的东西卖与张良。张良用美丽的锦缎包裹陶罐的做法，常使那些农民感到大惑不解，他们曾向张良建议，那些美丽的锦缎至少应该垂挂在房中，或者披在女人的身上。张良耐心地听着农民们的话，一边往外点钱，一边笑容可掬地看着他们的手势。

有一天早晨，一位乡下的农民，搭乘一辆运粮的马车来到城里。这位黎明即起的农民，带着两把锈迹斑驳的青铜短剑，来到张良的门前，他蹲在一个潮湿的墙角里，啃着一块随身携带的干粮，等待张良出门或外出归来。

附近的一位老太太告诉他说，半个月前，孝义街甲2号已人去屋空。

午后，那个农民终于怏怏而去。

李青峰打开舅舅的信以后，慕飞突然站起来，掏出一支枪对准了他。

有童声伴唱的荒山之夜

在李青峰的十六岁的儿子李狸的记忆里，父亲遇害的那个黄昏残阳如血，多年来一直像一幅栩栩如生的壁画一样悬挂在他的眼前。眼下，十六岁的李狸每天练习飞镖、长棍，梦想有朝一日为死去的父亲报仇雪恨。

这个品行顽劣的少年，自幼厌恶读书，喜好舞枪弄棒。这年春天一开始，他所在的学校已将他彻底除名。

李狸的师傅是南山寺里的一名僧人，法号祖慧。这位体格瘦削的老人，可以端坐在蒲团上，连续一个月不吃不喝。他的两道长长的雪白的眉毛，在有风的时候，会轻轻飘动。那种状态，常令李狸惊羡不已。

一天，李狸趁家里无人，打开母亲的粉盒，将自己的两道细眉涂得雪白。之后，李狸来到外面，但他的眉毛却无法飘扬起来。

对于守寡多年的孙竹静来说，儿子的一举一动，都像是一种往事的跳跃式的延续，娴静而平缓的日常生活促使她不断地对许多的印象加以抚摸。每天夜里，她都要起来好几次——丈夫的死亡，使她把无数个夜晚等同于白昼——为儿子关好窗户，盖好被子，在床前无声地注视着他的顽劣而憨态十足的睡相。时间在她的面前变得单纯而清晰：自己的衰老与李狸的成长过程，这就是她的全部的时间。

开始的几年里，她的同胞兄长孙竹安时常来看她。孙竹安是一个商人，但缺乏诡计与必要的手段，这使他的生意时常一塌糊涂。在不服管教的外甥面前，他显得忧心忡忡。数年前的一天，他遭到了一位好朋友的算计。之后，短暂而又漫长的牢狱生涯，使他在不惑之年便已两鬓斑白。出狱之后，他先到一家皮毛商行做事，不久又进入一所女子师范学校，讲授唐诗与宋词。他曾写过一册《杜甫传》，以后又着手撰写杨万里与李商隐的传记生平，但他不再健康的身体，使后两部书半途而废。他的一位女学生从此接替了他的工作。

第二年春天的时候，这位名叫何良的女学生完成了《李商隐传》（女师大出版公司出版，三百一十七页），署名蘅芜君。十九岁的何良，喜欢在闲暇之余，独自弹奏古筝与琵琶，喜欢穿白色的或黑色的衣裙，坐在窗前，披泻着又长又黑的头发。师范学校毕业之后，何良嫁给了年轻的意象派诗人谭林。他们的婚礼由擅画南北方普通民居的画家韩天影主持。婚礼够得上热闹。

婚后一年，谭林应聘去孟江大学讲授英美意象派诗歌。行动艰难的何良将谭林送上飞机，但谭林所乘的飞机在焦山一带不幸遇难，机上所有的人员无一生还。

消息传来之时，身怀六甲的何良刚刚为才脱手的《杨万里传》画上最后一个句号。何良望着窗外柔软的柳丝，不禁抚今追昔。腹内的胎儿左右翻动，上蹿下跳。

何良的父亲已去世多年，家中只有一位寡母。谭林死后，何良将老母接来与她同住。临近深秋时节，何良正式分娩，生下一个女孩。望着热睡中的婴儿，何良独自流了一宵眼泪，她原来满心希望自己生下来的是一个男孩。母亲对她说，这个小东西，活脱脱就是当年的你。

何良有一个表弟，叫陈怀礼，是一家流氓小报的记者，整天挎着一架照相机，四处出没，干一些有天没日的事情。就是这个陈怀礼，在他追踪采访报道某一件案子的过程中，不知不觉地触怒了一位要人。在案情仍是一团乱麻的情况下，可怜的陈怀礼已死无葬身之地。

陈怀礼的妻子——小学教师柳闻莺，带着一个三岁的小男孩，嫁给了她所在学校里的总务处长辛世平。

辛家有一座祖上遗留下来的旧宅，青灰的屋瓦，赭黄色的门窗，宅内的阶梯与抄手回廊数目复杂，因人的意志而随意伸缩。柳闻莺带过来的那个三岁的小男孩，时常在宅内迷失方向，找不到自己的母亲，呜咽号哭，

在小学教师柳闻莺的印象中，辛宅里的一男一女两名佣人，看上去像两个鬼魂一样，走路毫无声息，说话简短而阴沉，他们时常会突然出现在柳闻莺的身旁，使柳闻莺惊出一身冷汗，他们也会在她毫无察觉的情况下突然消失。辛家每况愈下，入不敷出，每天都要等到天完全黑下来以后，灰色的宅院

里才会亮起一两盏灯。很长一段时间内，柳闻莺对此颇难适应。

四十多岁的辛世平，是一个兴致盎然的京剧票友，终年剃着光头，穿一身中式的白绸衣裤，摇着扇子，手里托着紫砂茶壶。辛世平有几十把京胡，可以自拉自唱，嗓音可宽可窄。每当心情舒畅愉快的时候，他就拿一块手帕，走着迅疾的碎步，唱一曲花旦；每当心情沉重、郁闷难遣之时，他就唱一段青衣，《荒山泪》《武家坡》《锁麟囊》，甚至《白帝城》。每逢有程老板的戏，辛世平总是风雨无阻。

辛世平比较喜欢柳闻莺带过来的那个三岁的小男孩。他与已故的小报记者陈怀礼有过一面之交。辛世平有一位朋友叫严峻，平日时常来辛家走动。不久，严峻将柳闻莺的那个男孩认作自己的义子。严峻独自一人，无妻无子，他家里的墙上挂满了大量的各种各样的昆虫标本，其中以蝴蝶为最多，有四五十种。

但柳闻莺不喜欢严峻。柳闻莺对辛世平说，严峻那个人，看上去比较邪恶。

辛世平说，真是妇人之见，我就不知道，一个喜欢搜集蝴蝶的人，他能邪恶到什么程度。他敬重他不近女色。

柳闻莺说，蝴蝶是阴性之物，他怎么可能会不近女色?

夏季临近结束的时候，柳闻莺收拾、整理自己的一些夏季所用物品之时，发现自己常用的一柄香扇不见了。

大约在中秋时节，严峻因煤气中毒而突然死去，在整理他的遗物的时候，辛世平发现了柳闻莺丢失的那把香扇。

辛世平料理完严峻的丧事后，回到家里对柳闻莺说，真令人吃惊，他原来一直暗中喜欢着你，我把你的那把扇子放到他的灵柩里去了，真是一个可怜的人。

柳闻莺说，我不知道他会有那种心思，他在我面前从未流露过。

辛世平说，他喜欢你，这就足够了。你是否明白，对他并不重要。

很快，又有一户人家搬进了严峻生前住过的那间房子里。有人告诉他们，那是一座凶宅，不久前刚刚死了一个人，但他们毫不在意。那户人家，两个大人，带着四个孩子，最大的一个姑娘十五六岁。最小的一个才四岁，夫妻二人以教书、画漫画为生，抚养四个孩子。男主人擅画乡土民俗、市井风情，女主人擅画飞天、仕女。女主人吴月与一家陶瓷厂签订了三年的合同，为陶瓷厂绘制仕女牡丹图，每天工作至深夜。男主人唐松的漫画，时常出现在一些报刊上，很受欢迎。

除此之外，他们还要不时地接济他们的一位闭门研究《楚辞》的朋友。那位执迷不悟地钩沉于纸海中的朋友，叫范家农。对《楚辞》日复一日的研究，使他变得分无分文，极度潦倒，年届三十，仍尚无婚配。

一位占星学家看过范家农的手相之后，断言道，范家农此生将有三次婚姻，但都属失败的婚姻，一次比一次更为不幸，到晚年之后，他仍将独自一人度过余生。

当唐松离开学校，在一家报馆里担任美术编辑之后，范家农已与第一位妻子结了婚。几个月后，唐松与吴月去看望婚后的范家农。他们推开门以后，戴着一副深度近视眼镜的范家农，正在埋头整理一堆凌乱的卡片与条目，地下堆放着未洗的碗筷与勺子，米袋倾斜在一旁。

吴月询问起新婚宴尔的妻子，范家农惶恐不安地说道，走了。

唐松说，到哪里去了，回娘家去了吗?

范家农说，她说再也不回来了，我留她了，但我留不住她。

吴月说，我们帮你把她找回来。

范家农说，她的心境很高，成天想入非非。她说《楚辞》是什么，不过是一堆废纸而已，她怎么能这样说呢。我说她了，我说陈美琳，你这样做很不好啊，非常不好。她让我放弃研究，从事考古，为什么？就因为文物比文化来钱快。

……

几年之后，唐松与吴月的长女唐楠考入一所著名的美术学院，在大画家徐信的亲自指导下，学习西洋绘画。

在徐信众多的弟子当中，十八岁的少女唐楠是最文静的一个，她秉承了母亲吴月的大部分性情。唐楠喜欢塞尚、高更与俄籍画家康定斯基和马克·夏加尔，她崇尚他们的画风与技法，运用原色，把强烈，浓郁而充满光感的色彩引入立体主义的空间……俄罗斯的冬天，天边挂着残月，白雪覆盖着村庄，教堂的钟声响起——透过温湿的壁炉与结满冰花的窗户，牧师的琴声在空中回荡，天使在马克·夏加尔的画中缓缓飞翔，引导着众生，渡过红海。

临近毕业之际，唐楠的男朋友贺青锋突然患病去世。不久，贺青锋的家人都来了。贺青锋的父亲，一个神情严厉、身材高大的老头，在看过儿子的遗体之后，回头用一种审视的冷酷无情的目光打量着悲伤不已的唐楠。临走之时，他对唐楠说，你尽管放心画你的西洋画去，我不会向你索取人命，我知道是你耗费了他的年华，不过我不怪你。换了我，我也会如此。

这个老头，曾经为官多年，最高职位，曾经充任过一段时期的部长。他手下的一位名叫刘庆的行政官员，在一次著名的“沙滩事件”中出尽了风头，尽人皆知。

刚过而立之年的刘庆，是一个追逐女人的老手。刘庆的聪明之处，并不在于如何能把各种各样的女人弄到手，而在于他能够使那些到手的女人在自己尽兴之后全都平安无事地一一离开他。刘庆对那种尺度的精确把握，无疑是极其微妙的，更是令人惊讶的。刘庆一向鄙视那些被一两个女人就搞得焦头烂额、狼狈不堪的男人。“请神容易送神难”，许多人也许擅于请，但不会送，一旦请到身边，便再也送不走了，直至彼此消耗，两败俱伤。刘庆不仅擅于请，更擅于送，擅长打发、疏散她们。即使一个再缠绵的女人，刘庆也能让她回心转意，眉开眼笑地离他而去，且绝不会发生什么意外事故。

数年来，刘庆不知道自己一共请回了多少，又送走了多少，他像一位勤勉而机智的负责疏散难民的政府官员一样，把她们疏散得得体而不失礼貌与风度，使她们先后从自己的身边走开。刘庆只留下了一个女人，那是他自己甘愿留下来的。那个女人要离他而去，但刘庆挽留了她。刘庆觉得自己不能失去她。

那个女人叫丁婉。

刘庆把丁婉看作是荣府大观园里的花袭人，但又兼有薛、林二人的才情。

丁婉在那场“沙滩事件”后的某一天夜里，突然自杀身亡，遗容安详得像她平日熟睡时一样。丁婉的香消玉殒，使刘庆遭到了一次毁灭性的打击。刘庆自此大病一场。大约一年以后，才又重新振作起来，继续干着请神送神的勾当，但较之于以往，大大地收敛得多了。

一个春风沉醉的夜晚，刘庆与一个名叫方红的女人做最后的话别。背景是轻拂的柳丝和青石的小桥，明亮而悠远的蛙鸣之声偶尔穿插其间。刘庆握着方红的手，方红轻轻地抽了出来。刘庆充满温情地说道：

我这个人非常的不好。

几缕柔软的柳丝垂在方红的肩头。削肩、水蛇腰的方红，使刘庆想起了大观园里的另一位姑娘——晴雯。面对此种类型的一个女人，一段时间以来，刘庆时常感到事情颇为棘手。

数年之后，方红译出了英国女作家盖斯凯尔夫人的《南方与北方》，但受到新闻督查机构的审理。又是刘庆，以政府官员的身份，疏通了一些渠道，使方红的译著得以发行。

三十五岁那年，刘庆因纵欲过度而过早地结束了自己的生命。

方红独自一人住在西郊的一间房子里，窗外正对着两棵桃树，挨过去是一溜柳树。每到晚上，方红常去那里闲逛。她经常看到附近有一个穿白色衣裙的姑娘，挎着一只竹篮，时走时停，似在拾捡地上的什么东西。由于距离的关系，方红从未看到过她的脸，以及那只竹篮里的东西，每次望到的都是那个很美的背影。

初来之时，那些柳树的后面流着一条黄浊的水，方红溯流而上，在不远处找到了浊水的源头。那是两间土房，夫妻两个人在那里开着一个不大的造纸作坊，那条流经方红门前的黄浊的水，正是从作坊里流出来的。女的蓬乱着头发，在地下过滤。男的一个人推动青石的磨盘，碾压纸浆。他们的一个孩子蹲在门口，照看着晾晒在外面的纸张，恐被风卷了去。

以后，方红在写作疲劳之后，总是沿着那条黄浊的水，来到坊里，帮他们推动沉重的石磨，眼睛望着浓稠的纸浆在石槽里发出叽叽咕咕的响声。那个蹲在门外的孩子一会儿喊一声，天阴了。一会儿又叫道：起风了。造纸的夫妻两个都一样的老实，木讷。他们只造那种吸水性很强的粗疏的麻纸，不造可以书写的雪浪纸。方红问起时，那男的老实答道，不会。

又来之时，方红摘了树上的桃子。那个女人惊讶地看着方红，说，你是一个有福气的人，那两棵桃树从来不结果的，只见花开得好看。你住了那房子，树上就忽然有了桃子，这真奇怪。她的男人对方红说，我们其实早就注意到你了，我在外面晒纸的时候，看见那屋顶上早晚的时候有了炊烟，就知道那里有人住了。

女人对方红说，我经常看见你穿一身白衣裳，挎着一个竹篮，在那里走走，停停，你在干什么？是在采蘑菇么？

男人说，这一带蘑菇不多，有的还有毒，西面那片林子里不少。

方红听说，眼前浮现出一幅阴暗的画面，森森的草木，空空如也的竹篮，那个背影美丽的女人蹲下身去，如一位勤劳朴实的农妇。不久又起身向前走去，空洞的竹篮内灌满了风声……方红停止了搅拌纸浆。那个男人看了她一眼，从她的手里接过湿漉漉的木杠，用力向一堆淤积在一起的纸浆上砸去。

这年夏天行将结束的时候，纸坊里的那个憨厚老实的男人，在往城里送纸的途中，突然丧生于一辆军用卡车之下。

事情发生之时，卡车司机看到一个穿着白色衣裙的、身材苗条的女人站在路边招手拦车，一只精巧的竹篮挡在女人的脸前。紧接着，女人把那只竹篮扬了起来——那是一只空荡荡的篮子，篮底疏而不漏，透着光线。

方红去纸坊里看望那一对孤儿寡母的时候，看到一堆褐色的纸浆像冷凝的泥土，黄浊的水在门前轮回流动。

方红再去的时候，带了礼物，但那位母亲已放弃了经营多年的纸坊，带着孩子远走他乡了。方红站在门外，一些零碎的白色麻纸像冬天里的雪片一样，在她的身边飘扬飞舞。

忽见一个细高身材、背部微驼的人，牵着一头黑色的骡子出现在路边。那个人走上前来，向方红打听吴贵的消息。

方红说，我不认识，不知道什么吴贵。那个人急躁不安地说道，你现在就站在吴贵的门前，竟然说出这样的话。这纸坊就是他们兄弟四人合伙开的，我以前可是常来常往的。他们四个，一个叫吴贵，一个叫吴富，另外那两个老三老四，叫吴发吴天。这个地方……

方红说，那你进去找他们去。说罢，闪身向一旁走去。

那人跺着脚，急赤白脸地嚷道，还找什么，我在这里都看到了，门窗都没了，哪里还会有人住在里面。连个鬼都没有。

方红沿着来时的路往回走。那个人牵着骡子，对方红说，你不要以为我是歹人，我不是歹人，我叫吴道，是他们的堂叔。

方红捂着嘴笑了。又告诉吴道说，他们四个人也许很早就挪了地方，开纸坊的是一对年轻的夫妻，如今也搬走了。

一对夫妻？……吴道目送着方红的身影渐渐远去，一带低垂的柳树遮住了他的视线。那头黑色的骡子正在啃吃路边的青草，天色微微发暗，像一个久病在床之人的阴晦的印堂。

晚些时候，吴道望见一个身穿白色衣裙的女人，拎着一只篮子，正在东张西望地在不远处采摘什么，行动如同风摆杨柳。今天运气不佳，但眼福不浅，不大一会儿工夫，见着了两位漂亮的女人……吴道这样想着，慢慢地抓过一根缰绳，骑到了骡子身上。回手在骡子的后胯上猛击一掌，骡子载着他在暮色中奔跑起来，沿途转瞬即逝的草木让他看得头晕。

傍晚时分，吴道来到一座高大的门前。其时，对面忽有三匹马奔来，及至门前，都翻身下马。为首的一个白脸，黑发，面带病容。朱门内走出一个人来，躬身作揖道：阿弥陀佛，您可回来了，再迟一阵子，上下都要乱了。为首的人并不答话，登上台阶，径自向里面走去。

吴道呆呆地看了半晌，不觉天已漆黑。再仔细看时，那两扇大门早已关闭如初，宅墙上似有形影幢幢。

一阵冷风迎面吹来，吴道不禁上下打了一个冷战。及至这天夜深时分，吴道突然浑身灼热，烧得火炭一样。闭上眼睛之后，看到一群涂脂抹粉、身穿戏装的人，在四周来回走动，有的粉墨登场，有的口里乱哄哄地嚷着。一个声音高叫道，拿住他，休要让他走了。

吴道大叫一声，突然睁开眼睛，只觉四肢疼痛难忍，似刚从锁链之下挣脱出来一般。一位面色红润、手拄藤杖的老人站在他的面前，眼睛看着吴道，说道：

发什么癔症？

可是梦见了周公？老人说着，伸手拭了拭吴道滚烫的额头。

吴道对老人说，周公不曾梦见，倒是见了一群粉头粉脸的戏子。

跟我家去吧。老人说完，拄着藤杖，自顾向前走去。吴道从地上站起来，摇摇晃晃地跟在后面，路上，老人对吴道说，你也一把年纪了，怎么还这样不省心。

吴道红着脸，一路无话。此后，吴道渐渐明白，老人原是瑞安寺里的方丈，数月之前的一场弥天大火，使那座三百多年的古刹在一夜之间化为灰烬，成了一片废墟。老人外出云游归来，在那片焦土之侧搭起两间茅屋。

这天晚上，茅屋里来了一位三十上下的女人，身着黑裙，戴着珠子镯子。女人关切地问起老人的伤势，脸上充满悲戚之色。她撩起老人的衣袖，摸着老人的赤臂，柔声问道：

师傅，还痛吗?

老人摇摇头，对她说道，姗姗，你新婚不久，不该来这里的。

女人说，健生有事到江东去了，我抽空来看你，即便他知道了，也不会怪我。再说，他哪里会知道呢。

老人说，我过得很好。如今寺没了，倒比原先有寺的时候清静多了。

女人说，师傅，你不会怪我贪恋红尘吧，我吃不了苦：受不得冷清。

师傅，我给你揉揉吧。女人说着，眼泪掉下来，滴在老人的手上……

已婚女人何姗姗，在这个细雨蒙蒙的夜晚里，含泪走出那间茅屋，在老方丈的注视之下，穿过瑞安寺磷火闪烁的遗址，回到家里，在烟罗纱的帐幔里独自坐了许久。

她的丈夫翁健生，是一位财大气粗的封建买办。一年前，翁健生陪母亲去烧香还愿，看上了在翠屏庵里出家的女尼何姗姗。时隔不久，翁健生遂将法号为宝云的女尼何姗姗娶回为妻。一年后，他们有了一个孩子，取名致远。

富足而闲适安逸的日常生活，使生性聪慧的何姗姗渐次通晓了音律与书画，钢琴家郭良志与书法大家王钦是她的座上宾客，王钦的一个字，抵得上普通职员的全年薪水。就相貌而言。身材矮胖的王钦，更像一名技艺庸常的厨师，与风度翩翩的钢琴家郭良志相去甚远。

少年时代的翁致远，一双白皙修长的小手，深得郭良志的欣赏。除了读书，他与母亲何姗姗一起在郭良志的指导下学习钢琴。六岁的时候，翁致远即能较为纯熟地演奏莫扎特的《安魂曲》，而郭良志又被世人誉为“东亚莫扎特”，他在朋友中有一个绰号，叫“小莫”。

翁致远九岁的时候，随同郭良志出国演出。轮船行至红海时沉没，不幸遇难。

其时，翁健生的后台——军阀张培福，在著名的吉水战役中，被其对手霍青的部队打得落花流水，一败涂地。吉水之战使张培福大伤元气，从此销声匿迹，再无消息。唇亡齿寒，翁健生也因此一再受挫，迅速地衰落下去。

指挥吉水战役的，是霍青手下的战将曾芾林，时年三十二岁。

在曾芾林的妻子刘薇的印象里，文质彬彬的丈夫更像一名古代的书生，多年来的秉烛而读并未使他的视力受损，曾芾林喜欢明、清话本小说胜过任何一部兵书。丈夫每次离家之前，刘薇都要把他平时喜欢的那些书放入他的箱子内，叮咛勤务兵管好。

晚年时的霍青，改信了基督教，开始吃素，并戒掉了烟酒，成天祈祷或深深地忏悔。霍青与自己喜爱的战将曾芾林在一起的时候，两个人的手里各执一本书，互不理睬。霍青念的是羊皮封面的《圣经》，曾芾林的手中则是他喜欢的那些书中的某一本。——那些书，曾芾林都已读过无数次了，但仍欲罢不能，深陷其中。

在众多的将军夫人中，刘薇是唯一没有把头发烫成鸡窝一样的一个女人。年近三十的刘薇，是一个美丽而文静的女人，不打麻将，不抽烟，不喝猩红的法国酒。从烂漫纯情的少女时代至今，多年来博览群书而又精于女红。她的身边有两个楚楚动人的使唤丫头，一个叫翠屏，一个叫红玉。在众多的将军夫人中间，刘薇也是难一不爱睡懒觉的一个女人。

她的某些禀赋源自于她的父亲刘成章。刘成章是一位动物学家，一生研究老虎与棕熊，喜欢穿宽松的布衣布裤，常在黄昏里散步的时候，拎着一个酱油瓶子，走进附近的杂货店。

在过去的那些岁月里，老虎优美的速度，在刘成章的心中已成为一种永恒的象征……在书房中，在深山里，他时常看到，在那黑暗无边的世界里，蹲伏着一只只水晶般的老虎。一般说来，老虎是警惕的，严肃的，有时又甚至是懒散而放诞的。在最初的几年里，刘成章常常容易把它们与那些性情喜淫的鹿混为一谈。这种情况一直持续了几年。所谓的鹿鸣，实际上就是一种十分单一的没有任何杂质的淫荡之声，而事实也正是如此。昔日，一些游手好闲的八旗子弟，常在夜深人静之后，相约潜入皇家围猎场，隐伏于灌木之后，聆听那种缠绵而无奈的淫声——鹿鸣。

后来的一年夏天里，细心的刘成章终于发现了他所要寻找的那种东西，他当即在一册灰色的考察笔记上写下了他的最初的直观的也可能是深思熟虑的感受。——在刘成章看来，所谓的老虎，实际上就（只）是天地之间的一种活着的火焰。一只老虎，就是一团黄色的火焰，一团明亮灿烂的火焰……这个发现的前提是，它在多数情况下可以再现那些不可捉摸的、一闪而逝的、令人想入非非的情形，一团又一团的活着的火焰，在大地上，在山林与河流之间奔跑，闪烁，甚至回眸。刘成章在这里彻底否定了那种常见的重复的概念，排除了所谓的潜化。他认为那种优美的速度与方式可以重复，甚至可以重复一千年，无数次，但对于“活着”二字来说，却是无论如何不适应的，至少是不够慎重的。在混沌与透明之间，刘成章做着一种让别人认识自然、辨别自我的颇为艰辛的工作。

大约两年以后，胡舍博士在一篇论述洞察力的文章中谈到这件令人惊讶的事情，胡舍博士采用的是一种格调上比较古老的寓言的方式。胡舍博士的这篇文章，其原稿用英、日两种文字写成，以后又由他的一名学生译为汉语。作为一种“万恶的”“吃人的”“山林之王”，胡舍博士对老虎充满了畏惧之情与憎恶心理，他还谈到了自己童年时代丧生于虎口之中的幼小的伙伴。胡博士说，一个人在年轻的时候和年老的时候，都有可能对那种具有太阳光泽一般的金黄的皮毛产生兴趣，究其原因，在于它是类似母爱或家园式的一团较为温暖的东西……胡博士在不经意之间，犯了一个不可饶恕的错误，他只差一点说出了“那是一团温暖的火焰”，“一团会跑的，甚至有可能回头一笑的、活着的火焰。”

现在，在刘成章教授的小型的墓碑上，除了他的生卒年月之处，还刻着一只蹲伏着的幼兽。那是一只老虎。它的两只眼睛里空荡荡的，毫无生气与激情，接近于一无所有。

在冬季里的最后一期《百兽学刊》（只有八十多页，印刷水平到了一种让人无法忍受的地步）上，有人用一种连续不断的语言，推想了它的经历，它有可能看见过无数精美的和邪恶的行动，包括一具对它来说食之无味又弃之可惜的忧伤的人体骨骼，胡舍博士对它的指责，当然也有一定的道理。他的不屈不挠的文风与句式令人钦佩，他引用了一位拉丁美洲学者的话。那个人说："肉体不过是一头驯顺的家禽。"

刘成章教授的弟子范铭与胡舍博士的弟子魏蛰之间的论战，一直持续到第二年秋天，双方忽然都平静了下来，长时间的消耗已使他们忘记了最初引起论战的直接因素，双方发现各自都已无话可说了，谁也再找不到能够驳斥对方的丝毫理由了，而原有的那种支撑着他们的东西正在暗中倾斜、坍塌。所有的话都已说尽了。冬天的时候，范铭撰写了许多篇长短不一的散文，文中时常点缀着一些对人类及其家园不构成威胁的温驯可爱的小动物。它们的共同点是，它们都有一双像孩子一样纯净明亮的眼睛——在人类面前，它们的眼神胆怯而游移，都有一身美丽而柔软的毛色。

他们的这种一元论或带有艺术色彩的空想主义，使科学彻底受到了伤害。独立的一件事物，是没有时间可言的，因为它不像油垢会蒙在上面，只有当与其他别的许多事物联系在一起，时间才会出现，如同一个人从一个地方中途退场后又来到另一个场合里。四十年前的今天，范铭的祖父在梅山一带打仗，双方都模糊到一种相当的地步，以至于他忘记了自己到底在哪一支军队里，是在执行谁的命令，向什么人发起冲锋。次年，在一个远离家园的地方，他替一位垂危的老妇人抄写十五世纪的戏剧与一名官吏的所见，他接触到了一种令人不安的语言，像数字，又像藤蔓。他学会了如何识别一枚真正的伪币，用手，而不是用眼。此后，他惊讶地发现自己的棋越下越好，这使他忐忑而兴奋，他知道有一只手在教他如何执子，那只手从他的胸脯里伸出来，光洁的程度胜过任何一种树枝。他注意阅读朋友的来信，他们在信中描述了一座月光下的商业城市，一位善观星象的绅士失足掉到了井里，在打捞的过程中，井的数目因救援者的增加而不断增加，他们陷入了一种千篇一律的邪说的泥淖之中……他阅读着那些充满烦恼与颓废观点的信件，回忆起大地上的潮汐与军队、古堡与书籍。某一次冗长的谈话结束之后，他的下身变得红肿而瘙痒。

范铭花了近十年的时间，终于写完了一部六卷本的书。他的那位祖父并不是这本书的主题，而只是其中的一个人物。他出现在第一卷里的时候，时间正值一个黄昏，他穿着湿漉漉的短裤，从河里爬上来，他有一半的脸被罩在夕阳里，看上去很美。到了第二卷的时候，书中就没有他的影子了，只发现门前有一溜脚印，一溜小心翼翼的脚印，有人怀疑那是他仓皇出走时留下的，但也只是一种推测猜想而已，因为并无实据可以说明。在第三卷里，他睡在一张雕花的木床上，脸冲着墙，身体异常吃力地蜷曲着。这一卷里，他几乎没说过一个字，似乎也从未从床上起来活动过，有人先是礼貌地敲他的门，但他毫无察觉，仍然长睡不醒。再后来，那种愤怒的敲门声变得越来越响，惊动了附近其他的人。许多人以为是突然到来的宪兵。一个孩子骑在一个大人的脖子上，从窗户上往里看，孩子说里面什么也没有，只有一张飘扬的虎皮，一张颜色猩红的虎皮。

前三卷的文字无疑是十分琐碎的，有一种明显的婆婆妈妈的味道，形容词层出不穷，但都隐藏得较为巧妙，章节与章节之间藕断丝连。第四卷开始的时候，他坐在一块石头上，叼着烟斗，不停地自言自语。一些很小的可以随意中断的段落表明了他的心境。不久之后，他像一片树叶一样从第四卷里突然消失了，谁也不知道他去了哪里，只有一些偶尔传来的零星的不确切的消息，表明他还活着，仍在人世间鬼混……日子一天天过去，书中的岁月已进入又一个深秋时节，到处飘舞着美丽的黄色叶片，有人在落叶掩盖下的车辙里扭伤了脚，一瘸一瘸地向远处走去。天空里黑色的雁阵像正在奉命转移、撤退的军队。黄党的步兵出现在山上，像排列有序的乌鸦，乌黑的枪口掩映在山花丛中。第四卷的结尾部分，有一段耸人听闻的描写，所幸的是，并非以媚态惑众。“暖暖远人村，依依墟里烟”，是第五卷的主要背景。时常有几个面目模糊之人在路边修理一辆被风毁坏了的马车，马匹已不知去向，车身下有时会传出激烈的争吵的声音，扯皮的声音。在第六卷的开端，这几个人都垂头丧气地站在路边。他们修理的最终结果是，那辆马车彻底不能走了。

出版社并没有被这部书的长度所吓倒，但范铭却无心付印。

八月十二日，范铭锁好房门，投奔了远在顿县的一位亲戚。

范铭的远道而来，使张太生一家人颇感意外。黄昏刚刚降临，这一家人便紧闭了大门，大人、小孩都蹑手蹑脚地在院子里走来走去。旅途的劳累使范铭与张太生说话的时候，语无伦次，神志恍惚，常常答非所问。

张太生说，你从哪里来？

范铭说，眼下正值雨季，我出来的不是时候，我写了一本书……

张太生说，还要到别处去吗?

范铭说，我走得匆忙，连一把雨伞都没带。不过，我不在乎雨的。

张太生说，眼下正闹饥荒，卢永清的人又常常四处出没。

范铭说，这次来了，就不走了。

张太生说，家里好吗?

范铭说，我刚刚写完一本很厚的书，我想出来散心。

如此，张太生就不再继续问了。张太生感到自己突然产生了一种强烈的下坠感。他假惺惺地朝范铭笑了一下，急忙站起身来，那种强烈的下坠的感觉却又正在渐渐减弱，消退，当他重新坐下以后，全身又在深深地下陷。范铭起初只顾喝茶，并未注意到张太生的反常变化。当他后来忽然看到张太生时起时落、如坐针毡的情形后，急忙放下茶杯，关切地问道：

怎么?不舒服吗?

没有。张太生强笑着应道。

范铭说，是不是早年的痔疮又犯了?我记得你从前痔疮很严重的。

张太生说，早好了，自从那年治好以后，这么多年了再没犯过。

那好，那就好。范铭说着，伸手端起了茶杯，杯子里的水空了。张太生向窗外喊了一声，一个孩子提来一壶水。

旅途的劳累使范铭在喝过茶不久之后，很快便进入了睡梦之中。范铭躺在张太生的一张硬木床上，脸冲着墙，身体弯曲着。入睡之前，他曾出去上过一趟厕所，张太生家的厕所像一个简易的瓜棚。范铭走进里面之后，在昏昏沉沉之中，产生了一种四面楚歌的感觉。前景多少有些不祥，但强烈的睡意时时驱赶着他。从里面出来之后，范铭看到张太生的女人怀里抱着一只鸡，脸色苍白，是通常那种三天两头就要生病的女人。院子里有一堆旧年的微微发红的草垛，几件七零八落的农具。

范铭入睡之后，村中一个眼睛严重近视的人来找张太生。来人推门进来，看到张太生女人怀里抱着的鸡，惊呼道：

好大的一只鹰，不怕被它啄了眼？

张太生说，那是鹰吗？

之后，来人与张太生来到一堵墙下，窃窃低语，张太生面上似有难色。来人不停地打着各种各样的含义不明的手势，上下左右比画着一个又一个的形状及大小的程度，两只手一会儿比画出一个圆形，一会儿又忽然拉长。

张太生说，你真看清楚了？

来人焦躁不安地说道，我家里还有事呢，我跑这么远的路来，图什么呢？

张太生说，这事弄不好，会很麻烦的，我从前经历过一次。

来人说，我也是觉得多少有些奇怪，不然我也不至于心虚，我就是对那种颜色还吃不准，怎么会是蓝色的呢？

张太生说，这会儿天快黑了，恐怕不行了，你早来一会儿就好了。

来人说，我有一盏灯，咱们打着灯去，弄一个罩子罩上。

张太生说，这事太瘆人了，根子。

来人说，你的腿在发抖了。怕什么呢，舍不得孩子，套不住狼。

这个眼睛严重近视的人，是村里的一个木匠，叫王全根，更多的时候，别人都叫他根子。作为一名木匠，他行事较为草率，手艺也时常不免流于粗疏，但他很会做衣柜与棺木，包括小小的梳妆盒、钱匣子。用他自己的话说就是，凡是有盖子的东西，他都喜欢做，都要千方百计地承揽过来。他从来不做窗户、凳子一类的走风漏气的东西，那些有盖子的木器常使他感到安心而踏实，并长久地在其中流连忘返。

第二天清晨，一个过路的人在村口发现了一具冰凉的尸体。

死者是张太生，面孔呈青紫色，犹如夏日的葡萄。

张太生的疾病缠身的女人指控：张太生的远道而来的亲戚杀死了勤劳勇敢的张太生。太阳初升之际，一群街坊邻里将张太生的那位尚在睡梦中的戴白边眼镜的远方亲戚捆成一团。张太生家的门里门外，众声喧哗。

整整一个上午，木匠根子都在自己的院子里精心制作一副崭新的棺木。

村中偶尔传来的稀稀落落的哭声，使很子在制作的过程中，感到心烦意乱。一根根长短不一的墨线弹得歪歪扭扭，污浊不堪，十分不尽人意。一把并不锋利的锯子又割破了他的一只比较重要的手。其时，他的一个五、六岁的孩子，一直缠在他的身边，嚷着要爹爹带他进城。根子后来飞起一脚。将纠缠不休的孩子一下子踢在老远，孩子趴在地上哭了一阵后，又爬起来出门玩去了。几天前刚刚下过一场滂沱大雨，孩子从地上站起来的时候，形同一只花脸的泥猴。地上的泥水一片狼藉。

孩子的离去，使根子只略感平静。临近中午的时候，棺木已基本成形，只差一副盖板了。根子想努力把那块盖板刨平。刨得更光更滑，更加体面一些，但结果总是事与愿违，根子努力的结果与他想象中的平滑境界有着相当大的出入。根子坐在潮湿的泥地上，仔细抚摸着那块生硬的难以亲近的盖板，丝丝缕缕的缭乱而华丽的木纹从他的手下不断浮现，向前延伸。板子的抚摸，使清晰的木纹层出不穷，源源而来。

不久，从那只空荡荡的白茬的棺木中，传来一阵低远的淅淅沥沥的水声，听上去如同大雨过后的残漏之声

根子从湿地上一跃而起。俯身去看，只见棺木的两头有一片一片的凌乱的殷红之色，仿佛害羞的女人脸上飞起的团团红晕。根子伸进一只手抹了一下，手上什么也没有。他想，那不过是木头的本色而已，那原是一根杂木。

像往常制作完任何一件有盖板的木器时一样，根子怀着一种激动的心情，翻身躺进了白茬的棺木里，浓郁而熟悉的木头的气息使他沉醉，不愿起来。天上刺眼的阳光直射下来，根子把两只手交叉着枕在脑后，急忙闭上了眼睛。

根子的女人从外面挎着一篮子青菜回来的时候，根子仍然躺在里面。

女人放下菜篮，径直走过来，像敲门一样用手敲着棺木。

女人说，起来，你这个不要脸的东西，我就知道你又躲在这里停尸呢。

根子说，不要叫我，我死了

女人说，你死去，你为什么不死？你死了至少有一千次了。

根子说，我得慢慢来，哪能那么快呢。我死了，你有什么好处？这么催我？

女人说，再嫁一个。

根子睁开眼睛，一只手挡着阳光，笑着问道，你想嫁给谁？

女人说，谁好，我就嫁给谁。

根子说，你再别说这嫁人的话了，连我都羞煞了。

总比你强，经常把鼻子认作眼睛。女人说完，到一旁拣菜去了。

午饭之时，根子仍然没有出来。根子的女人怒火冲天地洗菜、生火、煮饭，部分必要的炊事器皿被她弄得叮当乱响。

一个人推门进来，手里拿着一只三条腿的凳子，来找根子。

根子哥在吗？

根子的女人扬了一下头，用手指着，说道，在棺材里躺着呢。

来人扔掉手里的凳子，大惊失色地说道，怎么，又死了一个？短短的一上午，已经死了三个人，这风水可是坏了。

根子的女人说道，他哪里是死了，躺在那里偷懒呢，不想帮我干活儿罢了。

来人走到棺木前，叫道，根子哥——

里面毫无声息。

根子哥，你出来一下——

根子的女人对来人说，柱儿，你趁早把你这个三条腿的东西拿回去，他从来不做凳子椅子的，他不起来，就说明他不想做。你看见没有，他只喜欢做有盖子的东西。

柱儿说，我家里只这么一张凳子，明天有客人来，不修好了，让人家往哪里坐呢？好歹再给我补一条腿吧。

你问他吧。女人说。

柱儿又伸手去推根子。那一位一动不动，脸上停留着一种尴尬无奈的笑容。女人过来后，发现根子已绝了气息。

杜儿来到街上，一路上狂呼乱喊：不好了，又死了一个。

……

这年冬天的时候，经别人介绍，木匠王全根的女人田翠翠终于遂心如愿地改嫁与一个力大无穷的男人。那个人叫牛黄，光棍，四十多岁。大田翠翠八九岁，由于长着一身青紫色的皮肤，牛黄又被人称之为“大紫牛”。牛黄擅于在喜庆的民间节日里打鼓，更擅于维持秩序。

一个雪过天晴的冬日的上午，精神饱满的田翠翠围着牛黄送给她的一条长长的绛红色的围巾，与牛黄一起出门远行。牛黄父母双亡，只有一个姐姐。姐夫徐立本是警察局里的一位小头目。随着岁月的流逝与年龄的增长，升迁与嘉奖与徐立本已相错而过，彻底无缘了。

牛黄带着田翠翠来到姐姐家的时候，姐夫徐立本正在家里养伤，脖颈上吊着白色的绷带，脸上涂着明亮的清凉油膏。几天前的一个朔风凛冽的早晨，徐立本被修文师范学校的一群叽叽喳喳的女学生抓破了脸皮。女学生们的指甲又长又尖，有的还涂着美丽的蔻丹。在涌动的人潮之中，徐立本率领的十数名警察，仿佛泥牛入海，相互之间音讯不通，难以照面。

徐立本微微侧起头，对初来乍到的田翠翠说道，那些不懂事的丫头们，又喊又叫，把我当成是她们的仇人了。

田翠翠打量着家里的陈设，对徐立本说，姐夫，你们不是有枪吗？

徐立本说，有，我们都有枪。这年头，没有枪还能活出个人样子么。

几天后的一个中午，徐立本接到命令，奉命去刘伶酒家逮捕一个名叫叶天水的人。徐立本拿着叶天水的一张照片，端详了许久，觉得从前似在哪里见过，但又想不起来。午后，天空十分晦暗，接着又飘了一阵雪花。徐立本带着几个人赶到刘伶酒家以后，看见有两个酒足饭饱的人正从楼上下来，他们看见徐立本等人之后，忽然停在楼梯上，一个人低声说道：

下面有狗。

刘伶酒家的老板出来招呼徐立本几个人，先上了茶。徐立本对老板说了几句岁月如烟人生如梦之类的话，眼睛盯着那道漆成朱色的木制的楼梯，楼梯上的那两个人与照片上的那个叶天水相去甚远。徐立本踌躇着，心不在焉地端起了茶杯，眼前的情形使他感到比较棘手。

楼梯上，一个白脸的人划火点烟后，对着窗户吐出一串长长的烟雾。白脸的人对另一个人说，老康，你先跑。

那个人说，不，还是你先跑。

白脸的人说，咱们一起跑。

两个人醉醺醺地东倒西歪地从陡直的楼梯上走下来，门外响起一阵急促如水的汽车喇叭声。那两个人互相搀扶着，出了门。汽车上走下一个人来。徐立本迎上去。

那个人对徐立本说，怎么样?

徐立本说，根本没有。

照片搞错了，你手里拿着的不是叶天水的照片，是汪先生的内弟。来人说着，打开公文包，取出另一张照片，对徐立本说，这才是真正的叶天水，看清楚了。

徐立本接过照片看了一阵，跺着脚说道，这是怎么说的，人家已经走了。

叶天水就是那个白脸的人。他们在午后漫天飞舞的雪花里东躲西藏。一些身影漆黑的垂暮之人坐在沿街的那些狭长而阴暗的门洞里，有的捻毛线，有的闭着眼打盹。几个人肩上扛着粮食，急急如丧家之犬。

傍晚的时候，他们找到了一个名叫四姑娘的女人。外面的雪越下越大。

其时，四姑娘正在屋里熨烫衣服，团团白气使她的脸变得湿润而鲜艳。叶天水和老康进来的时候，四姑娘从湿气中抬起头来，朝他们笑了一下，又对他们说道：

饭在锅里，你们自己吃去。

老康拿起一件桃色的绸衫，仔细看了一阵，对四姑娘说：

还是你这里暖和。

叶天水说，我们不想吃饭了，我们喝多了酒，想吐。

四姑娘说，吐吧。

叶天水推着老康走到洗手池前，叶天水对老康说道：

老康，你先吐——

老康闪身站到后面，对叶天水说：

你先吐——

叶天水说，我不着急。

老康说，要不，咱们一起吐？

……晚些时候，一位穿红色毛衣的、二十七、八岁的少妇推门进来。少妇住在隔壁，邀四姑娘去帮她挑选一件衣料。四姑娘放下自己手中的活儿，与她一同出去了。

四姑娘在这个漫天飞雪的冬日的夜晚里，看到了一个鬼鬼祟祟的商人。是少妇的一位姑夫。商人随身携带着大量的柔软而美丽的衣料与织锦，他的目光在灯下看上去淫邪而放荡。少妇忧心忡忡地对四姑娘说：

人人都说我不适合穿绿色，可我就喜欢这种颜色的料子。

四姑娘对她说，在你这个年龄，穿什么都好看，喜欢就留下。

少妇展开一件衣料，裹到身上。之后，又放下，再展开一件……

商人对四姑娘说，太太所言极是。

少妇埋怨道，姑夫，你说什么呀，人家还没结婚呢。

商人急忙躬身作揖，向四姑娘赔礼道歉，他的声音听上去像一只暮归的绵羊。四姑娘说，这有什么得罪不得罪的呢，太太、小姐，不都是女人么，分那么清楚干什么呀。

少妇对四姑娘说，四姐，我看将来谁敢娶你，你真是个……

少妇的丈夫叫彭义，是大丰银行里的一名职员。一年后，他们生下了一个孩子，取名彭修儒。彭修儒最喜欢的玩具是算盘，这使彭义感到十分费解，时常嘀嘀咕咕。少妇对彭义说，这有什么奇怪的呢，一点儿也不奇怪，谁让你在银行里做事呢。他要是不喜欢玩算盘，那才叫真正的奇怪呢。彭义听了，感到妻子的话不无道理，便一概释然，买了十几只大小、颜色都不尽相同的算盘给孩子玩儿。屋里的墙上、地下，到处都是算盘，黑的白的，乌木的，塑料的，稀里哗啦的声音昼夜不绝于耳。

又到了秋风四起的时候，大丰银行里的一名襄理突然携大量巨款潜逃，下落不明。之后，与彭义在一起的五、六名职员都被解雇回家。在此期间，因为孩子的问题和收入的问题，少妇与彭义先后大吵过几次，小吵小闹不计其数。一开始的时候，他们每天上床后都背对着背睡，互不理睬。后来，少妇提出要与彭义分开睡，彭义答应了，自己在外间支起几块木板，铺了一只棕草垫子。少妇每天早出晚归，打扮得像只鸟一样，有时甚至彻夜不归。

这期间，彭义在马路边卖过一段时间的金鱼。身边摆着大大小小的十几个水盆，彭义一边守株待兔，一边看着金鱼们愉快的身影在水里不断地游来游去。彭义每天都能或多或少地卖出一部分，但他不会饲养，没有几天，剩下的那些没卖出去的金鱼便都相继死光了。

此后，彭义不再卖鱼。他找来一本《笑林广记》，一本《笑谭》，每天从书中摘录出一些古代笑话或幽默故事，向报纸投稿。这样的内容，报纸上几乎有稿必发。彭义开始有了收入。慢慢地，他同时为三四家报纸提供笑话，收入比先前更为可观。有时候，彭义自己也能编一些笑话或小幽默。他的一度以来苍白消瘦的面容渐渐地有了血色，晚上睡觉的时候也不再失眠了。

报社里有一个人叫顾恺，是负责文摘和和笑话专栏的，彭义与他打交道最多。顾恺这个人出手大方，看上去比较有钱。彭义与他单独在一起喝过几次酒以后，两人便成了莫逆之交。顾恺对彭义的不幸的婚姻非常同情，他常劝彭义说，离了算了，名存实亡，天涯何处无芳草，凭你这样的幽默大师，还怕找不到老婆吗？

顾恺时常把一些各种各样的长短不一的纸条交给彭义，让彭义送到一些地方去。有时候是城门洞里，有时候在某一座庙里的某一只香炉下面。顾恺不说，彭义也从不问那些纸条是干什么用的。顾恺时常对彭义慷慨相济，彭义极少接受。彭义对顾恺说，我又不准备结婚，要那么多钱干什么，我看见钱就头晕。

顾恺的那些纸条像是一些简短的电报，通常的内容是：

姨夫病重，速归。

或：

三妹由老家来，携翠瓶一只，七日到达。

或：

六哥腹泻不止，整夜盗汗，速请周大夫来。

或：

宝姑出嫁，需红绸数丈、青纱两匹。云老板有货。

有时候是一幅简单的画，有时则纯粹是一张白纸，上面不见任何言语。

彭义在一个阴雨连绵的午后，死于送信的途中。警长徐立本带着几名警察赶到之后，从彭义的上衣口袋里翻出一叠薄薄的稿纸。上面有彭义自己独立撰写的几则笑话，还有一条有关列夫·托尔斯泰的名人轶事。徐立本冒雨看了半天，急得抓耳挠腮，不知所云。

……

冬天里一个晚上，牛黄与田翠翠在睡梦之中被人叫醒。他们点亮灯，外面站着三四个人。有一个人穿着灰色的棉大衣，有一个人腰间勒着草绳，打着一支手电。他们对牛黄与田翠翠说，老乡，你们翻身了，从今以后再没有人剥削压迫你们了，你们该扬眉吐气了。

牛黄斜披着一件衣服，迷惑不解地说道，谁压迫我了？没有人压迫我啊，谁敢欺负我？你们瞧瞧，我老婆的肚子都大了。

那个穿灰色棉大衣的人掏出一册簿子，有人拿手电照过去。穿灰色棉大衣的人看了一下，对牛黄说，你是叫牛黄么？

旁边有一个人说，是的，他就是徐立本的小舅子。

穿灰色棉大衣的人对牛黄说，徐立本是一个不地道的家伙，你当然和他不一样了，是不是？我们相信你。

旁边一个人说，这是叶县长。

牛黄与田翠翠急忙给穿灰色棉大衣的人鞠了一躬，说，叶县长，我会打鼓。有用得上我的地方，我一定效力，我只有这一身蛮力气，留着它干什么用呢。

田翠翠对牛黄说，你还不快打去？

穿灰色棉大衣的人笑着说，现在不用打，等过两天。

说完，他们转身离去。牛黄与田翠翠站在屋门口，目送着他们。田翠翠听到那个打手电的人边走边对那个穿灰色棉大衣的人说，叶县长，您真有办法，两下就把他们给发动起来了。

过了一天以后，牛黄与田翠翠分到了两间房子。那是一个挺大的四合宅院，共有六七户人家分别住进了东南西北的房子里。院子里有花坛，四周是铺着青砖的甬道。长长的雨廊，还有一口井。住在西厢房的一户人家的一个小孩蹲在门前撒尿。分房的那个人对西厢房的住户说道，成何体统，没见过你们这样的。

牛黄问分房的人说，这原来是谁的院子？分房的人回答说，不用打听是谁的。现在分给你，就是你们的了。

街上堆着许多的东西：有雕花的木椅、香炉、绸缎和粮食，还有许多精巧可爱的小摆设；还有吃饭用的桌子，打牌用的四方桌、毛毯、梳妆台、螺钿大床、马靴、皮鞋、钟表……牛黄与田翠翠一路浏览着。田翠翠怀着身孕，走得很慢。田翠翠对牛黄说，咱们要那块绿毯子吧。牛黄说，你懂什么。田翠翠说，我喜欢那个一人多高的穿衣镜。牛黄说，看见没有，虎皮，那是一块真正的虎皮，就要它了。

第二天一早，牛黄顾不上吃饭，去找那个穿灰色棉大衣的人。牛黄说，叶县长，我们商量了一夜，我们想要那张虎皮。

穿灰色棉大衣的人对牛黄说，你这样做很不好啊，非常不好，怎么能想要什么就要什么呢。北京还有一座紫禁城呢，我们能要么？南京还有一个总统府，我们能要么？不能。要等待分配，轮到什么就拿什么。

牛黄说，不知那张虎皮分给谁了？

叶县长说，我也不清楚。

忽听外面一阵吵闹，原来有几个人正在争夺一个巨大的座钟。有两个人抄起了棍子。牛黄出去看时，见一个人的头上流出了鲜血。牛黄急忙冲上去，说道：

小妇养的，动了兵器了。

很快，有人过来平息了吵闹，座钟仍被放回原处，钟摆一阵乱晃。

新任县长叶天水这天黄昏的时候来到外面，遇到一个穿着山羊皮坎肩的风尘仆仆的少年。少年向叶天水打听一个名叫慕飞的人。叶天水说，慕飞在统战部工作，你找他干什么？少年没有说话，转身向暮色中走去。

叶天水望着少年远去的背景，眼前忽然浮现出《小五义》里的某些动人的场景。

秧歌

许多身临其境的人都记得，一九五〇年春天，在先驱广场上率领数百名披红挂绿的妇女载歌载舞的那个美丽的姑娘，叫于莉。作为文昌师范大学里的一位品学兼优的学生，于莉在毕业之后，留校做了音乐教师，致使学校里众多的男教师趋之若鹜，各怀心事。

一个星期六的傍晚，于莉与陶玉琢的恋情突然败露。陶玉琢是师大艺术系的教授，是四个孩子的父亲，他的妻子在一所中学里任教。事情发生之后，陶玉琢被勒令离开文昌师大，到他妻子所在的那所中学里执教去了。

陶玉琢临走前收拾行李书籍的时候，于莉去送他。陶玉琢说：

我的小姐，事情闹到这种地步，你还来找我，还嫌不够么？

于莉盯着陶玉琢看了一阵，然后从里面出来。于莉已被勒令离开艺术系，到师大图书馆，做了一名图书管理员。

星期六下午，历史系教师孙维平感到百无聊赖。文昌师大的校园里有一片疏朗而碧绿的树林。孙维平走到那里以后，突然看到脚下似有人躺过，还有两条清晰的辫子的印痕。孙维平蹲在那片痕迹前看了一阵。不久，他回去叫来了他的好友、政治系教师钱志坚，两人蹲在那里又研究了半天。午后的斑驳的树影摇曳在他们的脸前、身上。孙维平问钱志坚说：

咱们学校里谁梳着辫子？

于莉。钱志坚不假思索地说道。

这就对了。

孙维平说着，情不自禁地笑了起来。钱志坚不解地问道，你笑什么？

真是太好了，伙计，今晚我请你喝酒。孙维平拍着钱志坚的肩膀说道。

……几个月来的幽暗而封闭的图书馆岁月，使于莉渐渐地沉湎于另一个世界之中。通常情况下，于莉总是不声不响地穿行在那些布满蛛网与尘埃的典籍之间。一度，她忘记了时间与昔日的歌舞，整日置身于图书馆红色的砖墙之中，她开始撰写一本名为《息壤》的书。

她的妹妹于虹多年学习绘画，先驱广场上的青石雕塑，就是于虹与她的绘画老师石涛共同完成的。几年后，于虹带着自己的孩子，去文昌师大看望姐姐。于莉穿着一身黑衣服，从光线幽暗的图书馆里走出来，外面刺眼的阳光显然使她感到难以适应，她缓缓地举起一只手挡着光线。于虹含泪望着不远处的神态安详的姐姐，推着自己的孩子说道，快，叫大姨……

文昌师大图书馆馆长杨深，是一位拄着拐杖的行动迟缓的老人，在于莉的面前，他如同一位仁慈而宽厚的祖父。少年时代的杨深，因为与表妹一起偷读父亲的《西厢记》，而被父亲发觉后严加拷问、鞭挞，并打断了一条腿，从此落下了终生的残疾。平日里，杨深极少让馆内的人打扫灰尘，在他看来，图书馆就应该是那个样子，蛛网与霉味是它的有机的细节。杨深常对于莉及其他别的人说：

书籍是什么？不过是历史的尘埃而已，是往事之网。

一个漆黑的雨夜，有人敲响了杨深的窗户。杨深披衣开了门，一个人仓皇失措地滚进屋里。灯光下，杨深惊异地看到眼前这个浑身泥水的人竟是自己昔日的一位旧友，传说他早已死去，现在却又突然冒了出来……

来人抖动着湿漉漉的衣服，气急败坏地说道，看什么，不认识了吗？

杨深说，朱守谦，你不是早就死了吗？你可别来吓我。

我死了，还能跑这么远来找你吗？朱守谦说着，脱下身上的黑缎马甲，扔到地上，又抓起桌上的茶杯，一饮而尽。杨深扔过一条毛巾，朱守谦胡乱擦了几下，转身对杨深说，你这只“绵羊”，过得很安逸么，比我强多了。

“绵羊”是杨深昔日的绰号，现在由朱守谦的口里说出来，使杨深深为感动，恍若隔世。杨深问朱守谦道：

你从哪里来？

朱守谦说，你这里安全吗，能不能让我在此躲一阵子？

杨深说，出了什么事？

一言难尽。朱守谦说。我一旦被人抓住，就没命了。

杨深说，你是一个大活人，你以为你是什么？你要是一只书虫，或者一个标点符号，我可以把你夹到任何一本书里，保证谁也查不出来，谁也休想找到你。

有人问起时，你就说我是你的表弟，是专程来看你的。朱守谦献计道。

杨深说，眼下，到处都在抓什么“表弟”“表妹”的，这种身份已经被人用滥了，万万使不得……你到底造了什么孽？

第二天，雨过天晴。

逃亡地主朱守谦，大模大样地从图书馆里出来，身着黑缎马甲，手里拿着一本书，像一位秃顶的教授。来来往往的学生中，并没有人注意他。朱守谦庆幸之际，感到悲哀，我太不起眼了，像一只蚂蚁。这样想着，他走出文昌师大的校园，不禁又松了一口气。

在途经一条小街时，朱守谦遇到了一支扭秧歌的队伍。男女老幼，尽情欢笑。朱守谦踌躇了片刻，立即混入其中，跟在后面扭了一段。他的肥胖的摇摇晃晃的身体，引得在一旁围观的几个孩子乐不可支，前仰后合。

这天傍晚时分，趁着冥晦的暮色，逃亡地主朱守谦从秧歌队伍中急流勇退。随后，他来到一条河边。四下张望之际，朱守谦看到河边有一个洗衣服的女人。女人后来洗完衣服回家的时候，朱守谦跟在她的后面，一直到了她家。女人晾衣服的时候，朱守谦出现在她的面前。

朱守谦说，大妹子。

女人闻声向后退了一步，展开一件湿衣服，问道，你找谁？

朱守谦说，李老弟在家吗？

女人说，你是谁？

朱守谦说，我是他的朋友，专门看他来的，他不在吗？

女人说，出去了，很晚才回来。

朱守谦叹道，真是不巧，不知他去了哪里，我能等他一会儿吗？

进屋吧。女人说着，展开一件衣服后搭到面前的绳子上。

女人端着洗衣盆走进屋里，朱守谦在后面也跟了进来。屋里有一张桌子，几只凳子。女人倒了一杯水，递给朱守谦。

朱守谦说，大妹子今年多大了？

三四十。女人说。

好年龄，好年龄，朱守谦说着，端起杯子，吹去上面的茶叶。

女人说，您在哪里发财？

朱守谦苦笑着摇摇头，说，什么发财不发财，不过是鬼混罢了。

女人说，您不是本地人吧？我从未听我们家李贵说起过。

朱守谦说，他哪里会记得我，倒是我这个做哥哥的，时常想着他。

女人闻听，充满感激地朝朱守谦笑了一下。之后，又对朱守谦说，您先喝茶，我这就弄饭，饭一会儿就得了。

这天半夜时分，女人忽然领着一群人从外面推门进来——朱守谦根本不知道这个女人是什么时候出去的，连续多日的逃亡使他疲惫不堪，鼾声如雷——朱守谦被人从睡梦中弄醒，惊得睡意全无，身体抖成一团。

女人指着朱守谦，对领头的一个年轻人说道，就是这个人，这个老不死的东西，我刚躺下，他就过来摸我。

领头的年轻人用一种十分严肃的神情问女人说，他摸你哪儿了？

女人伸手指指自己的胸前和下身，说，这儿，还有……她忽然红了脸，说不下去了。低头呜呜咽咽地哭起来，边哭边说：

还说是我们家李贵的朋友呢，哪儿冒出来的这么一个朋友。

领头的那个年轻人对朱守谦说，你，怎么回事？你是什么人?

朱守谦的脸上此时早已渗出一片细密的汗珠，他对女人说道：

大妹子，这话是怎么说的，我怎敢摸你呢，我什么时候摸过，我摸你……

领头的年轻人忽然打断朱守谦的话，说，还摸？问你是干什么的？

旁边有人说道，一看就不是个好东西，肥头大耳的，没准是个逃亡的恶霸地主。

朱守谦跪在地上，叩头捣蒜地说，千万别误会，我真的是李……贵的朋友。

女人这会儿已经不哭了，擦干眼泪，对领头的那个年轻人说：

柳生，你把他带走吧。

年轻的司法助理员柳生，这天晚上兴奋不已，对于逃亡地主朱守谦的捕获，使他辗转反侧，夜不能寐。新调来的公安科长陈士廉是一个严肃而古板的人，柳生十分怕他。值此机会，柳生感到自己正在渐渐向陈士廉靠近。第二天天一亮，柳生去上班，陈士廉果然表扬了他。

有一天，柳生去上厕所，正遇公安科长陈士廉也在里面。陈士廉用一张手纸捂着鼻子，蹲在那里。柳生进去后，没话找话，硬是搜寻出一些话来。柳生问道：

陈科长，您也在这里尿呢？

陈士廉“嗯”了一声。他不提防有人对他说话，看了柳生一眼。此前，他的目光一直望着窗外，那里有一棵树。

柳生又说道：

这厕所真不卫生，污水横流。

嗯。陈士廉点点头。仍旧捂着鼻子，但不再向窗外看了。

柳生系好裤子后，慢慢吞吞地转过身，对陈士廉说道：

陈科长，我尿完了，我先走了。

柳生说完话之后，看见陈士廉朝自己翻了一个白眼，便急忙出去了。

这个父母早亡的年轻人从小羡慕那些衣着体面、脸色红润、动不动就要撒娇的同龄的孩子。但他自己不但无娇可撒，还常常衣不蔽体，饥肠辘辘。他的祖父将他抚养到十二岁以后，也去世了。谁都说柳生是个苦命的孩子。参加工作后，他十分卖力。经常有一个叫陶澜的姑娘帮他洗衣服、买饭。陶澜是一个很漂亮的姑娘，上过中学。有一天，陶澜像往常一样帮助柳生洗衣服，柳生心绪不宁地在陶澜的身边走来走去。最后，他终于停下来，红着脸，吭哧吭哧地对陶澜说道：

陶澜，等将来咱们结了婚。你不用动手，所有的衣服都让我洗。

陶澜拍打着手上的白色的泡沫，惊异地看着柳生，她说：

你说什么呀，你想到哪去了？我怎么会嫁给你，这太荒唐了。

柳生说：你为什么老要帮我？

陶澜说，我是看你可怜，孤身一人，你怎么会那样想呢。

柳生低下头。过了一阵，又猛然问道，你要嫁给谁呢？

肯定不是你。陶澜说。

这年夏天的时候，柳生跟随公安科长陈士廉去岷山一带剿匪。在清河，柳生饮弹身亡，时年十九岁。

消息传来之时，陶澜暗中流了一次眼泪。这个自幼在殷实之家中长大的姑娘，此前并不知死亡为何物。突然间一个常见的人从身边走开了，像是告了长假，出了远门，且事前并无任何的暗示与说明，一走了之。

不久，另一个人闯进了陶澜的心中。那个人叫夏津，三十岁左右，刚从前线战场上下来，接替了陈士廉，成为第二任公安科长。夏津十二岁参军，十几年来历经过无数次不同意义的战斗。陶澜为夏津画过一张半身肖像画，但不知夏津是否满意。陶澜问夏津时，夏津说很好。这以后，他们在“三·八”妇女节这一天，举行了婚礼。婚礼上，一群人吃了一头半大的猪。作为新娘的陶澜，看上去漂亮而妩媚，被前来参加婚礼的人们揉搓得上气不接下气。

婚后的一段日子，甜蜜而宁静，柔情似水。一天傍晚，夏津从外面开会回来，透过窗户上红色的喜字，夏津看到屋里除了陶澜之外，尚有另一个黑影。夏津掏出枪，对准那个黑影开了一枪。夏津听到了一声短促而凄楚的哀鸣。夏津走进房里，看到对面的粉墙上有一摊猩红而燥热的血迹。陶澜正安详地坐作床边织毛衣。

夏津收好枪，走过去对陶澜说，我没伤着你吗？我看看。

陶澜抬起头，说，你说什么呀？

我是说，我刚才开了一枪，我以为伤着你了。夏津说着，目光从陶澜的身上移开，在屋里四处打量着。那摊猩红而燥热的血迹又一次进入他的视线中，夏津转过脸来。

陶澜一边继续织毛衣，一边对夏津说，别吓唬我，我怎么没听见？

怎么可能呢？那么响的一声，我以为你早被吓软了……夏津神色狐疑地重新拔出枪来，枪口热烘烘的，仍有硝烟的气息。夏津把枪伸到陶澜的面前，对她说道：

你摸摸，你摸，还热着呢。

陶澜伸手摸了一下枪管，立即缩了回去。

她不解地问道：

出了什么事？

我看到一个黑影……夏津说着，伸手指着对面粉墙上的那摊猩红而燥热的血迹，让陶澜看。他问陶澜说：

那是谁的血溅到了墙上？

陶澜朝对面的墙上看了一眼，忽然笑出了声。陶澜对夏津说：

亏你还打了十几年的仗，那哪是血，那是结婚那天，人家送来的一幅囍字，后来房子漏雨，雨淋了。明天，你该上房去看看，这房子，一下雨就漏，你又总不在家。

夏津走过去，在墙上抹了一下，感到手中一片潮湿。

陶澜放下毛衣，对夏津说，过来试试你的毛衣，前后一共用了二斤多毛线呢，就快打完了，剩一只袖子了。

……

一九五〇年四月十二日深夜，公安科长夏津突然从睡梦之中哭醒。陶澜翻身过来，搂着丈夫颤抖的身体。夏津对陶澜说：

有一个黑影，总在我的身边徘徊，我终于抓住他了，你来看看——

陶澜翻身起来点亮了灯，又下床倒了一杯水给丈夫。这时，夏津从床上坐起来。陶澜无比惊愕地看到夏津的手上沾满了淋漓的鲜血。她手中的杯子突然坠落到床前……

这年夏天以来。夏津的健康状况极度糟糕，陶澜四处求医问药。经常有人来看望病中的夏津，夏津的病容使所有的人都感到难以置信。夏津手下的两个士兵带着泥灰与工具，修好了他们的漏雨的房子。整个夏天以来，他们的房子一直安然无恙，再没有漏过一滴雨。陶澜刮去了墙上的那一摊使夏津惴惴不安的红色的遗迹，由于找不到粉刷的石灰与白粉，陶澜就在那片露出墙皮的痕迹上贴了一张风景画，画面中的小桥流水烟雨迷蒙，一枝鲜艳的红杏伸出墙外……

闲暇之时，陶澜坐在床边，为病中的夏津读书，读《红楼梦》，读《淮阴侯传》，读《刺客列传》和《水浒全传》，读贺知章和苏东坡的诗词。读着读着，夏津就睡着了，帐幔里传来他灼热的呼吸之声。陶澜把书页折起，合上书，轻轻地离开床前，开始准备午饭或晚饭。有时，她会面向坠落的夕阳，长久地出神。

到了秋天的时候，夏津的身体开始渐渐恢复如初。夏津不顾别人的劝阻，每天半天工作，半天在家里休息，时常帮陶澜洗一些衣服。从春天的时候开始，陶澜已有了身孕。度过了最初的那种恶心、呕吐的阶段之后，她的身孕越来越为明显。像所有怀孕的女人一样，陶澜也毫无例外地在这个时候变得呆头呆脑的，松松垮垮的，嘴馋，身心慵懒而易睡。

这期间，陶澜的母亲时常来看望女儿。那是一个长相比较富态的白白胖胖的老太太，常穿一身干净而柔软的绸衣，言辞宁静而缓慢。除了女儿陶澜之外，她还有一个儿子，叫陶泓，是陶澜的弟弟，他的孩子已有四、五岁。老太太日常领着孙子来看望陶澜，那个孩子到处乱跑。有一次他侧耳听到一阵淅淅沥沥的声音，迷惑不解地问道，哪里有水声了？陶澜对他说，你姑夫在上厕所呢。

眼下，陶澜的弟弟陶泓，正在一个学习班里接受训练。不久，他们将作为工作队队员，分别被派往各地。

战后的农村，与陶泓臆想中的田园相去甚远。他们出发后的第三天中午，一名姓赵的工作队员，便在清水河一带遭到了暗杀。

暗杀的手段是无情的，并带有某种原始的意味与色彩。姓赵的工作队员被人用尖利的石头与棍棒消灭在一条阡陌之侧。其时，附近一带的村庄里人影飘零，鸡声四起，天空微微发红。那些能够置人于死地的尖利的石头，与古墓里出土的远古祖先们所持用的劳动工具和生活资料所差无几，形同嫡系的子孙。

大路朝天，各走一方。一辆辆铃声作响的马车，将这些年轻的工作队队员分别疏散到四面八方，三乡六镇。在低垂的天空下，在鸡犬之声相闻的村庄里，那些一世贫苦的佃户与雇农，都抄着手，站在村口或漆黑的屋檐下，眺望远道而来的马车，迎接那些背着行李与书籍的陌路之人。短短的几天之内，飘扬在村中的一条条红色的标语使他们无比着迷而彻夜难眠。他们一知半解地聆听着一些道理与消息，匆忙的、不求甚解的迫切心理，使他们对于牲畜与农具的关系产生了狐疑与动摇。处于宣传与讲解中的土地，提前在他们的臆想中开出了花朵：碗大的花朵，像酒杯一样雪白的花朵，像女人的红唇一样芬芳瑰艳的花朵，都在这一年之间争奇斗妍，迎风颤抖。嗷嗷待哺的孩子与大小不一的南瓜同时破土而出。一些拉犁驾辕的牲畜，纷纷被冠之于人的名字，“陈仓之驴”“皇甫玉荣之牛”“张三之马”……身为佃农之妻的女人们，在牵着到手的牛马回家的途中，春水泱泱，腿部与贴肉的衣裤，不断被涌起的激情所濡湿，云鬓蓬松，乳峰坚挺而颤抖不止……到处可闻呼儿唤女的声音。笔直的炊烟，像蒸汽一样雪白的炊烟，像黄沙一样茸厚的炊烟，在平静的屋顶上空左右牵连，互相攀援，一同随风而去。

白猪与黑狗在村中尽情狂奔，四处乱窜。

工作队队员陶泓住在基干民兵武润发的家里，武润发有一个四岁的孩子和一个七十多岁的老父，那一老一少每天在门前晒太阳，看一动不动的云彩，看飞翔的鸟。武润发的妻子张秀珍用一根绳子把淘气的孩子拴住，绳子的另一头则系在老人的腿上，这样，孩子便不至于跑远。一老一少都拴在一根绳子上，互相牵制着。老人常在昏睡之时，被疯跑的孩子用绳子突然拽醒，老人伸手拉动绳子，孩子便不由自主地移动过来。老人一边拽绳子，一边自言自语地说道，过来，过来，你我都是一根绳子的蚂蚱，跑不了你，也蹦不了我。

一天上午，这个四岁的孩子与另外两个差不多大小的孩子一起拿着棍棒，向老人冲来。其时，老人正在昏睡，几个孩子一阵乱棒，将老人打倒在门前。另外两个见势，立即逃之夭夭。

武润发与陶泓开会归来，看见了昏死在地上的老人，急忙抬回屋里。鼓捣了好半天，老人才渐渐睁开眼，缓过一口气来。

武润发对孩子说，他是你爷爷，你不知道吗，你敢打他？我都不敢打。

孩子说，他老骂我，拿绳子拽我。

张秀珍笑着对陶泓说，陶同志，你看看，这真是牛吃了赶车的。

张秀珍的笑声使陶泓多少感到有些不大舒服。这个女人，自己的孩子打了年老的公公，她显然十分开心，她的喜悦之情虽然经过了必要的抑制，但仍然不时会流露出来。在接下去的整个做饭的过程中，陶泓有好几次看到她独自站在锅灶前，一边切菜，一边偷偷直乐。

老人在里间叹道，冤孽啊。

这天晚上，基干民兵武润发在巡逻的过程中，手中的步枪不慎走火。周围一些听到枪声的人，一度乱作一团，有人赶着猪，抱着被褥从家里跑出来。

其时，地主王汉正在院子里急得团团乱转。王汉的三个老婆在屋里扭打成一团。王汉听到了她们相互揪头发、撕扯衣服的声音。他隔着门缝瞧了一阵，二太太伸出一只雪白的利爪，将大太太的一串项链扯了下来，珠子散了一地，大太太的脖子上被勒出一道筷子粗细的红印。三个女人都穿着袜子，二太太的脚上只有一只鞋，另一只鞋被三太太抢在手里，在她的头上一阵乱敲……王汉急忙走开，来到下房里，他的雇工古大年正在里边吸烟。王汉让古大年挑一件他最中意的东西，然后速速走人，以后再不用来上工，往日的一切全都一笔勾销。古大年对王汉说出了自己的想法，古大年羞羞答答地说自己想要的是一个人，不是什么东西。王汉问他想要谁？古大年吞吞吐吐地说出了三太太陈文娟的名字。王汉听了，愣了半天。古大年这个东西，我操他娘的，居然还有这份心思。这不能不让他感到吃惊。王汉想了一阵，对古大年说，这会儿她们闹得正凶，这事得等她们闹完了再说。不过，我先答应你了。除三太太外，还有两个女人，你要是喜欢，可以再挑一个去。给我留下一个就够了。古大年对王汉说，东家，政府规定一个男人只能娶一个女人，我要两个干什么？你这不是成心让我吃官司么？再说，我也养不起她们两个，她们每天往头上抹的油比我一年吃的油还多，再说……

这天晚上，古大年给东家的几只水缸里挑满了水，便出去找自己的一个朋友。——王汉去工作队那边探听消息去了，走时手里拎了两个红纸包。二太太先在屋里洗头，之后又嚷着要洗鞋。大太太隔着窗户骂道：

洗完了就能放到案上卖了。

二太太披散着一头湿漉漉的头发，对大太太说道，你这会儿上火也是白上火，总归没人要你，你自己动手吧。

古大年挑满水，抄起一柄扫帚在院子里轻描淡写地划拉了一下，然后在她们的对骂声中走到街上。沿街贴着告示和标语，有两个人认真地在那里看着，口中念念有词。古大年慢慢地蹭过去，问道，上面写的什么？是不是又要开仓放粮了？那个人说，看见没有，桂永祥让逮住了，他躲在人家的厕所里，正好有一个女人提着裤子进来，发现了他。旁边一个老头说道，都是一阵瞎扑腾，他扑腾了那么多年，积攒了那么多钱，这不都完了么。那个人说，人家好活了那么多年，你怎么不说？老头说，好活？好活就是难活，难活也就是好活。

古大年来到常桂元的家里时，常桂元正在收拾几件农具。常桂元分到了八亩地、一头牛，还有一辆独轮车。古大年告诉常桂元说，王汉已答应将三太太陈文娟送给他了。古大年走到那头牛前，伸手摸了一回，对常桂元说，过两天请你喝喜酒，我想尽快把她弄过来。常桂元听了，瞪圆了眼睛，说，你真是个猪脑子，让人卖了还帮人数钱呢，眼下是什么世道？陈文娟是什么人？你让工作队的人怎么看你？王汉这是搬着石头往你身上压呢。古大年说，这事不怨东家，是我先提出来的，看他那样子，还舍不得出手呢。

常桂元说，什么好货？让他留着就是了。你趁早别要，你懂不懂，你娶了她，就等于跟地主穿了一条裤子，就不再是贫下中农了。

古大年吓了一跳，说，有这么严重？

常桂元说，弄不好，我们还得斗你，牵着你和那个女人一起游街示众，让你也风光一回。

古大年说，你是在吓唬我吧？

常桂元说，我忙得很呢，我这牛，眼看就要下犊子了，连个圈还没有。

夜里，古大年回去的时候，王汉已提前到家了。古大年看见王汉的脸色很不好看，坐在那里直喘粗气，便没敢直说不要三太太陈文娟的话，只是转弯抹角地说了一阵。但王汉还是听出来了。王汉气呼呼地对百大年说道：

不要就算了么，我又没逼你，当初也是你自己提出来的，这会儿倒好像是我拿着圈子让你往里钻。那是什么？那是一个大活人，一个如花似玉的女人，又不是六月里的包子。

古大年说，东家，我可没说她是六月里的包子，我只是……

王汉打断他的话，说道：

你别再说了，我知道你，你是瘦猪哼哼，肥猪也哼哼。

……地主王汉这天晚上去工作队，可谓出师不利。工作队里有一个戴眼镜的、伶牙利齿的小青年，说起话来呱呱叫，一套一套的。王汉临来之前事先想好的那些话全都忘记了，他坐在那里只是不住地出汗。他想道，早几年，我的身边要是有这么一个会说话的人，我也不至于败到今天如此的地步。共军里面，不乏能人。他在那时候就想起了他的雇工古大年，这个貌似忠厚老实的家伙，原来一肚子的坏水儿，一条实实在在的狼，竟然打起了三太太的主意。三太太陈文娟不与王汉同床已有许多日子，王汉百思不得其解，不明白她在想什么。陈文娟有一个表弟叫刘忠，在区政府工作。王汉后来想起这一层关系，托人去打听时，才知道刘忠被撤职查办，早已不中用了。

检举刘忠的那个人，叫刘文宝，是刘忠的本族叔叔，曾多年出任大乡的乡长。以后，只要一有机会，刘文宝便在县长叶天水的面前痛哭流涕。此外，刘文宝还把自己珍藏多年的一本书《七巧》交到县政府。县长叶天水对刘文宝说，我以前一直听人说，这书是清人李渔写的，怎么又成了贾未央？

刘文宝说，我也不清楚，也许是他的化名吧，就像搞情报的人一样。

叶天水说，你一共看过几遍？

刘文宝说，没几遍，也就是一两次，我哪有时间呀。那年，有一个日本人不知听谁说我有此书，催着问我要了好多次，我一口咬定没有，到底还是挺过来了。

叶天水说，烧掉。

刘文宝说，烧了好。我在家里也提心吊胆的。

一个雨前的午后，正在家里闭门思过的刘忠，将刘文宝的七岁的小孙子诱拐至一条河边。在那里，刘忠割掉了孩子的小鸡鸡。从此以后，刘忠销声匿迹，下落不明。

有一天，河流下游的几个民兵前来报告，他们在河边饮马的时候，从水中捞起了一具男人的尸体。刘文宝闻讯后，也赶去看了。捞上来的那人是一个身材高大的老头，显然不是刘忠。刘忠的妻子在家里放声大哭，当后来得知死者不是刘忠时，又立刻停止了哭声。

刘忠的突然消失，使这个女人饱受了折磨与羞辱。几乎每隔十几天，她便要被村中的妇女拉去批斗一回。这个有一肚子委屈与难言之隐的女人，胸脯扁平，阴道窄小，与刘忠成亲后，几乎从未尽到过妻子的义务，疼痛使她拒绝一切。但外人哪里知道，每次开会时，总有人将一串破鞋挂在她的脖子上，直到散会方能取下。

她的娘家在一个名叫十二滩的地方。其时，十二滩一带的阶级斗争如火如荼，暗杀与反暗杀紧锣密鼓。经常有人望风而逃，又有人在睡梦之中被突然缉拿归案。一个戴着草帽、在路边休息的人，有可能是一位肩负使命的士兵，也有可能是一名潜逃中的杀手。骑国防牌自行车的人不全是政府职员，有相当一些人心怀叵测，同床异梦。婚礼上猜拳吃酒的来宾中，笑里藏刀者大有人在。一个端庄得体的女人，有可能在最危紧的关头急中生智，突然脱下裤子，使追赶者避之不及，掩面而逃。一个素来温文尔雅的男人，会在适当的时候，对自己的妻儿老小露出原始的狰狞可怖的面目。夜晚中摇摇晃晃的灯笼令人望而生畏，草垛一侧的黑影如同显隐在王府高墙上的冤魂，窗外的窸窸窣窣的裙裾之声，从五月一直响到年底。多年不见的表叔突然前来造访，衣襟下露出明亮的尖刀。疲倦困顿的新郎半夜里从梦中醒来，伸手摸到的只是一只绣花的鸳鸯枕头，身边的新娘早已不翼而飞。白发苍苍的老太太在抚摸自己的寿棺之时，会突然听到从里面传出来的经过抑制之后的轻嗽声……

十二滩的村长薛凤翔从区里开会回来之后，看到一辆满载陶瓷的马车，赶车的是一个赤红脸的男人。车上坐着四五个女人。已婚女人们放肆的言辞与嘻嘻哈哈的笑声，使那条多年来一直荒凉寂寞的乡间大道具有了某种从未有过的生机。薛凤翔背着一只挎包，吃惊地站在路边。马车驶过之际，车上的女人们向路边的薛凤翔招手致意，亲热无比。薛凤翔向后退着，看到她们红唇黑发，脸色白得惊人。不久之后，女人们从车上的瓷碗里摸出一个东西，扔下来。赶车的红脸男人嘹亮地甩着手里的鞭子，满载陶瓷与女人的马车立即狂奔起来，尘土飞扬。

薛凤翔心里惦记着女人们抛下来的那个东西，未等尘土完全散尽，他便开始仔细在路上搜寻。薛凤翔边找边想，准不会是一个抛下来的绣球吧。不久，他找到了那个东西。薛凤翔拿起来看了一眼，立即挨蜇似的扔了出去。

那是一只冰凉的手。中指和无名指上还戴着两枚沉重的戒指。

……

薛凤翔回到家里以后，他的女人告诉他说，村里的大地主白光武上吊自杀了。薛凤翔说，我进村的时候，怎么没听到哭声？女人说，谁哭他？她们巴不得他死了呢。停了一会儿，女人又对薛凤翔说，白光武死得很奇怪，他的一只手不见了，她们给他做了一个布套，不套不行。薛凤翔说，我在回家的路上遇见他的那只手了，我一眼就认出是谁的了。我捡起来又扔了。女人说，说什么傻话，开了两天会，变得像跑江湖的了。手怎么会跑了，又不是他养的鸟。薛凤翔说，我就知道你们不信，不信就算了，就当我没说，就当我看见的是一只鸟。

白地主的暴亡，使村子里的一些家境富裕的人变得惶惶不安，每天天不黑便都插了门。到了晚上，村里村外的狗互相乱咬，声音怪异而无奈。除了巡逻的民兵，街上的行人寥寥无几。许多人都穿起了比较破烂的衣服，一时间，薛凤翔惊讶地发现，自己成了衣着最整洁的一个人。白地主的悬梁自尽，使薛凤翔多少感到有些缺憾。他想，我还没来得及开始，他自己倒先提前动手解决了。

一天早上，薛凤翔遇到白家的一个女人。薛凤翔问她说，那死人真的少了一只手吗？白家的女人说，是缺了一只手，也不知哪去了。薛凤翔说，是不是让人砍掉了？那女人说，不像是砍掉的，倒像是事先拆卸下来的，像一种能装能拆的机关。薛凤翔哦了一声，说，你们要停他多长时间？女人说，还停什么，早就入土了。薛凤翔说，这么快就入土了？怎么没听到一点出殡的消息？女人说，村长，我们也不是那没眼的人。都这阵子了，还抖什么风光，又不比从前。薛凤翔听了，笑着说道，这样好，这样就好，我还就怕你又吹吹打打的，那样，连我这一关都过不了，你们中间还真有几个能省心的人。女人说，我们都是糊涂人，哪有村长的精明。薛凤翔正言道，别奉承我，这话我不爱听，小心我开你的会。

这个叫杜梅的女人向薛凤翔飞了一个媚眼后，急急地走了。薛凤翔站在后面，望着她的背影。薛凤翔想，这个女人，真真让人上火，要不是怕犯错误，我非弄她一次不可。

中午的时候，薛凤翔看见杜梅坐着一辆马车，离开了村子。

马车在晴朗如洗的大道上奔驰。杜梅的怀里抱着一个描金的漆盒，里面装着她的十几副镯子和几乎所有的首饰。一段时间以来，她的肾炎又一次发作起来，白光武的阴魂经久不散，她时常能听到他的由远而近的脚步声和那种沉重的鼾声，甚至他的鼻音浓重的语声。白家宅邸里上上下下的人全都如惊弓之鸟，打扫庭院的人和喂马的人，时常会被一阵突如其来的风吹倒在地，发出凄楚的呻吟。从早到晚，檀香散发着令人抑郁的死亡的气息，银制的烛台与杯盏不断消失，去向不明。

马车驶进城里，杜梅回到娘家。此次进城，一来为了治疗肾炎，二来为了离开紊乱阴森的白家。她的一位因病休学的侄儿杜石生正在家里读一本红色封皮的书。书是一个美国人写的，叫约翰·巴顿。杜梅看见侄儿面色如纸，形容枯槁，知是得了顽症，不免心中一片灰暗。

……六点差一刻，那位神情恍惚的治疗肾炎的大夫准时出现在门外，探头探脑地向两边张望着。他穿着白色的溅有泥点的凡尔丁西裤，脚上是黑色的干涩而起皱的皮鞋，脸上的表情像是刚刚哭过。一段时间以来，这个人的勤勉而虚幻的身影类似某种确凿无疑的消息，杜梅在聆听他的断断续续的话语的时候，时常会涌起一种磕磕绊绊的擦肩而过的感觉。每次到来，他都会用那样一种女人一样羞羞答答的表情，例行公事地询问杜梅的病情：

平均多长时间来一次?

十分钟左右。杜梅回答说。

我告诉你，这可不是什么好兆头。大夫说道。我和我的一名助手，我们两人，合作搞了一本书，主要是关于肾的，胆的部分写得极少，——尽管大多数人的胆都不大好。不过，我的那个助手，她是一个女的，我是说，她的……乳腺，出了一点毛病，使我们的合作突然中断了，从此搞不下去了，那是一本很有意义的书——

时暖时凉的天气，常常使体质虚弱的杜石生整夜整夜地咳嗽，无法入睡，以至于使睡在一墙之隔的杜梅也时常失眠。杜梅问侄儿时常吃些什么药。杜石生苦笑着说道，对于有些病来说，任何药都形同虚设，根本无能为力。杜梅说，我见你常常整夜整夜看书，别说你，再健康的人也得一天天拖垮了。杜石生说，姑姑，今年春天以来，我的咳嗽越发厉害了，我在心里有一个准确的数目，我知道我还能拖多久，别人谁也不会知道。杜梅说，你又乱说了，你小小年纪，日子还远着呢。杜石生说，那又怎么样，就算我能活一百岁、二百岁，就算我著作等身，家资万贯，奴仆成群，德高望重，声名远扬，人见人爱，那又怎么样，不都有结束的那一天么？杜梅听了，半晌方才说道，这样一想，也的确没什么了。杜石生说，正是。

一天下午，杜梅正在熬药，白家的一个伙计突然出现在她的面前。伙计告诉了杜梅一个惊人的消息：白家的那座里外三层的宅院在一场大火中变成了一片废墟，许多没来得及逃出的人，全部被烧化在里面了。着火的时间并不在夜晚，而是在一个中午时分。大火过后，里面只剩下一些被烟熏黑了的瓷器和那些石桌石椅。伙计报出了一长串死亡者的名单。杜梅在伙计悲痛的陈述中恍惚看见另外几位夫人的身体被欢快的火苗舔舐着，衣服与头发从有到无，漆黑一团，婴儿的啼哭与骡马的嘶鸣紧紧地缠绕在油彩泛涌的栋梁之上。坍塌的大厦，是一条中断的道路，每天都令人隔岸相望。送走报丧的伙计之后，杜梅已打定了在娘家常住的主意。她对侄儿说道：

姑姑不走了。

杜石生说，你回不去了。

杜石生的父母——杜梅的兄嫂，此时正在外省的工地上修筑一座横贯南北的水泥桥梁，他们每个月给杜石生写一封信，叮咛他吃药，休息，有时还在信中夹带一两个药方。虽然他们都是设计桥梁的专家，但有时仍会寄一些民间偏方给儿子。久病在床的儿子，使他们夫妻时而信奉科学，时而又完全依赖民间秘方甚至巫术。巫术是带有极大欺骗性和准确性的，他们情愿受骗、中计。杜石生的母亲、桥梁工程师金剑云，时常瞒着丈夫杜林，秘密地会见当地的一些著名的巫师，之后报出儿子杜石生的命相与生辰八字，以及发病症状，听候巫师的裁决。不久，这种秘密的活动遭到了告发，金剑云与尚蒙在鼓里的、一无所知的杜林被调离工地指挥部，进了一个学习班里。学习班里的人让杜林把事情全部说清楚。杜林说，我只想着要造一座坚实耐久的大桥，我忽略了材料的匮乏与资金的不足，我不是一个称职的建筑师。杜林以为是自己在工作中出现了麻烦，他没有想到问题出在妻子金剑云的身上，出在那些当地的著名的巫师身上。杜林不认识那些头戴项圈的人。

告发他们的那个人，叫曹学儒，是工地上的一名技术员，二十多岁。春天以来，曹学儒提出了一系列的设计方案，但都遭到了桥梁专家杜林、金剑云夫妇的无情的驳斥与否定。时值曹学儒内外交困之际，他的在军队里当护士的女朋友忽然爱上了一位身经百战的营长——现在已经是团长了，这使曹学儒感到前景一片昏暗。正在这时，他忽然发现了与女工程师金剑云密切来往的几个巫师。

一个风沙弥漫的日子，天地间一派玄黄。正在学习班里反省自己的杜林、金剑云夫妇，听到一阵脚步声由外面传来。紧接着，门开了，一个人举着一张纸走了进来。杜林、金剑云夫妇二人急忙站起来，掏出了各自所写的检讨。但来人没有说话，把那张纸放下后便走了。

那是一封来自外省的简短而迅疾的电报，只有寥寥的几个字。电文中陈述了少年杜石生死亡的时间，落款一个梅字。

电报是杜梅发来的。

在杜梅看来，侄儿杜石生临终之前与她的一段谈话，是对以往时光的怀念与抚慰，它的形式犹如一部书中之书。那天晚上，杜石生第一次抱着自己的被子与枕头，来到杜梅的房里。是夜，姑侄二人睡在一起。窗外树影婆娑，月色疏朗。杜梅对侄儿讲了许多事情，杜石生表示今后要好好吃药，精心调养。杜石生对杜梅说，姑姑，其实我也不想死，我还有很多事情没干呢，再说，真的到了阴界，说不定那里的情形更让我绝望。杜梅说，算你说对了，你爸爸妈妈没有白养你一场。之后，杜石生告诉杜梅说，在他原来的学校里，他喜欢一个叫蒋莉莉的女同学，还喜欢一位戴眼镜的女老师，那个女老师的孩子已经八九岁了。杜梅说，她们知道吗？杜石生说，她们怎么会知道。杜梅说，你为什么不告诉她们，说你喜欢她们。杜石生说，告诉她们什么呀，说出来，我怕我就不再喜欢她们了。杜梅想了想，没再说什么。

杜石生对杜梅说，有一次我去上厕所，我忽然看见我们的一个老师也正在里面解裤子，我感到很奇怪。从此以后，每当他开口说话的时候，我都能隐隐约约地闻到一股尿臊味。

杜梅笑着说，他也是人。

杜石生说，从那时候开始，我才知道人与人是一样的，又是不一样的。

他们的谈话一直进行到很晚，月亮偏西了才睡去。第二天早上，杜梅轻轻地从床上起来。她做好了早点，去叫杜石生。杜石生的脸上盖着一本打开了的书。杜梅将书拿掉，推杜石生的时候，才发现他已经死了。

兄嫂的杳无音讯，使杜梅在料理侄儿的丧事时感到困难重重。很多天以后，她方平静下来。接着，有人来请杜梅，要她每逢周六的晚上，去俱乐部里教一些干部们跳舞。杜梅嫁给白光武以后，小产过一回，从此再未生育，这使她的身材苗条如初。在俱乐部里，经常有位五十多岁的老干部向她微笑，在跳舞的过程中，有意无意地碰她，杜梅总是一笑了之。

有一天散场后，那位老干部单独找到杜梅，对她说道：

嫁给我吧，你。

杜梅毫无防备，她慌乱不安地对他说道，不行，我有肾炎。

我不怕。老干部说。日本人国民党我都不怕，还怕个肾炎?

杜梅说，这不是怕不怕的问题，我不配你，你是领导。

老干部说，我也有肾炎。

大约半个月之后，他们结了婚。婚后，杜梅发现他真的有肾炎，还有前列腺炎。俩人一起吃药，一起调理。杜梅知道他叫史震，在一个工厂里当一把手。史震很爱读报，每次读完之后，或者哈哈大笑，或者愤怒地敲着桌子，大声说道：

可恶！实在可恶！

杜梅说，发生了什么事?

史震把一张报纸推到杜梅的面前，对她说，你看了就知道了。

杜梅拿起报纸。报上叙述的是一个姓康的福建地主和一个姓田的湖南地主，二人结伴逃亡。姓康的福建地主年纪小于姓田的湖南地主，他们都操着各自的方言——客家话与湘西土语。因此，在整个逃亡过程中，二人之间争执与扯皮之事时有发生。这两个身材肥胖的南方地主，沿途杀人越货，奸淫妇女，继续干着罪恶的勾当……杜梅看完报纸之后，对史震说，那两个人身体那么胖，他们的肾也一定好不到哪里去。史震吃惊地说道，你看了半天，你在看什么呀，我以为你看完之后会问我那两个家伙会不会落网，没想到你关心的是他们的肾，我真不知道你在想什么。

杜梅讪笑着，说，我正在火上熬药，就想到了肾。我不懂。

自从他们结婚以后，史震再也不让杜梅俱乐部里教跳舞去了。有人来请杜梅时，史震就说，她肾不好。

不久以后，史震所在的那家工厂里发生了一次爆炸事件，史震正在医院治病，幸免于难。一位姓鲁的副厂长被炸断了一条胳膊。他们把一个名叫张金发的人抓了起来。

第三天晚上，张金发突然跑了。

住在张金发家对面的，是一个吃斋念佛的老太太。一天深夜，一阵急促而猛烈的敲门声将她从睡梦中惊醒。她起来开了门，阴湿的夜风朝她迎面扑来，使她站立不稳。有四五个人进来。打开她的箱子与柜子。他们翻一下，老太太念一声佛。最终离去之时，一个留着小胡子的人对老太太说，你睡吧。

黎明时分，老太太睁开眼，听到外面传来两个人的低低的交谈声，一个声音是急躁不安的，另一个声音则像一只温热的手，自始至终都在试图抚平那种不安。不久，他们说了一个笑话，那个急躁的声音渐渐地平静了下来。

老太太口里低声念着佛，穿衣坐起来，悄悄掀起一角窗帘，外面灰蒙蒙的，什么都看不清，但又分明有人。

老太太下地尿完之后，点了一支香。老太太脸涨得通红，她想咳嗽，但又怕惊动了外面的那两个人，她走到一个罐子前，掀起盖子，从里面掏出一个东西含进嘴里。咳嗽暂时被止住了。这时，老太太听到那个平缓沉静的声音又传了过来，那个人低声说道：

我已打听到了确切的消息，他确实去了朝鲜，是跟随董部的新六军去的，这会儿他在那里装得像没事人似的，说不定还立了什么功呢，啊。先前那个急躁不安的声音，这会儿又一次急躁起来，蝎蝎螫螫地说道，这事真让人吃惊，只是太远了，鞭长莫及，咱们够不着他，没奈何。那个平缓沉静的声音说，你放心，不出一个月，他会被押解回来。

你怎么知道？

我已告诉了郭部长，郭部长非常吃惊，已经反映上去了。

他在那里做梦都不会想到。急躁不安的声音说着，笑出了声。

去年冬天在七里河一带清理战场的时候，我就觉得奇怪，一直没看见他的尸体。后来，一个老头和一个女人牵来一匹马，说他已经死了，这马应该归公上交。

那是他的马吗？我们受了那个老头和那个女人的蒙骗。

那个老头是他的爹，女人是他老婆，马也是他的，他当骑兵的时候就带着那匹马。你知道，不带马的人只能当伙夫……

寥淑中学女学生平丽，是这天早上晨雾尚未完全散尽之时得知祖母去世的消息的。此前，平丽与她的同班同学徐贞刚刚起床，正在梳洗。徐贞的父亲在外地打仗，昨天适逢母亲外出，她邀来平丽与自己做伴。昨天晚上，她们一直叽叽喳喳到很晚才睡觉。临睡前，她们仔细地检查了每一扇窗户，插好了门，之后，两人又费了很大的力气搬来一只桌子，横在门前，最后将一只脸盆放在桌上。徐贞对平丽说，我们放心睡吧，只要有人一推门，那脸盆就掉下来了。上床之后，徐贞又拿出一瓶安眠药让平丽吃，平丽不吃，徐贞说，吃了药才能睡得踏实，不至于半夜醒来害怕。平丽说，傻丫头，吃了安眠药，那脸盆掉下来，你还能听得见吗？你真是那个又卖矛又卖盾的人。徐贞听平丽如此一说，不禁笑了起来，遂将药放回到一只小木盒里。

平丽说，你们家里谁吃安眠药？

徐贞说，我妈，她老睡不着。

平丽说，我听说那种药对人不好。

徐贞说，我天天说她，她不听。

半夜里，徐贞突然从睡梦中醒来，她疑心窗户没有关好。起来查看时，忽然看到窗外有一个黑影，立即吓得尖叫起来。她哭着弄醒了平丽。那个黑影像是失去了双臂，两只空荡荡的袖筒飘来飘去。平丽看了一阵，忽然笑出了声，原来那是一件晾在外面的衣服，昨晚临睡之前她们只顾积极防御，忘了将它收回屋里。

徐贞说，吓死我了。

平丽说，一开始我也被它吓住了，我以为是一个身材高大的残废军人呢。

平丽说完话，忽然看见徐贞的脸上掠过一道稍纵即逝的阴影。平丽拉过被子盖到身上，又让徐贞躺下。平丽问徐贞说，睡得好好的，你怎么起来了，做什么梦了？

徐贞说，我梦见那个脸盆掉下来了，但没有发出一点儿声音，像一堆轻飘飘的棉花……徐贞脸上的表情似在回忆、追想。她忽然掀掉被子，翻身下床，说，我想喝一杯水。

平丽在床上说，给我也来一杯。

徐贞穿着浅粉色的内衣，端着两杯水走过来。平丽看到她的发育良好的胸部，说，过来，让我看看，才几天时间，就又……

徐贞一把打掉平丽的手，说，我还没说完呢。喝了一口水，又说道，我正奇怪那只脸盆为什么没有发出声音，抬头又看见有一个人正在吃力地破窗而入……

平丽说，行啦，这都快成了传奇了，你也能写书了。

徐贞说，真的，我看到的那个人，也像是一个没有双臂的残废……军人。

徐贞把腿伸进平丽的被子里。两个人喝着水。过了一会儿，徐贞说：

我爸爸已经有很长时间没有写信来了。

平丽在被子里用自己的脚暖着徐贞的两只冰凉的脚，对她说，你爸爸就你这么一个宝贝闺女，他一总是腾不出时间。

徐贞两眼望着蓝色的窗帘，轻轻说道，我妈最不好了，我一点儿也不喜欢她。

平丽说，徐贞，咱们睡吧。

……屋里燃着一支残香。平丽回到家里，感到烟雾十分呛人。祖母死在地上，穿戴得十分整齐。临死之前，她已经早早地起来了，穿好了所有的衣服，并点燃了一支香烛。平丽不知道祖母是怎么死的，她的浑身上下没有一处伤痕，脸色也一如往常。使平丽感到不解的是，自己多年来一直与祖母住一起，祖孙二人相依为命。偏偏昨天晚上自己住在徐贞家里，而祖母就在这个时候突然死去了。平丽想起祖母常对自己说，菩萨保佑我多活一年，我就能眼看着你又长大一年。对于父母双亡的平丽来说，徐贞无疑是一个有人疼有人爱的幸福的姑娘，还时常有人写信给她，在信少的时候还要怨天怨地。从来没有人给平丽写过信，平丽也从来不知道该抱怨什么。家里的一只箱子敞开了盖子，但没有丢失任何东西，平丽看到自己冬天里围的那条长长的白围巾仍然完好如初地放在里面。

两天以后，祖母火化了。

平丽从郊外回来的路上，风吹乱了她的头发。沿途的行人神色匆匆，有的骑着马，有的骑着自行车。祖母焚化之前，平丽小心翼翼地从一个包里取出一个观音像，要求与祖母一同烧掉。祖母昔日常在那只像前烧香念佛，每天拂拭几次。火葬场的人把那只观音像扔了出来，边扔边说，什么乱七八糟的东西，这也能烧吗。平丽走过去，含泪捡了起来。

徐贞让平丽住到她们家里，平丽不去。徐贞说，这家里出出进进只有你一个人，你不怕吗？平丽说，怕什么，她是我祖母，又不是鬼。平丽对徐贞说，往常我每天放学后，她已经做好了饭，在门外等着我。我回来后，开始吃饭。她一边吃饭，一边对我说，菩萨今天对她说了，又答应许给她三年的阳寿。她问菩萨为什么要这样，菩萨就对她说，你不是还有一个叫平丽的孙女吗，你去了，让她靠谁去？

徐贞听了，笑着说，“女儿愁，大风吹倒梳妆楼”，“女儿悲，将来终身倚靠谁？”

一个星期天的下午，平丽去郊外祭奠祖母回来。在路上，她看到一辆汽车上押着一个穿着军服、没有领章帽徽的人，汽车一直向城里开去。平丽站到路边的一棵树后，等飞扬的尘土慢慢散去。郊外的田野里有一些黑色而短小的身影，在那里默默耕作。天空里一片云彩也没有，平丽仰头看了一阵，感到眼一阵发黑，有一老一少两个人，赶着一头猪从远处过来。平丽慢慢走着，听见那个老人对那个孩子说，等一会儿到了，你眼睛要机灵一点儿，不要呆头呆脑的。孩子说，你已经说过好几遍了，还说。老人说，我怕你狗性子记不住么，多说两遍有什么不好。孩子说。你说吧，你想说你就说吧。老人说，见了他，你先要跪下，叫一声爹，不管那个女人在不在身边，你都要叫，他就是你的爹么。他要是认你，这就好办了，——他如今做了大官了，又娶了新的女人，谁知道还肯不肯认你呢。孩子说，他不认就算了，说不定那个女人又给他生了孩子了。老人说，胡说什么，他不认也得让他认，你们娘儿俩吃了这么多年苦，白吃了不成？再说，这才刚进城几个月，他们不会那么快就有了孩子的。孩子说，我娘不让你来，你偏不听。老人说，听她的？我咽不下这口气。孩子说，他要是真的不认咱们该怎么办？老人说，还有比他更大的官儿，我就去找那个更大的官去，找毛主席去。陈世美当着多大的官？驸马，不也照样被砍了头吗，何况，他还不是驸马。孩子说，他现在的官有多大？老人说，不知道，只听说有两个人专门给他做菜，出门的时候还跟着好几个人呢。孩子说，他们那么多人，咱们两个人，还有这头猪，怎么行呢？老人说，说什么傻话，又不是去打架，他人多又怎么着？有我这条老命，你就不要怕。孩子说，我不怕。老人说，他要是认了你，从今往后你就是城里的孩子了，每天喝牛奶，吃白米，还能上学堂去念书。孩子说，也能天天吃肉吗？老人说，能，能的，肉算个啥呢，还有更好的东西呢。孩子说，你信不信，我能吃一碗肥肉、一百个饺子呢，你信不信？老人说，到了那会儿，只怕你都吃腻了，见了好吃的就摇头。孩子说，我不摇头，我要省着慢慢吃。老人说，到了城里，咱们先打听清楚再去。孩子说，打听什么？老人说，打听他住在哪里呗。孩子说，我娘让扯二尺洋布回去呢。老人说，别信她的，我知道她，她是不想让我领你去找他。孩子说，咱们找到了他，咱们这猪怎么办，也跟着进去吗？老人说，又说傻话了，猪怎么能跟进去呢，那家不定有多亮堂呢，四面都是镜子，晃得人眼都睁不开呢。孩子说，你倒是说说，咱们进去了，猪怎么办？老人说，你别催我，我这不是正在想法子吗。孩子说，要不你一个人进去，我牵着猪在外面等你。老人说，混账话，你不进去，人家怎么认你呢，让我冒充不成。孩子说，这可难了，你又不让我看猪，要是你在外面看着猪，我一个人又不敢进去。老人说，到时候再说吧，这会儿先别说这个，八字还没一撇儿呢，到时候拴到他们家门口不就行了么。孩子说，看把你能的，咱们只顾在里面说话，让别人把猪牵跑了，咱们这一年可就难过了。老人说，他要是真认了你，丢一头猪也值得。舍不得孩子，套不住狼。孩子说，要不，咱们进了城，先把猪卖了，然后再去找他。老人说，那得耽误多少工夫？一时半晌能卖了吗？要是卖不出去，天黑了，还得牵着它住店去呢。孩子说，有猪住的店吗？老人说，我活了这么大，还从来没有听说过呢，有骡马店，没有猪店。孩子说，咱们这要是一匹马就好了，路上又能骑，天黑了还能住店，说不定这会儿早就进城了。老人说，少混说，这要是一匹马，你娘她能舍得卖吗？孩子说，其实猪也能骑着走，我见过一张画儿，上面有一个人骑着一头白猪在飞跑呢。老人说，那是人么，那是妖精。

……

这天傍晚时分，在如血的残阳中，李狸找到了慕飞。

其时，统战部长慕飞正在窗下喝茶，腿上放着一张当天的报纸。他看到一个身穿山羊皮坎肩的少年走进来时，以为是一个要饭的孩子，他不耐烦地摆了摆手。

李狸站在门口，抬起一只手，三枚锋利雪亮的铁钉突然从李狸的指间飞出去，刺中了慕飞的咽喉。

原载于《花城》一九九四年第一期

编后记

除了另外三部长篇小说以及部分短篇小说由于版权等原因未能收入外，这次编辑出版的作品系列囊括了我目前面世的全部作品，共计有长篇小说六部、中篇小说四十四部、短篇小说三十七部。在各册的编排上，力求和谐。不过，因篇幅字数的差异，有时又确难做到内容与风格上的高度一致甚至相近，如此，同一册之中，有时会有完全不同面目的作品并存。阅读一本风格内容相近的书犹如在一个熟悉宁静的地方漫步，反之，则如同在同一座山上浏览四季；对于阅读者来说，很难说哪一种方式更好。也许，这中间并不存在可比性。此外，部分篇章中偶有另造之词句，我视之为自己之词句，更视之为一个写作者对于语言、对于表达所做之努力或曰贡献。我不喜并厌恶被无数人咀嚼过无数遍的词句及语言，故在与各册编辑商榷后，使它们得以保留。保留它们，也意味着保留了我之所思所想，更是一次与它们生离死别之苦痛的避免。

这套作品系列，贯穿了我迄今为止的写作生涯，从最早到最近。

感谢此系列最早的策划者续小强、孟绍勇二位青年才俊，感谢北岳文艺出版社，感谢北岳文艺出版社众位编辑朋友在此系列的编辑、校阅、出版过程中付出的大量艰辛的劳动和努力，她们认真、求真、严谨细致的工作作风和编辑精神给我留下了深刻难忘的印象，也使我深为感动。

吕　新

二〇一七年十月二十四日